JN060272

あの頃

In those days...

田中寛之

TANAKA Hiroyuki

文芸社

父へ　十一回目の命日に

1

あの頃僕はまだ世間知らずで、右も左もわからず、容易に人を信じていた。目にするいろんなものが実際以上に輝いて見えて、怖気づいて見えないように自分を隠すのに必死だった。それらの遍歴を経て、自分が何を獲得したのかはわからない。ただ今は安定した暮らしがあって、ある程度確立した自己というものがある。誰にとっても青春とはそのようなものではないだろうか。

2

あの頃第一志望の大学に合格して、若くて病気持ちでもなかった和也は、意気揚々と大学近くの神奈川の一人暮らしの部屋に乗り込んだ。これから起こるであろう輝かしい青春の日々を思い描いては眠れぬ夜が続くほどであった。

高校の卒業式から大学の入学式までの短い期間を利用し、人材派遣業で人生初めてのバイトなどもし、金を稼ぐことの案外の容易さとともに、そのような業態で働く者たちの死んだ目というかどこか投げやりな視線と出逢って、ギョッとする和也だったが、さしてその死んだ目とやらにはそれほど気にも留めず、引っ越しの手伝いとやらの重労働だが簡単な仕事で、その頃は比較的その業態では景気もよかったのか、残業もした日には一万五千円などの日銭を稼げる日々に気を良くしていた。

とまぁ、そんなこんなで春休みを日雇いなどをしながら過ごし、入学式を迎えた和也だったが、新調したスーツを着たはいいが、ネクタイの締め方がわからず、上階の大家に締めてもらうなどした際の大家夫婦の思いの外冷たい態度に、家庭とは違う世間の冷たい風を感じるのだった。

また、出席した入学式もどこかみんな頭が良さそうで洗錬された雰囲気に自分と違うものを感じ、怖気づき、友人もまだいなかったので、少し見たぐらいでそそくさとその場を後にするのだった。

その後、直前まで勝手がわからず、困難を極めたパソコンでの履修登録も終え、新歓コンパなどに参加する中で、大学での生活にも少しずつ慣れ、友人もでき始めてきたのだった。

大学ではいろんな奴がいた。華やかな女子やモテそうな男子、優秀そうな男子、地味な女子、根暗な男子など。男子校出身の和也は、本当は関わりたい華やかな女子とは会話の突破口が開けず、和也お決まりのパターンだが、モテそうな男子にその座を譲っていた。

とまぁ、そんな感じだったが、クラス会などを経て、案外男子とは関わりを持て、奇妙で曖昧なポジションとはいえ、自分の地位を確立していた。言ってしまえば、和也は標準的な男子だった。家も中流家庭で、ルックスもそこそこで、ファッションもオシャレでもなく、気にしなさすぎでもなかった。将来の夢もなく大学に遊びに来ているというお馴染みのモラトリアム人間だった。

ただ意外なことだが、インターカレッジのテニスサークルでは容易に彼女ができた。明美という和也の年代では少し古風な名前の女だったが、最初の印象からお互い惹かれ合うものがあり、しばらくして付き合うようになった。ただ和也という人間はどことなく欠陥人間で、せっかく懇意になった明美とも関係性を深め、愛を育むなんて工程をすっ飛ばして、早急に性的な接触を求めるものだから、純な明美は曖昧にそれを拒んだ。

和也も無理やりにはできないし、どことなくこの明美という女の女らしさというか女々しさがだんだん目についてきて、男子校時代の念願だった彼女を持つということも、フタを開けてみれば飽き足りないなぁと思うのだった。

結局あの後、人材派遣の肉体労働の仕事はつまらなくなって辞めて、大手チェーンの焼肉店のアルバイトを始めた。仕事はキツかったし、接客という仕事はコミュニケーションの苦手な和也には向いていなかったので、客とトラブルになるなどの失態もあったが、先輩や同僚が優しかったので、続けることができた。バンドをやっている人・歌手を目指している人・役者を目指している人など本当にいろんなタイプの人がいた。和也にはそういう夢があって、目標に向かって頑張っている人がキラキラして見えた。この人たちはいつかすごい人になるんじゃないかとも思っていた。

いつしか一人暮らしの和也はアルバイト先の仲間が家族のように感じられるようになっていた。

バイトの後、みんなで夏の公園で酒を呑んだり、深夜営業のファミレスや喫茶店に行って、よく語り合ったものだ。

大学の単位もなんとか取れていたし、明美とも一応続いていた。テニスサークルの夏合宿にも行ったけれど、お嬢ちゃん・お坊ちゃんの戯れにしか見えなくて、サークルにはいつしか足が遠のいた。和也は自分の青春や人生を賭けて打ち込める何かを探していた。魂の疼くような、もっと本質的な体験を求めていた。

そんな満たされない和也は、なんとなく高校時代少しやっていたボクシングのジムに通い始めた。そんなに熱心にはやるつもりはなかったが、週に何度かは通うようになった。

明美とはいつの間にか別れ話をするようになっていた。短い間であったが、よく二人で語り合った多摩川の土手で風に吹かれながら、何を話すでもなく、二人でじっとしていた。和也が悪いのかもしれなかったが、明美にも問題があったのかもしれない。お互い未熟だったし、和也は自分勝手だった。明美のことは今でもよく思い出す。明美は和也に似たところがある女性だった。自信がなく、繊細で、傷つきやすく、人付き合いが下手で。自分は彼女に対して何もできなかったなと思う。若かったし、未熟だったけれど、それでも、もう少し彼女に何かできたんじゃないか、誠実に接するべきだったんじゃないかと思う。

ただ、その頃の和也は傍若無人で明美との顚末などをあまり深く考えたりもせず、どうせ彼女もまたすぐできるだろうなどと開き直っていた。夏休みをバイトとボクシングに明け暮れ、勉強と将来のことはそっちのけだった。

ところで、和也が入った商学部は和也の苦手な数学関連の授業が多く、高校の数学の教科書を実家から持ち帰り、家で勉強したりしたものの歯が立たず、いつしか学部の授業にも興味を失っていた。消しゴムの紙のパッケージの下に覚えられない公式を書いておくというこすいカンニングのおかげで、数学の必修の単位はなんとか取れていたが、理解は全然していなかった。

また、和也はいつからか商学部なのに小説を読むようになっていた。一般教養の「文学」という授業の課題で、好きな本を一冊読んでレポートを書くというものがあったのだが、それまであまり親しみのなかった小説というものに触れ、妙に親近感を覚えるのだった。提出したレポートが「A」だったことも手伝い、暇な時によく書店の文庫コーナーを覗くようになっていた。

順調に日々が過ぎていった。大学の授業は相変わらずチンプンカンプンで焦りも感じていたが、結局はなんとかなるだろうと開き直っていた。

バイトでも適性はなかったが、自分なりに工夫して最低限の仕事はこなせていた。

サークルでは結局幽霊部員になってしまったが、サークルとは別のところで出逢いと呼べるようなことがあった。

友人の紹介で、三対三で合コンのようなことをしたのだが、そこで優子という女に出逢った。

第一印象では特別なものは感じなかったが、なんとなくの縁でその後しばらく関わるようになった。

ボクシングでは才能と呼べるようなものもなかったが、和也はもともと体を動かすのが好きなタイプの人間なので、シャドーボクシングやサンドバッグ打ち、ミット打ち、スパーリングなどを結構楽しみながらやっていた。

相変わらず将来のことはあまり考えなかったが、クラスの周りの奴らが徐々に公認会計士を目指す専門学校に大学と並行して通うようになってきていた。

そんな中、和也はいくらにらめっこしても解けない数学の教科書と向き合い、全く進まず、仕方ないので、近くのレンタルビデオ店で旧作の連続ドラマや、一冊数十円でレンタルできるマンガを数冊まとめて借りるなどという現実逃避を繰り返していた。

今思えばあれはあれで充実していたけれど、このまま逃げ切れるはずもないということは動物的直感で薄々気づいていた。

優子という女と初めて二人で会ったのは、確か十二月か一月だったと思う。とにかく渋谷で映画を観て、確か十二月に、ブラッド・ピットとアンジェリーナ・ジョリー主演の『Mr.&Mrs.スミス』を観て、一月には経済史のテストがある前日に『ＡＬＷＡＹＳ　三丁目の夕日』を観た。今思えば、この映画はしがない物書きが想い人のために奮闘するという映画だった。この『ＡＬＷＡＹＳ　三丁目の夕日』は映画をあまり観ない和也にとっても印象深く、観終わった後、気分が浮き上がったようになったことを覚えている。そして気分が高揚し、勉強に対してやる気がみなぎり、和也にしては珍しく経済系の科目でAを取れたのである。

優子という女は落ち着いていて、自分からあまり話さず、相手に合わせてくれるタイプの女で、それでいて芯の強いところのある女性だった。この頃の和也は優子に特別な感情はなく、都合のいい時に会ってくれる女友達の一人ぐらいに考えていた。

大学一年生の秋学期も終わり、微積分Ⅱなどの必修の単位を落としてしまったが、和也は無事二年生に進級できた。アルバイトでは定期的にヘマを犯し、同期の中では仕事はできない方だったが、人懐っこいキャラクターで存在を受け入れられていた。ボクシングでもジムのトレーナーに「試合に出てみないか?」と言われ、その気になり、練習に打ち込んでいた。

平和で充実した日々だった。大学の授業は徐々にレベルが上がったり、勉強を教えてくれていた同級生も目標が見つかり忙しくなり、つきっきりで教えてくれるということもなくなり、アテもツテもなかったが、この期に及んでも和也はどこか夢ばかり見て、ボクサーとして活躍しちゃったらどうしようとか、バンドをやっている先輩に教えてもらったFuneral for a Friendというバンドの音楽性や歌詞の深さ・芸術性に、今まで聴いてきたJ-POPとは明らかに違うものを感じ、ジムまでの行き帰りに自転車を漕ぎながら夢中になって、脳が覚醒した状態で聴き入っていた。もしプロボクサーになれたら、入場曲に使おうなどという大それた妄想を抱くという現実認識の甘い和也だったが、この頃は確かに幸せだった。

この頃バイト先のバンドをやっている先輩のライブに行った。確か渋谷駅から代々木公園方面にあるライブハウスだった。この先輩は見た目も格好良くセンスがあり、社会性に富み、コミュニケーション能力にも秀でた人だった。和也の勤める焼肉店のアルバイトの中ではリーダー的存在で、カリスマ性とまでは言わないが、人を惹きつける華のある人だった。和也も彼を尊敬し、音楽や遊びの薫陶を受けていた。

この時で和也が彼のライブに行くのは二回目だった。初めて観た時、高校時代の同級生がやっていた演奏やパフォーマンスとは明らかに違うものを感じ、本気でやっていることを感じさせ、和也はそこに可能性や煌めきを見た気がした。狭いライブハウスもそれなりに盛り上がっていて、先輩の格好良さや新たな一面を垣間見た気がした。

ただ二回目の今回は少し違って見えた。観客もまばらで、盛り上がっているのは申し訳程度にヘッドバンギングをしている和也たち内輪だけなのである。オーディエンス（聴衆）は終始冷静で、先輩がボーカルを務めるバンドの演奏にはあまり心を動かされていないようだった。

先輩の少しハスキーな甘い歌声やどこかのバンドのものまねのような音は、ライブハウスに虚しく響いていた。その後、そのことは和也たちは誰も触れなかったが、言わない分だけ明白だった。大学四年生の先輩の夏が終わろうとしていた。和也は将来のことはまだわからなかったが、人生っていうのが甘いものでなく、夢が叶わないこともあるという当たり前の事実を目撃したような気がした。

ところで、和也はボクシングを頑張っていた。和也は単純でその気になりやすい人間なので、ジムのトレーナーの褒め言葉に気を良くし、ボクシングで活躍できるかも？　などと勘違いし、エラく張り切って練習に打ち込んでいた。アマチュアボクシングの協会にも登録し、九月に行われる試合に向けて、練習だけでなく、減量にも取り組んでいた。

根が真面目な和也は書店で、『ボクサーのための減量』などという本を買い求め、食べ物や生活習慣にもこだわり、順調に減量にも成功していた。

和也のファイトスタイルはまっすぐな性格が災いし、ジャブを中心にワンツーから試合を組み立てるという、最もありきたりなスタイルで単調な攻めが目立ったが、ワンツーは綺麗なフォームで、当たればそれなりにダメージを与えるパンチではあった。

ジムでもアマチュアの試合を足がかりにプロボクサーを目指している同年代の若者と微妙に仲良くなり、試合に対してモチベーションが高まっていた。バイト先の仲間もバイトと並行し、減量や練習に励む和也を応援してくれていた。

いよいよ試合当日である。確か試合会場は横須賀で、ジムの先輩が出してくれたワゴンに乗り、会場を目指した。緊張と減量のせいか前日ほとんど眠れずにいた和也だったが、気合いは十分だった。

人生初の計量というものを無事クリアし、ウェアやヘッドギア・グローブなどを身につけ、リングの中に入った。対峙した相手はこの階級（五一kg・フライ級）では長身な和也よりもさらに長身なヒョロッとした防衛大学の一年生で、和也は内心「ラッキー！」とほくそえんだ。どう見ても気が弱そうだし、これはチョロイなと自分のくじ運の良さに感謝した。

リング上でジャンプをするなどというパフォーマンスじみたウォームアップをする和也に「負け」の文字は全く浮かばなかった。

ゴングが鳴った。序盤はジャブの応酬が続いたが、和也の自慢のワンツーは空を切り、リーチが長い分だけ相手のジャブがよく当たった。破壊力はなかったので効いてはいなかったが、和也のパンチは大振りになり空を切るということを繰り返していた。大学で厳しく指導されているのか、基本に忠実な相手のパンチはコツコツと和也の顔面を叩いた。ここで和也の悪い癖である、前傾で頭から突っ込んでしまうという行為でレフェリーから再三注意された。ただ焦りから冷静さを失った和也のパンチはより大振りになり、やみくもに突進した結果、レフェリーについに「失格」を宣告された。和也はよく状況を飲み込めなかった。「負け」というのは想定外だったからである。

帰りのワゴンの中で一緒に出たプロボクサーを目指している二人は泣いていた。激戦の末ノックアウトされたのだ。和也は泣けなかった。和也はそもそも試合というものをしていなかったからだ。一人相撲で空回りし続けていた。それはまさに和也的だったし、和也の大学生活そのものだった。表面的で実質のあるものは何も残せず、顕《あらわ》になったのは弱い自己と情けない虚栄心だけだった。結局その時の和也はそれだけの男だったのである。

敗戦後、しばらくはもう一度練習を頑張って「リベンジ」するつもりだったが、もう一度頑張るという気力はなぜか湧かなかった。たぶんボクシングは和也には向いていなかったし、もうすぐ始まる大学のゼミのことや、就職についても考えたかった。そろそろ本気で将来のことを考えなければならない気がした。

ジムを辞めると伝える時、トレーナーは黙って受け入れてくれて、「ビデオ見たけど、一発いいの当たってたな。相手、効いてたよ」と言ってくれた。その人はプロボクサーとしては三勝八敗の戦績しか残せなかったらしいけれど、人生がわかる人だった。

傷心の和也はそろそろ学生の本分である勉学に向かおうと思った。嫌いな授業にもきちんと出席して、優等生だった過去の自分を取り戻そうと思った。そういうわけで、教室の座席に腰を下ろしてみたものの、教授の口から放たれる言葉は徹頭徹尾全く理解できなかった。「何、般若心経だって、しばらく何度も聞いていれば、頭にこびりついてしまうものさ。数学だって、経済学だって同じさ」と自分に言い聞かせてみたものの、一年生の時から授業を疎かにしていた和也にすぐ理解できるほど大学の授業は甘くなかった。

今でこそこうやって笑って話せるが、その頃は勉強ができないことに本当に悩んでいて、見えている景色も少しずつ色褪せたものになっていった。自分が過去に築いてきたものって一体何だったのだろう？　と思った。情けなさやら虚しさ、いろんな感情が和也を襲った。一つわかっていたことは、とにかく単位を取らないことには進級できないということだった。

その頃和也を苦しめるもう一つの事象として、ボクシングで反則負けをしたということがあった。あれだけ真面目に練習して減量までしたというのに、ろくに顔に傷一つつけずに反則負けをしたというのは言いようのない情けなさがあった。和也はボクシングをやっていることを吹聴していた部分があったから、尚更だった。バイトの同僚でデリカシーのない奴は和也を笑ったりしたが、それも無理ないと和也も諦めていた。ただ和也が引っかかったのは、職場の一学年下の女性アルバイト高瀬さんに少し愛想を尽かされたことだ。バイトの同僚から「高瀬さんが佐々木のことよく思ってるみたいだよ」と言われたことに気を良くしていた和也だったので、この敗戦以降急激に輝きを失った和也を見る高瀬さんの目に侮蔑の色が浮かんだことは、仕方ないこととはいえ、堪えた。

このタイミングで評価を上げた人物がいた。同じアルバイトの松下さんという和也の二学年先輩で、音楽の専門学校に通っていた。学内でも将来を嘱望され、今回テレビのカラオケバトルに出て、歴戦の強者の中から見事決勝進出したのだ。優勝こそ惜しくも逃したものの、和也周辺ではこの松下さんの快挙に俄に沸き立った。要するにこの男は戦いを経て、男を上げたのだ。それは見事に和也と対照的だった。

松下さんの祝勝会みたいな要素の強い飲み会に和也も出席したのだが、この松下という男はナチュラルにナルシストというか図々しいというか、うぬぼれが強い男で、今回の実績が彼のそういう資質に拍車をかけていた。ただ和也も彼の抜群の歌唱力や大勢の人が見ているステージという大舞台で、臆せずに力を発揮した彼の精神力の強さを認めないわけにはいかなかった。

ただ時間が深くなるにつれて、松下さんの自慢の色合いがいよいよ強まり、和也は席を立った。居酒屋を出て、一人で帰る和也が見た川崎の空は濁っていて、星もろくに見えなかった。何を目印にして、この先進んでいけばいいのか、今の和也にはまるでわからなかった。

3

とにかく和也は勉強を頑張らなきゃいけなかった。とにかく単位を取らないと、留年してしまうからである。ただアテもツテもなかった。和也の落ちこぼれ度はこの優秀な大学では目立ったものであり、そのことの一因には和也が数学を使わずに入試をクリアしたということがあった。この学部では八割方数学の試験を受けて入学しており、また数学の試験を受けていない者でもやはり基礎学力が高く、数学も人並みにこなせる奴らばかりだった。そんな中、和也は高校時代から好きな科目には滅法強いが、苦手な数学や理科は落第すれすれだった。だから、和也はこの頃数学の知識が頻出する商学部という学部を選んだことをひどく後悔していた。将来の就職のことなんて考えずに、自分の一番興味がありそうな文学部にしておけばよかったと、心の底から後悔していた。泣きそうになりながら、自分の部屋で数学の教科書と向き合っていたものの、そこに繰り広げられている数式はいつまで経っても呪文か暗号にしか見えなかった。

この頃大学二年生の秋ということもあり、就職説明会というものが都内のキャンパスで開かれていた。主に三年生に向けてのものだが、和也の大学は意識高い系が揃っていたので、将来を見据えて、二年生のうちからこの手のイベントに参加する者も普通に見受けられた。世間ずれしている和也もクラスの周りの奴らが、普通に将来のことや就職のことを考え始めているのに感化され、自分もちょっと覗いてみるかと思って、出席した。扉を開けると、大教室はひしめき合っていて、スーツを着ている人間も多数見受けられた。嫌な汗が流れた。和也にとってはアウェイだったし、目を背けていたけれど、これが普通の大学生なのだなと思った。

しばらくして、スーツの似合う日焼けしたガッチリとした三十代ぐらいの若い男性が登壇し、自分の経歴を説明した。どうやら彼は和也の大学の体育会出身の男であり、キリンだかサントリーだかに入社して営業を経て、今は人事を担当しているとのことだった。小麦色の肌と調和したやけに爽やかなこの男の声は自信に溢れ、充実感を湛えていた。そして、学生たちは心底から興味深そうに彼の話を聴き、半ば憧れの視線で講演者を見つめていた。和也は直感的に「マズイ！」と思った。和也はこの男の話に何も感じなかったからである。感じたのは、自分がこの空間でズレているという危機感だけだった。

このようなことは確か一年生の時にもあった。『社長経営学』という授業で教授が企業の社会的責任（ＣＳＲ）について熱弁する回があって、彼の話が終わって、学生はおもむろに総立ちで、スタンディングオベーションが湧き起こったのだが、和也はまるでついていけず、「企業が社会的責任を担うのは当たり前だよなぁ……」とか賢いんだか、馬鹿なんだかわからない感想を抱きながら、座席に座ったまま呆然としていたということがあった。

就職説明会を終え、いつも着ている汚い野暮ったいダウンジャケットを羽織り、背中を丸め、トボトボと帰る途中、乗り換えの駅で、同じクラスのマドンナみたいな女の子とすれ違った。彼女は彼氏と連れ立って、これから家に帰るようだった。和也はあまり気づかれないように横を通り過ぎようと思った。ただお互い気づいたようで声はかけなかったが、目が合った。よほど和也がみすぼらしかったのか、彼女は本当に和也を心配しているようで、ただ和也が声をかけてほしくなさそうだったので、遠慮しているようだった。そのまますれ違った。その時、和也はこの華やかな女子がお高くとまっているわけではなく、最初から常に自分が壁を作り、遠ざけていたのだなと思った。


進級のことも含めて、さすがにそろそろ和也も将来のことを考え始めていた。自分は何になりたいのだろう？　何に向いているのだろう？

試しに自己啓発本や小説を読んでみたものの、そこに答えはありそうになかった。クラスの周りの奴らは公認会計士の資格試験の勉強をエラく頑張っていたし、そうじゃない奴らも普通に現実に則って、将来設計をしているようだった。つい最近までボクシングなんかしていた和也とはみんな住む世界が違った。和也はこの頃将来のことを考えようとすると、どうしても先が見えなくて、闇に包まれた。自分が何になるべきか全くわからなくて、不安ばかりが募った。

公務員になろうか？　ふとそんな考えが浮かんだ。それは名案のように感じられた。安定しているし、何より特定の企業のためじゃなく、国家や自治体・国民のために奉仕できるというのは素晴らしいことのように感じられた。思えば両親ともに地方公務員で、それぞれに仕事に対しては充実しているというような印象もあった。

善は急げで、公務員試験の専門学校の見学を申し込み、受講した。公務員試験の専門学校の説明会を受けていると、「公務員という仕事はとてもやり甲斐に満ち、都民や市民のためになる、とても素晴らしい仕事なのですよ」とあからさまにではないが、言われているような気がして、徐々にそれは刷り込まれていった。

「よし！　公務員になろう！」そう思った。「自分は公務員になろうと思うんだ」と母にも相談し、了解も得て、亡き祖父が和也の為に残してくれた貯金を切り崩して、公務員試験の専門学校に五十万円納入した。

というわけで、しばらく公務員試験の専門学校に真面目に通っていた。大学の単位も直前になって猛勉強すればなんとかなるだろうと甘く考えていた。

県庁や政令指定都市の職員の試験というのはあまり難しいものではなく、中学受験の問題のようなもので、和也も授業を受けながら、つまずくことはなく普通に理解していた。大学の単位を取れて、普通に卒業できれば、地方公務員の筆記の試験は受かりそうだなと思った。

ただここで和也は再び悩んでいた。本当に公務員でいいのだろうか？　大学受験の予備校に入るようなつもりで、この専門学校に入学したが、人生っていうのは一回きりで、職業選択というのはとても重要なテーマなのではないだろうか、と。

そのような問いが如実に表れた出来事があった。この専門学校で同じクラスの女の子が実は和也と同じ大学の同じ学部の子で、大学での授業で気づかれ、声をかけられたのだが、その子というのがかわいくもなく、かわいくなくもない、服装もオシャレでもない、平凡な、いかにも公務員を目指しそうな女だったのである。この子はこれからも普通に大学を卒業して、公務員になって、理解のある旦那さんをもらって、子供も二人授かって、平和で素敵な人生を送るんだろうなと思ったら、なんか急に嫌になってきて、自分はそんな人生送りたくないなと思った。そもそも組織の中で協調して、埋没するような生き方なんて我慢できなかったし、自分にはもっと違った生き方があるはずだと思って、結局その専門学校にも通わなくなってしまった。

和也は落ち込んでいた。自分が決意したことをこうも単期間で翻《ひるがえ》し続けていると、自信をなくしたり、自己嫌悪に陥るのは当然である。進級できるかどうかという不安も相まって、和也は徐々に夜眠れなくなっていた。そんな具合でバイトに行くものだから、小さなミスを繰り返していた。バイト先の店長は優しい人だったので、和也の精神状態を鑑みてくれて、ミスを頻発する和也にも叱責するようなことはなかったが、少し呆れているようだった。

そんな時に少し事故が起こった。それは和也のその日の仕事は炭場で、赤く燃えた炭を入れ、七輪を作り、お客さんのテーブルに入れるというのが仕事だったのだが、不安定な精神状態からか確認が甘かったのか、子供連れのお客さんのテーブルの近くで七輪を落としてしまったのだ。幸い炭が飛び散ることはなかったし、子供も大人しくしていたので、何も起こらなかったが、それには両親もヒヤッとしたようだった。和也はその出来事にすごく恐くなった。自分のせいで他人《ひと》に迷惑をかけるようなことは避けたかった。それにもう和也はバイトを続けられるような精神状態ではなかった。

店長に「辞めたい」と伝えたら、しばらく引き止められたが、最後には了承してくれた。バイトの最後の日は年内最後の営業日で、営業が終わった後、近くの系列店で和也たちのお別れ会も兼ねて、忘年会が開かれたのだが、めでたい席だというのに、和也はほとんど会話に参加せず、終始黙って俯《うつむ》いていた。周りに悪いとは思っていたけれど、どうしても笑えなかったし、笑ったとしてもその笑顔は引きつっていた。そんなふうにして一年半以上続けた焼肉屋のバイトの最後の日は終わった。

4

大晦日を迎えるにあたって、和也の気持ちはすごく落ち込んでいた。これまで経験したことのない、この猛烈な憂鬱の渦は和也を途方もない力でどこかへ押し流そうとしていた。

和也はこれまでの人生で十九歳という年相応の悩みや挫折はあったが、本当の絶望や乗り越えられない大きな壁というものとは出合ってこなかったのかもしれない。結局はいつも誰かが助け舟を出してくれたり、そうじゃなくてもあとは根性や努力で乗り越えられることばかりだった。ただ今回は違った。その大きな渦と向き合った時から、勝てる見込みはどこにもなかった。戦う前から戦意は薄れ、逃げ出したかった。辛うじてリングには居れたが、逃げるので精一杯だった。

敵の顔は見えなかった。ただその眼は和也を射抜くようにじっと見つめていた。和也はその時直感的に自分の弱さを痛感した。結局自分に価値はなく、社会に有用な人間ではないのだ、と。自分は自分に嘘をつき、つけている仮面はメッキだと。結局、自分という存在は強がりや見栄が生んだインチキでしかないのだ、と。私はいつどこで、自分を裏切り始めたのだろう？　私という存在は何で、この先どこへ向かうのだろう？

そんな疑問が和也に渦巻き始め、それはそこに和也をいたたまれなくした。和也は発作的に家を出て、新宿駅に向かった。新宿中央公園では、至るところでホームレスがダンボールで家をこしらえ、彼らが撒いた食べカスやゴミをカラスや鳩がついばんでいた。そんな牧歌的な景色に和也は少し心安らいだが、将来のことを考えると、再び暗澹《あんたん》たる気持ちになるのだった。

この先どうすればいいのだろう？　大学の単位を取れる見通しも立たなかったし、自分が人生で何をやりたいのかが全然わからなかった。わかっていたことは数学もパソコンもバイトも苦手だったということ。自分に務まる仕事なんてない気がした。それなのにプライドばかり高くて、付き合いづらい奴だなと我ながら思った。

本当にどうしようもなくて、和也は人生で初めて「死にたい」と思った。「自死」というものが自分に一番相応しいエンディングなような気がした。

自殺の名所である「華厳の滝」に新宿から行こうと思った。滝に飛び降りようと思ったのだ。ただ埼京線で赤羽まで行った時、何かが和也を押し止《とど》めた。ためらいの中で、何かが和也をつなぎ止めた。まだ死にたくなかったし、裏切れない人がいた。人生で一つやっちゃいけないことがあるとしたら、それは人を裏切ることだと和也は思っていた。

それから新宿に戻って、本屋で劇団ひとりの『陰日向に咲く』を買って、新宿中央公園のベンチに座って読んだ。ホームレスが出てくる平和な本だった。新宿中央公園では和也が「死」を決意して、それを翻して、帰ってきたことなんて意に介さないかのように冬の木漏れ日が暖かく地面に降り注いでいた。

ふと、和也はこのまま新宿から歩いて、千葉の実家に帰ろうと思った。五〇km以上はあったけれど、このまま一人暮らしの家に帰るのも虚しいし、電車を使って、実家に帰るのも気持ちの中で収まりがつかない気がした。なんか無茶なことをしたかった。とにかく生きている実感が欲しかった。

それから午後一時過ぎに新宿中央公園をスタートした。十二月末とはいえ、まだ寒さは本格的なものでなく、いつも着ている汚い野暮ったい迷彩のダウンジャケットがあれば十分寒さはしのげた。最初の方は心地良く冬の日差しを感じながら、順調に歩けた。

俺はダメだけれど、その時々の課題には誠実に向き合って頑張ってきた。なんでこんな目に遭うのだろう？　あんまりじゃないか？　周りの同級生は目標を見つけ、頑張っている。そんな時に俺は何をしているのだろう？　大学は卒業できないかもしれない。俺の大学受験の時の猛勉強は水の泡だ。中学から私立に入れてくれた両親にも申し訳が立たない。俺はいろんな人の期待を裏切ってばかりだ……。

和也はその頃まだ人生というものが何であるかを全然知らず、むやみに焦っていた。人生にとって一度の失敗が命取りになると思い込んでいた。人間というものが利己的で、社会というものが柔軟性に欠け、冷酷であると決め込んでいた。

憂鬱な和也であったが、絶望的な想念とは裏腹に歩くのは気持ち良かった。今どこにいるのかもわからないまま道路標識に従って千葉方面に歩いた。東京の街にはいつも通り人が溢れていて、話し声や車の走行音、宣伝の音声《アナウンス》が響いていた。みんな楽しそうに歩いている気がした。今しがた「死」を想っていた和也とは無関係に東京の街はいつも通り、騒がしく、煌びやかで、活気があった。雑踏が和也を包み込み、人々の正月休みの気楽さが和也の傷ついた心を癒やした。先は見えないけれど、生きていることはそんなに悪いことじゃないのかもしれないなと一人で思った。

四ツ谷、市ケ谷、飯田橋と総武線に沿って歩いていると、次第に心は晴れていった。空も晴れ渡っていたし、身体《からだ》を動かしていると、どことなく心も前向きになれた。

そこでなんとはなしに、電源を切っていた携帯を取り出し、電源を入れた。画面が明るくなって確認すると、そこには数え切れないほどの無数の着信とメールが父と母からあった。メールを見ていると、母が本当に心配していることが窺われた。なぜこんなに心配しているのだろう？と考えていると、思い当たったことがあった。それは今朝発作的に家を出た時、その時和也は「死」を想っていて、遺書めいた書き置きを残してきたのだった。その内容は「生きていても迷惑をかけるだけだから、自ら死にます。申し訳ないです。今までありがとうございました」というような内容だったと思う。それを、心配して一人暮らしの家まで訪ねてきてくれた父が発見し、家族中大騒ぎだったようだ。

急いで和也も母に電話し、事の経緯と今の状態を説明した。死を思い直したことや少し前向きになったことを説明すると、母も少し安心したようだった。母が「早く帰ってきな」と言ったが、和也は「歩いて帰る」と言い張った。しばらく押し問答になったが、結局は母も了承してくれて、和也は大晦日の東京の街を歩き続けた。

浅草橋を過ぎる頃には日も暮れてきて、ダウンジャケットを着て歩いていても肌寒くなった。さすがに足も疲れてきて、途中カフェで何度か一服した。こんな馬鹿みたいな無駄なことをなぜ俺はやっているのだろう？　みんなは楽しそうに大晦日の夜を満喫しているじゃないか？　俺はなんでこんな寒空の下、汚い惨めな格好で、誰にやれと言われたわけでもないことをやっているのだろう？　と思った。ただ足は止めなかった。理由はわからなかったけれど、やらなきゃいけない気がした。何かを変えたかった。きっかけが欲しかった。

和也は歩き続けた。何かを見つけるために。弱い自己を少しでも克服するために。ただ疲れていた。今の自分には何かをできる気はしなかった。足が棒のようになっていた。四ツ木を過ぎる頃には心も弱っていて、孤独で心細かった。なんとか歩き続けていたが、足の痛みで歩き方はぎこちなくなっていた。この試みもまた失敗に終わるのか、そう思ったが、それでも歩き続けた。青砥を過ぎる頃にはさすがに冷え込んで顔の皮膚がつっぱっていたし、手はかじかんでいた。

それでも歩き続けた。ただ高砂を過ぎる頃には足も動かなくなってきた。泣きたい気持ちだった。足が動かないことじゃなくて、寒いってことでもなくて、行き場のない未来やふがいない自己に対して、憤慨していたし、情けなかった。

小岩のお寺を通る時に中学時代のお金持ちの同級生が、お寺の初詣の手伝いをしているようだった。それは同級生に似た男がそれをしていただけかもしれないが、中学時代家に泊まらせてもらったこともある、親が大型スーパーを何店舗も経営しているが、テストとかは全然できない、怒られてばかりいたこの小柄な男が元気にのうのうと暮らしている幻影のように感じられた。この男を内心和也は馬鹿にしていたのに、こいつは今も能天気で、能天気な分だけ心も純粋で、将来も生活に困ることはないんだろうなと思ったら、自分の境遇がより一層惨めに感じられた。

それでも千葉県はもうすぐだと思って、頑張ったが、歩行者が千葉県側に渡る橋というのが探してもなかなか見つからなくて、そこで力尽きた。これ以上はどんなに頑張っても、もう歩けなかった。

悔しかったが、親に連絡を取って、船橋まで迎えにきてもらうことになった。それで京成線の江戸川駅までは頑張って歩いて、列車に乗った。車内の蛍光灯は今まで暗いところにいた分だけ明るく感じられて、少し眩しかった。若者が目立つ車内はウキウキしていたし、少し騒がしかった。でも、和也はそんな当たり前の空気にホッとしていた。船橋駅で母を見つけると、その気持ちは一層強まった。対面した母と父は和也を責めることもなく、何も言わずに受け入れてくれた。帰り道、父が運転する車内では紅白歌合戦がラジオで流れていて、五木ひろしが大トリでこぶしをきかせていた。車内で新年を迎え、家に着くと、少し食べ物を食べて、その日は父のベッドの中に入った。父が気を利かせて録画してくれていた大晦日恒例の格闘技も見たが、巨漢選手同士の派手なKOシーンは、その時の和也にはまるで響かなかった。そして、その日はそのままテレビを消して、父と一緒のベッドで布団にくるまって眠った。

5

和也は実家に帰って少し落ち着いた日々を過ごしていたが、気分は相変わらず落ち込んだままだったし、秋学期の試験が目前に迫っていた。和也はできる分だけできる限り勉強したが、今では勉強を教えてくれる仲間はいなくなっていたし、仮にいたとしても和也はまともに他者とコミュニケーションを取れる状態ではなかったので、孤立無援のまま試験を受けたり、課題発表を行った。

朝起きて、実家から二時間以上かけて神奈川のキャンパスに通うのは、精神的に不安定な和也にはとても苦しくて、土曜日の試験などは父に車で送ってもらったりして、受けるだけは受けたが、進級するには総単位数も必修の単位も足りなく、予想通り留年した。

和也はその事実に落ち込むというよりはホッとしていた。この先の見通しは立たなかったし、留年をして一年の猶予をもらったからといって、進級できる気はしなかったが、自分のダメな所が明るみに出て、露呈するというのはなぜか嫌な気がしなかった。

要するに和也というのは一見普通に見えるが、いろんな意味で障害や課題を抱え、それが人生で初めてはっきりとした形で明るみに出たのである。

それはこの期に及んではあまり自分のせいという気もしなくなっていた。もちろん反省すべきところや自分の落ち度もあったが、なんというか自分が他者と根本的に違うというような腑に落ちない感覚があった。それが何なのかまではわからなかったが、この頃の和也は深刻に悩むと同時に少し諦め、納得し始めていた。

四月になって新学期が始まり、最初の頃は授業に全部出席して、今年度こそは進級するぞと思っていたが、仲間もその学問の基礎もない和也にとって授業は拷問でしかなく、結局ゴールデンウィーク明けには通わなくなってしまった。

それでも、申し訳程度に自分の罪悪感を癒やすためだけにたまに大学に通っていると、去年までクラスメイトだった軟式野球部の男と会った。彼は進級こそできたが、必修の単位を落とし、この授業だけは神奈川のこのキャンパスに受けに来ているとのことだった。

彼と東京方面に帰る電車の中で会い、しばらく話をした。和也が「留年した」と言ったら、浜中というこの男は、

「マジで⁉　大丈夫かよ?」

と言ってきて、和也の大丈夫じゃなさそうな雰囲気に少しギョッとしていたが、

「俺は骨折しちゃったんだよ」

と松葉杖と包帯でグルグル巻きにしてある左足を見せた。

浜中は必修の単位を落とすぐらいだから、内部進学生で勉強はできない方だったが、運動神経は抜群で、軟式野球部で一年の時から四番を務めていた。三年先輩の女子マネージャーも射止めるようなイケてる奴だったが、本当に自分に自信がある分だけ謙虚だった。

だが、彼と話していると、「謙遜しないで硬式野球部に入っておけばよかった」「あぁ、俺も二年後にはサラリーマンかぁ……」とかネガティブな発言も目立った。

和也はそんな話を虚ろな想いで聞きながら、

「勉強して、いい中学に入って、いい高校に入って、いい大学に入って、いい企業に入る人生って馬鹿みたいだよなぁ……」

と言ってもしょうがないことを言っていた。浜中とはこの後、二度と会わなかったし、クラスメイトとも二度と会わなかったが、真面目で責任感が強くて、優秀でいい奴らだったよなぁと思うのだった。彼らみたいな奴らが今後の日本を引っ張るのだろうし、彼らはその能力と人格を自

分の努力で勝ち取ったのだよなぁ……と思った。そして、和也はそんな人間にはなれなかったし、なりたくもなかった。和也は引き返せないところまで来ていたし、こうなったらもう「自分」になろうと諦めにも似た決意を持ち始めていた。

結局、和也は春学期の試験で一単位も取れなかった。学期の後半はほとんど大学に通っていなかったから当然だったし、試験を受けることすらしなかった科目もあった。

和也は半ば自棄になっていた。どうすればいいかまるでわからなかった。とにかく今の自分を呪ったし、なぜこうなったのかを考えていた。なぜこうなったのかを考えると、入る学部を間違えたとか、高校時代から興味のない科目を捨てないで勉強しておけばよかったとか、いろいろ思いついたが、そんな問題でもない気がした。和也は真面目でよく考える人間だったので、常に「あとで後悔しない生き方をしよう」と心に留め、いろいろなことを常に頑張ってきた。そのためいろんな分野で結果を残せた。ただ和也にはいつも疎外感というか劣等感というものが影を落としていた。頑張れば頑張るほど他者との隔たりは深まった。結局和也はいつも孤独だった。ステータスや称賛はある意味で恥の上塗りだったし、和也の虚しさを強調するものだった。どうしても他者と関われなかったし、人との間に温かいものが流れなかった。他者が恐かったし、社会が和也から何かを剝奪しようとしている気がしていた。今まで和也に友達はいたのだろうか？

孤独で自分の心の内を誰にも話せなかった。心を許せる友達もいなかったし、家族にもわかってもらえなかった。わかっているのはこのままじゃダメだってこと。とにかく焦っていたし、とにかく悩んでいた。世界が終わればいいと思っていた。大人たちは意味のあるアドバイスはしなかったのに、余計なことはよく言った。「しっかりしろ！」「言い訳するな！」「頑張らなきゃダメだよ！」。世の中がくだらない奴らばかりに見えた。それはたぶん大人たちのほとんどが和也のレベルで悩んだことはなかったからだし、空っぽで何も考えていなかったからだ。

考えていた。どうすればいいかを。自分に嘘をつきたくなかった。家の周りをひたすら歩いて、喉の渇きも忘れて、哲学に没頭していた。時計を見ると、数時間経っていることもザラにあった。

少しずつわかってきたことは世の中のすべてに意味があって、理由があって、すべてのことが互いに連関して、関係性の中で存在や秩序を構成しているということ。ある意味で偶然なんて一つもないということ。だから、和也の人生も遺伝子や環境・運命などによって導かれ、後悔すべきことは何もないということ。そして、未来を変えたいのなら、自分自身を見つめ、引き受け、行動するということ。未来は変えられるということ。

そんなことを考えていた。当たり前のことしか考えていなかったけれど、少し充実感があった。でも、本当に知りたかったのはそんなことじゃなかった。

結局その頃和也は何かを見ようとして、いつもうまくいかなかった。本当にそれを直視するには和也は未熟だったし、その光は眩しすぎた。すべてを要求するような光だった。駆け引きなんて許してくれなくて、得ようとするのであれば、今持っているものをすべて捨てなきゃならなかった。

もう少しで光は収斂して、輪郭を捉えられそうな時もあったが、結局は分裂して焦点が合わなくなった。見ようとすればするほど答えは遠のいた。

　実家のトイレに籠もって、扉の外の父と対話した。「生きるとは何か?」「人生で大切にすべきことは?」「人間とは?」「国家とは?」「戦争とは?」「大人になるとは?」

　夏のトイレに籠もって、父と何時間にもわたって対話した。喉が渇いたら、手を洗うために出てくるトイレの上部にある水で渇きを癒やした。和也を心配している父の答えは満足なものではなかったが、真剣に答えてくれていた。

　少しずつ何かに近づいている気がしていた。つかみかけているものがあった。家族に頼んで携帯電話を持ってきてもらって、トイレの中から優子に電話をした。蟬の声が気持ち良さそうに夏を彩っていた。

「どうしたの?」

「わかったことがあるんだ」

「どんなこと?」

「世界を変えるには自分を変えるしかないということ。世界は自分自身の反映でしかないということ。正直になれそうなんだ」

「……」

「でも、まだわからないことがあるんだ。生きている意味とか、俺はなぜ生まれ、今こうしているのかとか、これから何をすればいいのかとか」

「……」

こんな具合に和也は優子に自分の考えやつかみかけていることを開陳し、説明した。こんな唐突で一方的で非常識な電話を優子はあまり嫌な顔もせず、興味を持って聞いてくれて、少しというか意味のある部分はそれなりに理解してくれた。ほとんど和也が一方的に話して、数十分、いや数時間ぐらいだろうか（今となっては定かでない）、経って電話が切れた。和也の携帯電話の充電が切れたのだ（その後、充電して、電源を入れた時には優子から、「大丈夫？　電話切れちゃったね。落ち着いたら、また連絡ちょうだい」というメールが入っていた）。

和也はそれからもしばらくトイレに籠もり続け、父と対話したり、一人で哲学に耽っていた。夏の暑さと空腹のせいで疲れていたが、脳はどんどん冴えてきているような気がした。今までどんなに考えてもわからなかったことが、わかりかけていた。曇りなく「見えてきた」のだ。日食の外側の光のような円環の輪郭がはっきりしてきたのだ。そして最後には収斂し、重なり合った。一つの像となったのだ。

その瞬間、和也は人生でそれまでもそれからも二度と経験しない強い衝撃に打ち抜かれた。打ち砕かれたと言ってもいい。その時見た光はあまりにも眩《まばゆ》いもので、瞳孔を焼くかのようだった。その瞬間は甘美で、暴力的で、一ミリの留保もなかった。ただその瞬間は長くは続かなかった。その圧倒的な精神の高揚と平静は一瞬しか続かなかった。和也はたぶん見つけられないたった一つの真実に近づきすぎたのだ。

その瞬間、和也は瓦解した。今まで持っていたつまらないエゴやちっぽけなプライド、くだらない論理はそれの前では何の意味も為さなかった。

彼は見てしまったのだ、それを。円と円が重なり合った瞬間、すべてを了解したのだ。

和也は間違っていた。自分が偉いと思っていた。自分が正しいと思っていた。人生が自分のためにあると思っていた。世の中を自分中心に見ていた。

でも、そうじゃないのだ。自分や自己、人生はもっと大きな計画のためにあるのだ。仰ぎ見るべき存在がいるのだ。跪拝《きはい》しなきゃいけない存在がいるのだ。絶対者がいるのだ。遠くから我々を見つめている絶対者の眼差しというものがあるのだ。それを和也は理屈じゃなく、直感で感じ取って、問題がある意味ですべて解決してしまった。神はいて、人生に意味はある、そして、私は救われて、意味があることをこれから為し遂げられる。要するに宣べ伝えることができるのだ。これが和也の「信仰」であり、「道」となったのだ。そして、和也は一日ぶりにトイレの鍵をカチャリと解錠し、外に出た。


一日ぶりに外に出た和也は世界のあまりの眩しさに戸惑っていた。外の世界はトイレに籠もる前とは様相が一変していた。表面的には何も変わらず、当たり前の日常が流れているだけなのだが、何かが違うのだ。意味を帯びているというか以前より奥行きがあるのだ。そんな新たな世界に感動し、動揺していた和也だったが、家族が心配し、和也も疲れを自覚していたので、床に就いた。でも、疲れはあるはずなのに全然眠れなかった。目をつむっても、却って目は冴えてしまった。瞼の裏で宇宙を巡回する星々を見ているような気がした。世界の組成が入れ替わってしまったような気がした。そして、何かが繰り返し訴えていた。それが何なのかを自覚する前に、気づいたら、和也は眠っていた。

浅い眠りの中で、和也はハンモックの上にいるような気がしていた。揺れるハンモックの上で地上にいる時よりも自由にノビノビと振る舞っていた。日向で風も気持ち良かったから、誰かに愛されているような気がした。人生で初めて赦されているような気がした。誰かに祝福されているような気がした。ただそんな瞬間は長くは続かなかった。

短い浅い眠りから覚めると、和也は強迫観念に襲われていた。何かに急き立てられていた。落ち着くことができなかった。意識と身体を統合することができなくなっていた。やみくもに焦り、ささいな刺激に反応し、怯えていた。知ってしまったことがあまりに大きく本質的で、知ったことを後悔していた。「自分は罰せられるのでは?」と直感的に思った。秘密を知ることは甘美であるが、同時に絶対的な代償を強いるものである。

そんなプレッシャーに耐えられず、気づいたら和也は発狂していた。人生で初めて父を殴った。錯乱した意識の中で街に出て、知らない人間が運転する車に乗り、通報され、警察に保護され、精神病院に入院させられた。何かが繰り返し訴えていた。遠くでサイレンが繰り返し鳴っていた。

6

精神病院は以前「関係ないもの」「異常な者が収容されているところ」として認識していたものの、実際は遥かに文化的でサービスが行き届いたところだった。急性期の患者以外は安定していて、病棟には清潔さや秩序が保たれていた。

看護師は優しかったし、医師は真摯だった。混乱し、暴力的になっていた和也も抗精神病薬を処方されて、服薬を続けていると、冷静さを取り戻し、現実を客観的に認識できるようになってきていた。身体拘束や隔離も徐々に解かれ、少しずつ外界と接触するようになった。

和也はロビーに出たり、自分の部屋の扉の窓から、よく他の患者を見ていた。廊下の隅に新聞紙を敷いて額をこすりつけて祈る老婆、非常灯の下で踊る少女、道徳的理由から蚊も殺せない男、歩こうとすれば歩けるはずなのに決して歩こうとしない車椅子の女。

ある時、若い女性の看護師が検温に来た時、和也はその時ちょうど個室の扉の窓から廊下を見ていて、「佐々木君ていつも見ているけど、何を見てるの?」と聞かれた。

和也は、「自分を見ている」とだけ答えた。

そしたら、その女性看護師の顔色が曇って、聞いちゃいけないことを聞いたみたいにそそくさと帰ってしまった。

ある時は、興奮して暴れている大柄の男性患者をスタッフ一同が押さえつけて、なだめているという様子を近くからずっと見ていて、看護師に怒られた。

「佐々木君もそんなところ見られたら、嫌でしょ⁉」

その言葉は和也にはピンと来なかった。ただ和也はずっと自分を見ていた。


家族はいつも通り優しかったので、よく見舞いに来てくれた。和也の好きなヨーグルトやバナナやみかんなどの差し入れも抱えて。ただ和也が何にそんなに悩んでいるのかまではわからないようだった。単純に学業不振だけで悩んでいるわけではないということは、両親でも察しがついているようだったが、それ以上は推し量れないようだった。それは精神科医にとっても同じようだった。医学的に科学的に和也を分析できても、心の内側で、魂で何が起こっているのかまではつかめないようだった。それには両親や精神科医ばかりに問題があったわけではない。それは和也の方にも問題があった。和也はこの頃まだ自分の心の内を話す術を身につけていなかったのだ。どうやったら言葉や感情が相手にしっかりと伝わるのかという知識や経験が不足していた。

だから、彼らとのコミュニケーションは空回りし、互いにフラストレーションばかりが溜まる結果となった。和也が本質的なことを物語ろうとすると、彼らはみんな決まって嫌な顔をした。和也がまたおかしくなっちゃったとでも言いたげに。

決まった時間に起床し、決まった時間に就寝する、また栄養バランスの整った給食を三食食べるという生活の中で身体の調子は良くなったが、自分が心に抱えているもどかしさは全然晴れなかった。

せっかくつかんだ真理も他者と共有できなければ戯言である。とにかく実感として、和也が本当のことを語ろうとすると、みんなは不愉快になり、イラ立ちすら隠さなかった。和也は声を大にしてこの真実をみんなに伝えたかったが、今は心の奥にしまっておくのが賢明だと思った。

和也は徐々に主治医に対しても、家族に対しても心を閉ざすようになっていった。言っても伝わらないことがわかってくると語ろうともしなくなった。この頃彼らに対して、「お前に何がわかる⁉」といつも思っていたし、それが和也のこの頃の口癖だった、「そのことに関してはもう哲学が済んでいるんで」という相手の説得を遮る言動にも表れていた。

ロビーに出るようになって、他の患者とも関わるようになって、交流や共感などの温かいものもあったが、根本的には何も解決していなかった。それはある意味で他の患者も同じだったのかもしれない。極論を言えば精神の病とはわかってもらえないからである。

父や主治医は和也の状態を単純化したり一般化したり、なだめたり諭したりしたが、まったく心に響かなかった。たぶんそれは彼らがそれほど悩んだことはなかったからだ。和也の悩みは理性的なものでも物質的なものでもなく、もっと根源的なものだった。1＋1＝2ということから疑わないと意味のない哲学になってしまう気がした。ただその根本的な概念から疑ってしまうと生きている基盤すら揺らいだ。またこの頃、身体が半分もげた自殺未遂者が病棟のナースステーションの奥にある医務室に運び込まれ、緊迫感の中、医師や看護師の必死の処置も虚しく、息を引き取るということがあった。

和也は再び「死」を想うようになっていた。世界から拒絶され、否定されているような気がした。間欠的に襲ってくる精神病症状とともにもう限界だった。

和也は一日に一度許されていた散歩の時間に病院を脱け出し、電車に乗り、江戸川近くの駅で降り、音楽を聴きながら、川辺で佇んでいた。秋の風とともに誘ってくる何かがあった。風がススキを揺らしていた。

水は少し冷たかったが、それほどでもなかった。足は一歩一歩深みを辿り、徐々に顔まで浸かった。ためらいの中で「もういいや」と思った。水が顎や口・鼻・眼を飲み込もうとした時、「何してんだ!!」という声が聞こえた。和也はハッとした。「上がって出てこい!」と初老の男は繰り返し叫び、和也も目が覚めたように岸に戻った。

男は何か感じるところがあったらしく、和也の「死のうとした」という言葉にも何も言わず、「一緒に警察署に行こう」とだけ言って、寄り添ってくれた。警察署に向かう川沿いの道を、ズボンや上着の裾から水をポタポタ滴らせながら歩いている和也はすべてを諦めていた。囚人のようにすべてを観念していた。

警察署で言われた、警察官が言いそうな場を和ませるジョークは言われないよりは言われた方がいいものだったが、少し侮辱されたような気がした。

しばらくすると母が着替えを持って、駆けつけてくれた。母は深刻な顔をしていたが、何も言わずに帰り道寄り添ってくれた。そして、病院に戻った。

病院に戻った和也は打ちひしがれていたが、どこかでもう何も考えなくなっていた。あまり何も考えず、出された食事を食べ、隔離された部屋でゆっくりしていた。何かもう、一つの結着がついた気がしていた。要するに和也は、敗けたのだ。軍門に下ったのだ。はっきりした結論が出てしまうと、どこか少し気楽になれた。足掻くのはもうやめよう、そう思った。

それでも徐々に隔離が解かれ、食事の時間やそれ以外の時間もロビーに出ることが許されると、他者との交流が始まった。和也が自殺未遂をする以前から少し話していた、大林さん、田所君、時田さんなどとだ。

大林さんは元剣道日本一で、五十歳を過ぎた今でも風呂場で見ると、盛り上がった背中と太い前腕が印象的だった。只者じゃない雰囲気ではあったが、いつも悲しそうな目をしていて、手や唇はいつも震えていて、ろれつもうまく回っていなかった。アルコール依存症らしく、酔うと手がつけられなくなるらしい。それ絡みで犯罪も起こし、家族にも愛想を尽かされたようだ。

田所君は男子高校生で、不登校のようだ。学歴志向の父からプレッシャーをかけられ続けているが、田所君は自分に自信がなく、周囲の期待と現実の自分との乖離《かいり》に心が分裂してしまったようだ。図々しいところもあるのだが、いつも心細そうで、誰かに遠慮して、まっすぐに話せない姿が印象的だった。

一番交流があったのは、時田さんとだ。三十過ぎの綺麗な品のある女性で、教養も社会経験もあり、旦那さんにも両親にも愛されている、何不自由ない生活のはずだったのだが、お子さんが産まれてから、ホルモンのバランスが崩れ、産後うつ病になってしまったらしい。自分を責めて、泣いている姿をよく目にした。

一緒にオセロやトランプをしたり、ロビーのテレビの歌番組でＡｑｕａ Ｔｉｍｅｚの『虹』を「いいよねぇ」と言い合って、見たりした。

彼女が退院する際に手紙を渡してくれた。それをもらったのは和也が自殺未遂をし、大部屋から隔離された個室に移り、少し落ち着いた時で、「自殺未遂をした」とは和也は言わなかったが、時田さんも何かを感じていたらしく、それ故か、心のこもった温かい手紙をくれた。

「きちんと話す時間が持てるかわからないので、お手紙を書くことにしました。感謝の気持ちを伝えたくて。私がこの病棟に来た時、私は子育てがうまくいかなくて、胸が苦しくなるほど赤ちゃんと一緒にいるのがつらくて人生を放棄しようとしていました。そしてこの病棟に送りこまれて毎日が苦しくて苦しくて仕方なかった。いろいろな制限や孤独がなにより辛かった。だけど佐々木くんに『カレンダー上手でしたね』って声をかけてもらって（塗り絵を褒めてもらって）仲良くなって本当に私は救われた気持ちでした。だから佐々木くんは私にとってとても大きな意味のある人なんです。本当にありがとう。私も新生活に不安がたくさんあるけど無理せず頑張ろうと思っています。佐々木くんも佐々木くんのペースで人生を歩んでね。心から応援していますす」

7

時田さんがいなくなってからも、和也は病棟で時田さんからもらった手紙の意味を考えていた。この小さなはがきに書かれたメッセージは、自分の人生にとって大きな意味を持つものかもしれない。自分も誰かの役に立っている。自分も誰かに何かを与えられる。時田さんは和也の人としての〝在り方〟をそのまま認めてくれて、肯定してくれたような気がした。

希望の灯が灯った気がした。あんまり考えてばかりいずに実践してみよう。愛するということを始めてみよう。

「希望」を見出してからは、和也は目に見えてよくなった。自傷に走ることもなく、主治医の許可も出て、退院することになった。

ただ立ち直って、退院したからといって、大学の授業は相変わらずチンプンカンプンだったので、このままズルズル行ってもしょうがないということで、辞める決心をした。希望と展望に満ち溢れて入学したこの大学を、こんな形で辞めることになるとは二年半前の和也は全く想像していなかったが、その時の和也にはどこか清々しさすらあった。大学の事務員に退学届を出して、「本当にいいんですね?」と念を押されても、迷いはなかった。こうして和也は大学を辞めた。

和也はその後、主治医から「静養」を言い渡されていたので、家でゴロゴロしたり、テレビを見たり、散歩をしながら将来のことを考えていた。これから人生どうしようか? 何をやろうか? 何を目指そうか? 並外れた人間になりたいということ以外なかなか具体的には思いつかなかったが、考え続けている限り何かは浮かんでくるもので、徐々に漠然とした像ではあったが、浮かんできた。

それは候補が三つあって、お笑い芸人と僧侶と作家だ。和也は小さい頃は人を笑わせるのが好きだったし、ユーモアがあると言われたこともあったから、お笑い芸人は候補だった。僧侶は精神的追求というものを、とことん突き詰めてみたいという願望が和也の中にはあったからだ。作家は小学生の時作文でクラスメイトを爆笑させた時の快感を和也はまだ覚えていた。

しばらくそれなりに本当に悩んでいた。一度はお笑い芸人の相方を誘うつもりで高校の時の陰気だが面白い同級生に電話したが、母親が出て、「電話あったって伝えてください」と和也は言って連絡先を教えたけれど、愛想のない返事で、それっきりそいつからも連絡は来なかった。またよくよく考えてみれば和也は肌が荒れやすかったので、テレビ画面でアップにされたら、視聴者に見苦しいかなとか、くだらない先輩芸人にイジられるのとか嫌だなと思って、お笑い芸人は候補から消えた。僧侶も中学の剣道の授業の短い時間の正座もろくにできなかった和也が、姿勢を正しての長時間の座禅なんてできるわけないよなと思って、候補から消えた。そして、結局、作家が残った。

というわけで和也は小説というものを書いてみようと思った。しかし、生まれてこの方小説なんて書いたこともなかったので、何から書いたらいいか、どう書いたらいいか、まるでわからなかった。仕方ないので、書店でそのような本を探した。そしたら、『初めての人の小説書き方講座』なる本を見つけ、「いいもの見つけた」などと思い、ホクホク顔で買い求めた。

和也は真面目だったので、家に帰り、この本の教えを忠実に守り、早速小説を認《したた》めてみた。この本の教えは①地の文と会話の比率は七：三が望ましい②ページ数に相応しい登場人物というものがあって、原稿用紙三十枚なら主要な登場人物は三人とかその他いろいろあって、今思えば、眉唾物の本だったが、その頃の和也は文学のことは全然わからなかったので、「そういうもんか」とか「いい本買ったな」とか思いながら、その本を熟読して、母のパソコンを借りて、少しずつ小説を認めていった。

和也の初めて書いた小説は挫折した若い青年が旅をして、女性と老人と出逢い、束の間心を重ね、癒やされていくというありきたりな設定のものだったが、文章というものはどんなにマニュアル本を参考にしようが、結局はオリジナリティというものが出てきて、そこに作者の心情が投影されているものである。

和也は拙い言葉であったが、ゆっくりと筆を進めていった。文章を認めている間、自分が何をやっているのかをはっきり認識していたわけではなかったが、何かをしている、何かを産み出しているという漠然とした感覚があった。それは今までの人生で感じたことのない感覚だった。そして、和也はこの作品を書き上げた。この作品がいいのか、悪いのかは全然見当もつかなかったが、少し喜びもあった。

それで、評価を仰ぐつもりで、若者限定の短編新人文学賞のO文学賞に応募した。和也はその気になりやすい人間なので、「村上春樹みたいに初めて書いた小説で文学賞受賞しちゃったら、どうしよう⁉」と思っていたが、結果は一次選考も通らなかった。

それでも親や周囲の人に見せると、渋い反応も多かったが、この頃少し付き合っていた高校時代のちょっと陰気な同級生に「佐々木、これいいよ！」「短編小説家目指しなよ！」という嘘でもなさそうな反応に気を良くし、満更でもない和也だった。

その後、和也は調子に乗って、小説を第二作・第三作と認めていった。ただ気持ちを入れてないわけではなかったが、最初の作品のような瑞々しさは作品から消え失せていた。それは言いたいことがあって書いているのではなく、作品を成立させるためにこしらえてある言葉だったからだ。そして、応募した文学賞にも当然のように次々と落選した。その通告は和也の作品に対してだけでなく、和也という人間そのものに対して、「ＮＯ！」を突きつけられているような気がした。そして、その通告は的を射ているということを和也はわかっていたので、何かを変えなきゃいけないと思った。

体調もだいぶ落ち着いてきたので、「休みもそろそろこれぐらいでいいか」ということで、バイトを探してみることにした。駅で無料配布のタウンワークを手に入れて、家で見ていると、めぼしいものがあった。西船橋近くの倉庫作業の仕事だ。過去のバイト経験からどんな仕事か少し想像ができたので、早速担当者に連絡をしてみた。すると声の優しい若い女性が電話口に出て、次の日、ＪＲ西船橋駅の改札口で待ち合わせることになった。

次の日、少し緊張して待ち合わせの場所に向かってみると、そこにはそれと思しき、片手にコートを持った、スーツを着た若い女性がいた。目が合い、会釈をすると、

「こんにちは。ワーキングパワーの島崎です」

と女性は快活に言った。快活な声とは対照的なだらしない体型をしていたし、優良な会社などないと思っている人材派遣業に従事している人間に特有の〝二流感〟があったが、単純で善良そうな人間だったので、好感を持つことができた。

それから、駅構内のカフェに案内され、ホットコーヒーをおごってくれ、テーブルを囲み、席に着いた。

「早速ですが、履歴書見せて頂けますか?」と言われ、見せると、

「現在は無職で……。何か理由があるのですか?」と言われたので、

「精神疾患を患っておりまして」

「そうですか。うちでもそういう方もいらっしゃいますので、心配なさらないでください」

と島崎さんは屈託なく言った。この人は単純そうな分だけ、偏見や差別心があまりないようだった。

「それでいつから働けますか?」

「明日からでも」

「じゃあ、明日からお願いします。地図お渡ししますので、この場所に午前八時に来てください。専用のバスがこの近くで停まりますので、列に並んでいてください」

と言われ、渡された書類に記入し、捺印して、この日は解散した。

その夜、和也はある意味で社会復帰とも言える久しぶりの仕事に、期待と不安を抱いていた。倉庫の仕事は過去にしたこともあったが、場所が違えば勝手も違うだろうし、雰囲気も違うだろう。出逢いとかもあるのかな？　と淡い想いを抱いたりもしながら、気分を落ち着かせるために外に出て、夜空を眺めた。シンと静まり返った世界の中で、星々が見えた。寒くて乾燥している分だけ空気が澄んでいて、オリオン座や北極星が際立っていた。それらが和也の何かと響き合い、世界を司っている気がした。「恐いけど、自分の身をもっと大きなものに委ねてみよう」と思いながら、大きく息を吸って、吐いた。

それから晩御飯を食べ、服薬を済ませ、早めに就寝した。「さて、明日はどんな一日になるか……」と思いながら。

8

翌朝、目覚ましをかけた五時半に起きると、落ち着かない気持ちで、母が用意してくれた朝御飯をニュースを見ながら慌ただしく食べ、それから歯を磨いたり、持ち物を確認したりしていた。

余裕を持って早めの電車に乗り、車窓を眺めていた。電車内は久しく経験していなかったラッシュアワーというわけで、密集しているだけでなく、これから仕事という「戦場」に向かうピリピリとした緊張感に包まれていた。それは社会というものとは離れた隔絶した空間にしばらくいた和也だから、より強く感じたのかもしれないが、それはたぶんそれだけでなく、実際その都内に満員電車で通い、夜遅くまでハードな仕事をこなす会社員や労働者は、ある意味でどの時代の兵士よりも過酷なものなのかもしれない。

そんな社会の現実に圧倒されながらもJR西船橋駅に着き、もらった地図に従い、しばらく歩いて大きなドラッグストア沿いの約束の場所に着いた。そこでは、大勢の色褪せたジャンパーやコートを着た老若男女、有象無象が長い列をなしており、口から白い息を吐いていた。友達か仲間なのだろうか、話をしている若者などもいたが、大方は沈んだ表情で地面を見つめ、これから起こる何かに口を閉ざし、覚悟を決めているようだった。その光景に静かな胸騒ぎを覚え、怖気づきそうになったが、契約もしたのだから、逃げるわけにはいかず、和也もその列に加わった。「この列は森下運輸の倉庫へ向かうバスの列ですか?」と比較的愛想の良さそうなおばさんに聞いてみたら、「そうだよ」とそれだけ憮然とした表情で返されてしまった。

しばらくして、都営バスのようなバスが縁石沿いに停まり、前方のドアが開いた。開いた口は次から次にみすぼらしい労働者たちを飲み込んでいった。和也は緊張し、キョロキョロしながらもやや後方の窓側の席に座った。しばらくして座席が埋まり、立つ人も現れ、半ば寿司詰めの状態でバスはどこかに向けて出発した。

車内ではスポーツ新聞を読む人、イヤホンでラジオを聴く人、軽い食事を取る人などいろいろいたが、一番強く感じたのはこれから楽しいところに行くわけではなく、服役囚がお務めにでも行くかのような深刻な厳正さがあったということだ。要するにこの都営バスのようなポップな乗り物は、実のところ「苦役列車」だったのだった。

東京湾沿いの工業地帯をバスに三十分ほど揺られていると、日本を代表する運輸会社である森下運輸の船橋倉庫という馬鹿デカい建物が見えてきた。東京ドームよりも大きいであろう、四階建ての建物は素朴な外観だが、見る者を圧倒するような威圧感があった。

バスの中でこの建物を目撃し、バスがこの倉庫の敷地の中に入ってゆくのを確認すると、バス停の列に並んでいる時から感じていた「嫌な予感」というのが、考え過ぎや思い過ごしなどではなく、動物的直感で危険を未然に察知した時のサインだったのだと気づいた。

バスが停まり扉が開くと、労働者たちは観念して、留置場に連れていかれる容疑者みたいな従順さで、この馬鹿デカい建物に列をなして入っていった。そして、階段で三階まで行き、ロッカー室でみんなコートを脱いだり、貴重品を管理したりしていた。

それから休憩所みたいな所にいると、しばらくして始業時間が近づき、みんな飲んでいたコーヒーなどをゴミ箱に捨てたりして、空気が引き締まって、どこかに向かうので、和也もそれに倣って、後を追った。重い扉を開くと、向こう側が見渡せないぐらい広く、その広大な空間に衣料品を詰めてある膨大な量のダンボールが所狭しと並んでいた。圧倒されるような空間を人間が忙しなく動き回っていて、ダンボールの荷物をまとめて運ぶフォークリフトも縦横無尽に駆け回っていた。

何か一種眩暈《めまい》を催すような空間に戸惑っている暇もなく、少し開《ひら》けた空間に整列させられ、点呼を取られた。派遣会社ごとに名前を呼ばれ、和也も自分の名前が呼ばれると、返事をした。

それから、少し改まった雰囲気で社員がそれぞれに今日捌きたい物流の量とか「怪我には気をつけていきましょう！」「元気に、活気を出して、やっていきましょう！」「シンプルにいきましょう！」などと朝礼を述べて、和也は「ヤダなぁ」とか「ダルイな」とか思いながら、緊張して、その場にいた。

朝礼が終わり、分けられた班ごとに社員やリーダーから業務のやり方や注意点が示された。和也がこれからやらされる仕事というのは、ロクに選定されたわけでもない雑多な労働者でもできる簡単な仕事だった。

それは社員から手渡されたバーコードリーダーを片手に、もう片方の手に買い物カゴを持ち、ひたすら広大なフロアを歩き、伝票にある西川衣料の製品をピッキング（ピックアップ）し続けるという仕事だ。

縦も横も一〇〇メートル以上は優にある広大なフロアを、昼休みと二、三時間に一回の十五分休憩以外、ノンストップで、「もっと早く！」「走れ！　走れ！」「置く場所そこじゃねぇよ！」とか、プレッシャーをかけられ続けながら、歩き続けるという仕事だ。

和也以外の他の労働者の大半はこの仕事に慣れているのか、表情を変えず、黙々とこなしていた。十五分か三十分ごとに館内放送のアナウンスがあって、逐一進捗状況が伝えられた。「ちょっと遅いです！」「このままじゃ、今日の目標達成できないです！」「回転速めてください！」「頑張りましょう！」とか大半が発破をかけるものだった。

和也はちょっと傷ついたり、イラついたりしながらも、やるしかないと思い歩き続けた。ヘトヘトになりながらも久しぶりの仕事という充実感も少し感じながら、八時間歩き通した。

それから、西船橋駅に帰る例のバスに乗り、解放感を感じながら、車窓から夜景を眺め、今日の自分の頑張りを労《ねぎら》った。

9

ぐっすり眠った次の日の朝、爽快感とともにまたあの仕事をしてもいいなと思い、夕方、島崎さんに電話をした。島崎さんは嬉しそうに、「じゃあ、明日も入れときますね」と言い、次の日も和也は出勤した。

この倉庫でのピッキングという仕事は和也には向いている部分とそうじゃない部分があった。向いている部分というのは単独行動で歩き続けられるということだ。和也は生まれつき団体行動やジッとしていることが苦手で、だから、このピッキングという業務の単独行動で歩き続けながら、自分の世界に入れるというのは性に合っていた。

ただ向いていない部分もあった。それは運送業界共通の職場がうるさく騒がしいということと、言葉が荒いということだ。耳をつんざくような怒声やちょっとした諍《いさか》いもよくあった。

それでも、一応身体も健康だから、働かなければという想いと、これ以外の仕事は今はまだできそうにないなと思い、週三、四回はこの倉庫で働いていた。

和也は勤勉なので、労働は比較的好きだったが、同世代の若者との交流もなく、底辺の派遣労働者として、時に怒鳴られながら、こき使われている今の自分の境遇が惨めに感じられるのだった。それには和也の強過ぎる自意識も関係していた。

大学受験の予備校の時の英単語や世界史のテストでは、何百・何千人の中で、ダントツで一番を獲り続けていた和也は、自分が何らかの分野でナポレオンのような際立った業績を残せるという前提の元、人生をプレイしていたので、大学も中退して、どこの馬の骨とも知れない奴にアゴで使われるなどというのは承服しがたい事実だった。

このような労働体験の中で、和也の中では社会に対する怒りや恨み（ルサンチマン）が着々と醸成されていった。例えば、テレビなどのメディアで時代の寵児としてもてはやされていた西川衣料の西川社長が、何か偉そうに経営理念や人生哲学などを披瀝《ひれき》しているのを見ると、虫酸が走って、殴ってやりたい衝動に駆られた。搾取されている労働者に対する共感や同情はその表情にはみじんも感じられなかったからである。

この頃、腐れ縁のように付き合っていた陰気な高校時代の同級生以外で、唯一関わっていたのが優子だった。

優子は和也がトイレの中から電話をかけた一件のすぐ後にスリランカに留学に行った。異国の文化を勉強したいということと自分の可能性を広げたいということで張り切っていたし、前向きな決断だったので、しばらくの間少し寂しかったが、和也は応援していた。

一年半の留学だったが、その間もたまに連絡を取っていて、変わらず元気そうだった。

ところで、和也は相変わらずあの倉庫の仕事を懲りずに続けていた。この仕事も始めて二年目になり、慣れてきた部分もあったが、嫌なものはやっぱり嫌だった。馬鹿の一つ覚えみたいに来るたびに「シンプルに行きましょう！」と朝礼でほざく社員や、人生や人間関係で豊かなものをまるで育めなかったから仕事というものに偏執狂的にのめり込み、それを他者にも押しつける、白髪交じりの髪を逆立て、こめかみにも血管を浮き出させて目も血走っているバイトリーダーとかは、何度会っても生理的に受け付けなかった。

このままこうしていても埒《らち》が明かないということで、また、この仕事を休む口実が欲しいということで、和也はインターネットで通信制大学のことを調べていた。

千葉市に本部があるその大学は、現在ではポピュラーになった通信制教育の中でも元祖であり、多くの在学者や卒業生がいる通信制大学だった。授業料が安いことや単位を取れれば学士の学位をもらえ、大学卒業資格を得られることもあり、身近な人でも受講している人もいるぐらいだった。

和也は入学しようか迷った。またダメで、挫折感の上塗りをするのも恐かったし、興味のある分野とはいえ、授業についていけるかどうかもわからなかった。でも、和也は若い頃から、「あとで後悔しないように、迷った時は積極的な方を選択しよう」と思っていたので、今回もそのように入学することにした。幸い和也は前の大学で六十二単位を取得していたので、その通信制大学では、ちょうど六十二単位以上取得している人は三年次編入学が認められていたので、和也は三年生として編入学した。


そして、それから受講科目を選んで、本部に申請して、大量の教科書が送られてきた。数百ページに及ぶ教科書はどれも読み応えがありそうだった。放送が始まる前に下見でパラパラ見てみたが、興味がありそうな分野で俄然やる気は高まった。

それから学期が始まって、テレビやラジオの放送が始まった。ただ最初こそやる気はあったが、放送される時間は朝六時や夜十一時などもあり、機械が苦手な和也はビデオの録画予約のやり方もわからず、挫折した。最初の学期は結局、『自己を見つめる』と『仏教の思想』の四単位しか取れなかった。

和也は大学というものを一旦放置して、また例の倉庫の仕事に精を出していた。「こんな暮らしがいつまで続くのだろうか?」病気はたまに発作で単期間入院することもあったが、おおむね落ち着いていた。ただ人生の活路は全く見出せなかった。「俺はこのまま終わってしまうのだろうか？」「こんなはずじゃなかった」「ふざけんな！」誰にぶつけていいかわからない怒りを昇華させる方法もこの頃の和也にはまだなかった。「文学にも才能はなさそうだな」「どうするんだ、俺の人生⁉」。ここの倉庫で以前親しくなった三十代後半の茶髪の少しイケてる外見の男が言っていた「佐々木君はまだ若いから、大丈夫だよ。俺はこの年でこんなことやっているんだから、もう終わりだよ」という言葉が焦りとともに妙に身につまされた。

焦燥感で気が狂いそうな和也だったが、郵便受けに届いていた大学の広報紙で、本部の敷地内にある図書館に併設された自習室で授業の放送をＣＤやＤＶＤで視聴できるということを知って、それから火がついたみたいにかなり頻繁に千葉市にある大学本部に勉強しに行っていた。哲学・文学・宗教・歴史……と自分の興味のある、習得してもお金に全く結びつかなそうな科目ばかり必死に勉強した。大学卒業資格のためでもあったけれど、ただただ興味のある分野の勉強は楽しかった。『人と人は出逢えるのか？』という授業では現象学や脳科学も援用して、「我執を捨てて、直向《ひたむ》きに向き合えれば、人と人は出逢うことができる」ということを十五回の授業で証明するという内容だった。『中央アジアの文化と歴史』は、シルクロード沿いの国々の商業や文化や歴史を詳細に描き出すという授業だった。これをいくら勉強してもたぶん人生の役には立たないよなと薄々気づきながらも頑張っていた。

こうして和也は受験生でもないのに、バイトの日以外は、大学図書館で朝から晩まで勉強していた。大学を卒業できたとしてもその先のアテなどなかったのだが……。

そんな日々を送っていた和也だったが、時折どうしようもなくやりきれなくなるのだった。バイトも勉強も頑張ってはいたけれど、心を通わせられる友もいなく（たまに会う高校の時の同級生はいたけれど、形ばかりの関係だった）、孤独で、将来に絶望していた。発狂したくなったり、物に当たりたくなったり、夜中眼が覚めてしまった時は、よく車で外出した。一人で夜中に車を運転して、国道16号沿いの大きいラーメン屋で「とんこつラーメン・ネギ大盛り」を食べたりしていた。深夜の広々とした店内では長距離トラックの運転手が麺を勢いよくすすっていた。和也はお冷をガブ飲みしながら、「これからどうすればいいか？」を考えていた。ただ答えは浮かばなかった。当然である。そのことはもう何万回も考え尽くして答えが出なかった問いだからである。

家への帰り道、回り道をしたりしながら、泣きながら、ワイパー越しに降りしきる雨の向こう側を見ようとしていた。カーステレオからはFuneral for a Friendが「偉大な男には素晴らしいことが起こるって誰が言ったんだ⁉　そいつは嘘をついてるよ！（WHO WAS IT THAT SAID THAT GREAT THINGS COME TO GREAT MEN? WELL THAT FUCKER LIED TO US）」と英語で歌っていた。

そんな和也を見兼ねてか、この頃父がよく連れ出してくれた。夜のドライブだったり、競馬場だったりに。

仕事終わりに木下街道や国道464号を、カーステレオでビートルズやサイモン&ガーファンクルを流しながら、車を走らせてくれた。

こういう時はほとんどいつも何も話さなかったが、たまに助手席から父に質問したりした。

「お父さんは幸せ?」

「わかんねぇけど、まぁ幸せかな。家族もいるし、仕事もあるし」

「生きてる意味って何⁉」

「わかんねぇな。生きてる意味なんてないんじゃねぇか。『神は死んだ』って確か誰かも言ってたよな。動物と同じように、生まれたからただ生きてるだけじゃねぇか⁉」

とか言ったりしていた。


競馬場にもよく連れていかれた。近くにある中山競馬場だけでなく、府中や大井や福島まで。中穴狙いの父はいつもあまり当たらなかったが、競馬場にいる時はいつも上機嫌だった。父は基本的にいつも上機嫌だったが、競馬場にいる時やビートルズのことを話している時はより顕著であった。

当たらない馬券を見つめながら、隣で屋台で買ったおでんを食べる和也を横目に、たまに教師という仕事について語ったりした。

「教育で一番大事なのは『愛』なんだよ。愛情込めて接すれば、絶対相手には伝わる。逆に一番やっちゃいけないのは大人が余計なこと言って、才能潰しちゃうことだ」

「設計事務所の仕事を体調崩してやめてから、教員免許を取るために水泳の練習をして、二五メートル初めて泳げた時はすごく嬉しかったなあ!!」

「初めて受け持ったクラスで、三月の終業式の後に、児童が色紙《寄せ書き》をくれて、それもすごく嬉しかったなあ!!」

レースが始まると、ゴール前で誰よりも大きな声で、およそ一人の人間の口から発せられたとは信じ難い、ものすごく大きな声で「行けー!!　行けー!!」と絶叫していたり、チラッと見た馬券にグランプリレースとはいえ、単勝一点で五万円賭けている様子に「この人も俺と同じで人生に負けたんだな。負け組なんだな」と思ったりもしたが、父の優しさや愛情は和也なりに痛いほど伝わっていた。

この頃、和也はたまに優子にメールをしていた。たまに連絡が取れることもあったが、しばらく途絶えていた。留学生活でいろいろ忙しいんだな。自分に構っている暇なんてないんだな。ましてや自分がピカピカの大学生だったり、ルックスが秀でていたり、気が利いていたり、ユーモアがあったり、コミュニケーションが上手だったならまだしも、大学も中退して、通信制大学には通っているものの、病気持ちで根暗な派遣労働者などとなど、よっぽどの物好きじゃないと普通関わらないよな、この関係性もその他の関係性と同じように自然消滅なんだろうなぁ……と思ったが、最後に「一回だけ」と思って、久しぶりにメールをした。しばらく（何日か）返ってこなかったので、「終わったんだな」と思った。

ところが、その日定例の長い散歩の後、その時生活していた実家の隣の祖母の家の雨戸を閉めきった、灯りをつけていない暗いリビングの中央にある、布団をかけてない空の掘りごたつの机の上で、蛍のように黄縁色の光が点滅していた。その折りたたみ式携帯電話の背面の液晶画面のメール受信を伝える光は電子であるにも関わらず、その空間を優しく照らし、温めていた。そして、その光はその空間を明るくするだけでなく、和也の心の闇にも掲げられた灯《ひ》のようだった。

部屋の蛍光灯をつけて、携帯を確認すると、直前に直感的に確信したように、それはやはり優子からのメールだった。

「連絡できてなくて、ごめんね。日本に帰ってきたんだ！」

それからトントン拍子に今度会おうということになった。

10

優子との約二年ぶりの逢瀬は優子の大学の課題のためもあり、上野で待ち合わせをしていた。久しぶりに会えるのを楽しみにしていた和也は時間に余裕を持って、ＪＲ上野駅に着いた。ただ待ち合わせの時間の直前に優子からメールが入って、「ごめん、ちょっと遅れる。本屋でも入ってて」ということだったので、実際本屋とか入って、時間を潰した。しばらくすると、「着いたよ！」とメールがあり、和也は改札口に向かった。

久しぶりに見た優子はあまり変わっていなかった。世間で言う美人という部類ではなかったが、東京出身なのに素朴で、人の良さそうなのが外に表れている女《ひと》だった。

最近、いや最近というだけでなく、生まれてこの方家族以外の女性とのコミュニケーションの経験に乏しい和也は、本当は久しぶりに会えてすごく嬉しいことや会いたかったことなど、そういう感情はあまり外に出さず、「久しぶり！」なんてことをボソッと言い、表面上は淡々としているというローンウルフ気取りだった。それでも上野動物園までの道すがら、「どうしてた？」とか「スリランカはどうだった？」と話していると、優子のいろんなことに頓着しない人柄や包容力の中で、長い間干からびていた和也の心にもかすかながら少しずつ潤いが注入され、話もそれなりに盛り上がっていた。

優子はゴリラや象や昆虫やオカピなどを見ながら、動物やその生態について書いてあるボードなどを優子の大学の課題である「地球温暖化について」のレポートのために、スマホで熱心に撮影していた。和也はスマホなるものを、知っている人が使用しているのを見るのは初めてだったので、時代に取り残され始めていることに少し焦りを感じながらも、表面上は平然としていた。

長い時間行動を共にしていると、若干だがそれなりに気楽になってきて、和也ほどじゃないにしろ、優子の将来も順風満帆・前途洋々というわけじゃないことがわかってきた。優子が通っている大学は一流大学ではなかったし、大学を休学して一年半留学したことは人生経験や人間性を育むことには前向きな材料だが、就職活動にとっては年齢を重ねてしまっている分だけ、それをポジティブに受け取ってもらえないことも留学経験者の実情らしい。そんなことを聞きながら、共感しながらも、自分が何を言えばいいのかもわからず、あまり何も言わず、上野公園の紅葉の木々の間を歩いていた。

帰りに喫茶店でコーヒーなどを飲んだが、大して盛り上がらないまま解散した。「今日は微妙だったのかな?」とか思いながら、京成線で千葉方面に向かう電車に揺られていた。


優子と久しぶりに会った後も、和也は普通にバイトや勉強を続けていた。楽しいことも刺激もあまりない生活を送る和也にとって、優子との関係性(ライン)は絶対に大事にしたかったが、和也は生まれつき孤独を好む傾向があり、そのためコミュニケーション能力は中二レベルで止まっていた。つまり、他者のことを考えず、尊重せず、自意識過剰で自己中心的に振る舞い、相手をゲンナリさせる奴だったのである。しかもそのことに無自覚でプライドも高く、傷つきやすいという、全くもって論外の奴だった。自分がダメだってことは薄々わかっていたけれど、何が問題なのかはわからず、だから、その頃誰との関係性にも温かいものは通わなかった。

だから、この前のデートで、あまり盛り上がらなかったから、退屈させたり、嫌な想いさせたんだろうなと思い、半ば諦めていた。引き続きバイトでは怒鳴られ、こき使われ、体力だけでなく心もすり減っていた。大学では『世界の名作を読む』という授業でドストエフスキーの『罪と罰』やカフカの『変身』を読んでいたが、ラスコーリニコフの苦悩やザムザの疎外感や孤独に共鳴して感動していたが、このような本を読めば読むほど、女性と付き合うなどのリア充生活からは遠ざかってしまうという逆説《パラドックス》も感じていた。

そんなわけで、一縷《いちる》の望みをかけて、一カ月後ぐらいに優子にメールをした。「また会わない？」と。次の日、倉庫の仕事をいつも通りふてくされながらやり終え、帰りのバスに乗った。夜景を眺めながら、ちょっと緊張して、心の準備をして、携帯の電源を入れると、体の芯に響くような重低音のような振動があった。この時点で少し喜びもあったが、ぬか喜びをして、関係のないメールで大きく落ち込まないように、どうせくだらないメールだろうというような自己防衛的なスタンスでもって、受信メールのＢＯＸを開いた。そしたら、それは優子からのメールで、「私もちょうどそろそろメールしようと思ってたんだ。元気？　いつにする？」という内容だったので、この疲れ切った労働者たちの閉塞感に満ちた車内という空間で、一人だけ叫びたいぐらい浮かれ、周囲の冴えない連中に優越感すら感じていた。

確か十二月二十三日だったと思う。和也は待ち合わせの時間の二時間前の午後二時に早くも待ち合わせの場所、上野駅に着いていた。それは十二月が誕生日だった優子にプレゼントを贈りたいと思い、上野周辺で探すためだ。女性にプレゼントなど贈ったことのない和也だったが、優子が留学前に、つまり和也が精神的に崩壊する前にカフェで話を聞いてくれたり、トイレの中から電話をした時も、和也がもうおかしくなっていたにもかかわらず、真剣に誠実に耳を傾けてくれたことは和也にとって本当に大きいことだった。だから、今も付き合ってくれていることに対する感謝や優子の誕生日を祝うことも含めて、和也はプレゼントを贈りたいと思ったのだ。事前に頭の中で目星はつけていて、アクセサリーを贈ろうと思っていた。今思えば少し重いプレゼントだが、いろんな意味で相場や感覚が養われていなかったので、一万円ぐらいなら嫌がられないかなど思い、しばらく上野の街をふらつき、信用の置けそうなアクセサリーショップに入った。やたら明るい店内のディスプレイをしばらく眺め、値段などを見ながら、どれも同じに見え、困り、モジモジしていると、五十代ぐらいの女性店員が近づいてきた。少し派手で、人は良さそうだが、何か内側に抱えていそうな、つまり和也の購買意欲を誘いたいことや、人生でいろんな経験をしてきたことが隠そうとしても滲み出ている、それは保険屋のおばさんや紳士服の女性店員にも言えることだが、それが少し嫌だったが、基本的にいい人そうだし、アドバイスを受けないと全然決められなさそうだったので、予算を伝え、候補を選んでもらった。その際、女性店員の「彼女さんへのプレゼントですか？」なる言葉にはあまり答えず、「ええ」なる和也お得意の曖昧な返事で、微妙に場の空気を悪くしていた。ただ候補が絞られると、それなりに自分なりの良し悪しというものが決められるようになって、オーソドックスなシルバーのネックレスを選び、ラッピングしてもらった。

ラッピングしてもらったネックレスをリュックにしまい、散歩したりして時間を潰して、改札付近で優子を待った。そしたら、その日は珍しく遅刻せずに来て、一緒に暮れてゆくアメ横を歩いた。

何を話すでもなく、近況のこととか将来のこととかを話していたんだと思う。優子はあまり自分から話すタイプではなく、だから、普段は静かだが、本当は話をしたい、話を聞いてほしい和也がよくしゃべった。和也の話は脈絡がなく、自分の本心を知られたくない、つまり途方もない挫折感や自身に対する無能感、絶望、孤独、臆病さ、話を聞いてほしいなどを気取《けど》られたくなかったので、非常に幻惑的で奇妙な話し方だったが、優子はあまり嫌がらず、抵抗感もなく耳を傾けてくれていた。

優子は「話を聴く」才能のある女《ひと》だった。和也みたいに社会や大人に非常に不信感の強い男にも心を開かせることができる女《ひと》だった。親や大人や精神科医や後《のち》に世話になるカウンセラーにもできないことが優子にはできた。つまり、批判的な分析や解釈を加えずに、ありのままそのまま話を聴くことができたのである。だから、自分が何を話したいのかわからず、本心も知られたくない和也も優子に話を聴いてもらっているうちに素直になってきて、自分が本当は何をしたいのか、何を言いたいのかがわかってくるという不思議な才能を持った女《ひと》だった。ただそれでも照れや強がりが人一倍強い和也なので、心は半分閉じたままだったが、それでも確実に癒やされていた。和也が話すことは、わかりやすいことや正論（優等生的な発言）を言っているうちはみんな感心して、納得して聞いてくれるが、いざ和也が本当に話したいことを踏み込んで語ろうとすると、急にみんな耳が聞こえなくなったみたいにキョトンとして、嫌な顔さえした。でも、優子はそうじゃなかった。和也の話の歪《いびつ》で不規則で扱いづらく、不合理で、生き生きとしたものとそのまま向き合い、受け止めてくれた。そして、それを愛してくれたような気さえする。

そんな和也の話を優子がどんな想いで聴いていたのかを今はもう知る術もないけれど、付き合ってくれている部分もあっただろうけど、たぶん結構面白いとも思っていてくれたんだと思う。それは初めて入院する前にカフェで和也が考えていることを夢中になって、ノートに書いて説明した時も、半ばおかしくなりながら、トイレの中から電話をした時もそうだった気がする。

その時、初めて誰かに何かを話した気がする。話や物語というものは聴く人がいて初めて成立するものだが、ストーリーにとって、話者を受容してくれる誠実な聴き手が絶対に必要だ。その時の和也にとって優子はそういう存在だった。そして、和也は今でも〝優子的なもの〟に語りかけ、投げかけているのだと思う。優子はいつもあまり何も言わなかったけれど、いつもしっかり聴いてくれていた。

それから、しばらく歩いたアメ横を離れ、路地に入ると、安いチェーン店の居酒屋があり、その店に入った。楽しかったけれど、あまり自分ばかり話しても悪いなと思い、優子のバイト先のパン屋の愚痴や好きなお笑い芸人や韓流《はんりゅう》アイドルの話を聞いていた。

お酒が好きな優子は少し赤くなり、上機嫌になっていた。その後にいろいろあったにせよ、和也と優子はそれなりに相性が良かったんだと思う。別れてしまったにせよ、もともとは仲の良かった夫婦のように。

お互い遠慮がちながらも交流していたんだと思う。その証拠か、優子が「そのお酒、ちょっと飲んでいい？」と和也の飲みかけのカシスオレンジを指差して、言った。「いいよ」と和也は無表情で答えたが、本当はすごく嬉しかった。嫌われてはいないんだなとか気持ち悪いとか汚いとは思われていないんだなと思い、安心した。

和也にも少し酒が回り、もう少し優子と一緒にいたかったので、洗面所に入って、次の日に入れてあるバイトをキャンセルする電話を派遣会社に入れた。それで、「親戚が亡くなった」と嘘をついて、キャンセルしてもらった。

「これからどうしようか?」などと話しながら居酒屋を出て、まだ時間が早かったので、水道橋の後楽園ゆうえんちに行くことにした。行ってみると、その日は祝日ということもあり、どのアトラクションもいっぱいで、本当は乗りたかった観覧車にも乗れなかった。仕方ないので、唯一空《す》いていたファミリー向けのコースターに乗ることにした。地上一〇メートルぐらいを回転したり、旋回しながら、風や景色やスリルを楽しむというコンセプトの元におそらく作られた子供向けの、絶叫度はだいぶ低い乗り物だったが、高所恐怖症の和也にとっては顔が硬直するぐらいは普通にビビッていて、乗りながら、回されながら、何か少し観念していた。

下車してグッタリしている和也を見て、「大丈夫?」と優子は心配してくれたが、そこは強がりとやせ我慢で「大丈夫」とゲッソリしながら言い張った。そういえば、中学時代男五人で後楽園ゆうえんちに来て、レベルの低い絶叫系の乗り物で、和也がビビッて顔面硬直して、蒼白になっていたことを、ちょっと不良の底意地の悪い奴に執拗に笑われた嫌な思い出とかが思い出されたが、切り替えようと思い、頭から追い出した。

和也が言ったのだろうか?「ちょっと歩こうか?」ということにどこからともなくなり、水道橋から順天堂大学や東京医科歯科大学沿いを御茶ノ水方面に歩いていった。街灯もまばらな中、一メートルぐらいの間隔を空けて、あまり何も話さずに歩いた。東京の街を歩くなんて『ノルウェイの森』のワタナベと緑みたいだなと思った。

それから和也は、意を決して、唐突に「手、繋ごう」と言った。でも、優子は何も言わず、応じてくれず、気まずい空気が流れ、それからはほとんど無言で秋葉原まで歩いた。帰り際にプレゼントを渡した。優子は驚いたようだったが、受け取ってくれた。

総武線に乗りながら、「今日は負け戦だったな」とふてくされ、落ち込んでいた。千葉県に入り、私鉄に乗り換え、いよいようらぶれた気持ちに拍車がかかりかけた時に優子からメールが来た。

「今日はありがとう。楽しかった！　あとプレゼントもありがとう。今年誰にももらわなかったから、すごくうれしい」と。

和也は「喜んでくれてよかった。あと、今日は何かごめん」と送った。

優子からは「なんで謝るの？」と来たが、それにはあまり答えず、「今日はありがとう。おやすみ」と和也は送り、この日が終わった。

11

デートの翌々日の朝、少し浮かれながら、西船橋駅近くのドラッグストア沿いのバス停で、いつもの例のバスを待っていた。優子は自分のことをどう思っているのかな？　男としては見ていないだろうけれど、嫌われてはいないんだろうな。優子ってあまりよくわからないけれど、いい人だよな。でも、今のままの自分じゃダメだよな。俺の人生、この先どうなるのかな？　こんな

ことい つまでもしてられないよな。

そんなことを考えていると、見覚えのある顔が近づいてきた。島崎さんだ。視察にでも来たのだろうか、今日もだらしない体型をスーツで包み、純粋な偽りのない表情で話しかけてきた。

「おはようございます。ご親戚さんのことは大変でしたね。佐々木さんも気落ちされてないですか?」

と一切疑う素振りもなく、優しく気遣ってくれたので、事情があったとはいえ、「人が死んだ」と嘘をついたことが恥ずかしくなり、かすかに心が痛んだ。それはその単体の出来事というよりは、和也がこの頃自分を発揮できておらず、社会に貢献することもできず、自分を持て余し、腐りかけていたことに対する焦りや解決への糸口のなさに起因するものだった。島崎さんはたぶんあまり頭も良くなく、人材派遣業というものに対しても、蹂躙《じゅうりん》されている派遣労働者の人権についても、ますます顕著になる格差問題や資本主義社会の矛盾についてもあまり考えたり、悩んだりしていないだろうけれど、毎日笑顔で出社して、労働者の雇用を創出して、嫌なことがあっても我慢して、時には頭を下げて、額に汗して自分の食い扶持を自分で稼いでいるんだよなぁ……と思い、悩んでばかりいて、親や社会保障(和也は発症後障害年金を受給していた)に頼っている非生産的な自分が嫌になった。

同級生は新卒で就職して、社会の波に揉まれながら自己研鑽して大人になっているというのに、自分はくすぶり続けて、卑屈な自意識だけ肥やして完全に取り残されていた。永遠に陽の当たる場所には戻れないいんじゃないだろうかと、この頃ずっと思っていた。

そんなことを思っていたものだから、朝のウキウキした気分は消え失せ、並んで座ることになった島崎さんの世間話を虚ろな想いで聞きながら、バスの窓から見慣れた干からびた倉庫群を眺めていた。

それから年末年始に優子にメールし過ぎてしまい、返ってこなくなると、和也はまた例のうらぶれた気分で、世の中に体育座りで背を向ける体勢を取っていた。

仕事も勉強も特に問題なく続いていたけれど、仕事では一人一人の仕事ぶりを個別に評価してくれたり、ましてや労われることもなく、自分がこの仕事を果たしてちゃんとできているのかを確かめる術もなかった。社員は労働者をただ機械の一部として、意志のない使い勝手の利く都合のいい存在として認識しているかのようだったし、そういう社員も資本主義社会の歯車でしかなかった。終いには自分の背中に番号でもつけられるんじゃないかと思うほど、この仕事を「自分」がやっているという実感がなく、生きているという手応えも希薄だった。

大学では、興味のある得意な分野だったので、順調に単位は取れていた。他の学生はやや年齢の高い世代が多くて、この人たちは自分と違って、ちゃんとした職業を持っていて、社会に帰属意識があって、知識も表面的なものでなく経験に基づいたものなんだろうなという劣等感もあって、なかなか仲良くなれなかった。

そんな中で、面接授業という、放送授業とは違う本部のキャンパスの教室で、三十人ぐらいで教授の授業を対面で受けるタイプの授業もあって、和也は哲学の授業を受けていた。授業の中で今日学んだ一連のことを振り返り、四十歳ぐらいの知性的な教授が和也に質問してきた。内容は忘れてしまったが、和也が「えーっと、えーっと……」としばらくまごついた末にめちゃくちゃ抽象的で根本的なことを答えたので、教室の年長者たちから馬鹿にするような笑いが起こった。ただ若い教授は和也の意見を拾ってくれ、尊重してくれた。また、文学の授業では、和也が朗読中、難しい漢字を読み間違えた時も大人たちが嘲笑していたが、そういう大人たちの言うことは例外なく空っぽだった。

極めつけは、『経験主義と分析哲学』という授業の試験で、大教室で解答時間が終わった時、試験が難しかったので自信がなく、試験官が解答用紙を回収する時に前の人のマークシートの解答が見えて、四、五個確認したら、和也と全部違ったので、和也は「しくじったな」「この単位落としたな」「教科書も繰り返し読んだけど、難解だったからな」と思った。前の座席の綺麗な身なりで、余裕と品格のある、眼鏡をかけた中年紳士は近くに座っていた知人と「あれはあだったよ」などと知的な談議を交わしていたので、「また来学期頑張ろう」と和也は鞄に荷物をまとめていた。

それからしばらくして、郵送で試験の結果が送られてきて、和也はその科目はAプラスだった。つまり、おそらく十問中十問正解だったのである。「じゃあ、あの前の座席の、勿体ぶった奴が醸してた余裕は何だったんだよ」と思った。結局、この大学も中高年の紳士・淑女の知的な優雅なサロンなどではなく、自習室に行くたびに見かけるヘッドホンをしながら授業のビデオを流しているが、集中して視聴している姿をついぞ見たことがない、Tシャツから出っ張った腹をチラチラ覗かせる、度だけは強い眼鏡をかけている奴に代表される場所ではあった。

和也のこういう斜に構えた態度は仕事や大学に対してだけでなく、親や医師に対しても向けられた。

和也は相変わらず、いつも哲学をしていた。そして、自分の考えや価値観と合わないものに対しては、徹底的な敵意と憎悪が向けられた。

世の中と適当につるんで、人生を謳歌しているような生半可な奴が許せなかった。上辺だけのテレビタレント・インテリぶった評論家・脳味噌筋肉のアスリート。そういう表面的な奴に虫酸が走った。深いところでは何も考えず、言葉を弄んでいるような気がした。彼らは人生に対する姿勢がいい加減で、我が物顔で生きているような気がした。厳かなものを畏れる気持ちが欠如しているような気がした。

そういう批判の眼差しは身近な人に対しても向けられた。すなわち親や医師に対してである。

両親は地方公務員として勤勉に働き、愛情深い人たちであり、和也や姉の君江は幼少期から一貫して経済的にも情緒的にも恵まれた環境で育てられ、成長していた。和也が統合失調症を発症した後も人生を投げ出さず、人間に対する信頼や希望を失わなかったことに関して一番大きい要因は、祖父母や伯父（叔父）も含めて家族の愛情や絆がそこにあったからである。それは進んで認める。ただ私がここで言いたいことはそんなことではない。

ただ親に対しては不信感もあった。社会が決めた枠組みに対して疑問も持たず、小市民的にテレビやギャンブルなどの余暇《レジャー》を楽しみ、人生に対する熱意や能動性を欠いていた。仕事や家事はしていたけれど、どこか冷めていて、怠惰な印象も彼らに対してあった。何もそれは両親だけでなく、大人全体に対してもそうだった。和也の眼には、大人たちはみんなどこか受動的で、主体が自分でなく、システムに操作されているような気がした。巷《ちまた》で発せられている言葉で、どれだけの言葉がその人の深いところから、魂の芯から発せられたオリジナルなものだろうか？

すべての言葉に致死的なまでに手が加えられている気がした。すべての言葉が自身の内奥からでなく、どこかから拝借して、適当につなぎ合わされただけのもののような気がした。

ところで、少年から青年を経て、大人の男になってゆく上で、まず第一にモデルになるのは父親であろうが、他の青年すべてと同じように父親に理想の男性像を重ねるという試みに和也は失敗した。それは和也の父親が他の一般的な父親と比べて著しく不道徳で、怠惰で、活力のない人間だったというわけではなく、和也の父親は柔和で愛情深く、自分の人生を楽しんでいた。

ただ和也はこんな人間（男）にはなりたくないと思っていた。一心不乱に情熱を傾けられるものもなく、時にはズルもする（「空き缶などのゴミ箱は内側でつながっているから分別しても意味がない」「募金はその後どう使われるか知れたものじゃないから、しても意味がない」と悪びれもせずよく言っていた）、休日は教育についての勉強をするわけでもなく、思索に耽ることや精神的追求をするわけでもなく、飽きもせず競馬中継やバラエティ番組を、時にはイカやホタテなどの乾き物をアテに酒をたしなみながら見ている、そんな姿を見ると自分も将来こうなるのかなと気が滅入った。

精神科医に対しても似たようなことを思っていた。和也より十歳ぐらい年上のこの男は、昔は不良だったらしく、高校卒業後は居酒屋のバイトなどをしながらフラフラしていたらしい。それから一念発起して医者になったという。そのような経歴の分だけ一般的な医者より情熱的で型破りな部分もあったが、この男がこの頃和也に盛んに言っていた「お前さんは真面目過ぎるんや、ズルを覚えなさい」という言葉と、「精神科医なんてインチキみたいな仕事や、お前さんが行こうとしたら引く、引こうとしたら押す、そんな仕事や」という、言えてたとしてもめちゃくちゃ世俗的な言葉に苛立っていた。

この男が、入院中、和也の発作が起きて、話を聞いてもらっている時に急患が入って、目を見て、「必ず戻ってくるから、ちょっと待っててや!!」と言い残し、一時間後ぐらいに肩で息をしながら駆けつけてくれたことや、自殺未遂後、広い病院の敷地内を十五分ぐらい大きく一周一緒に散歩してくれて、和也が「死にたい」と言ったら、「オトンの友達で呑んだ後、酔っぱらって、側溝に落ちて、頭打って、死んだ人がおるんや、それでオトンが『あっけないなぁ』って言ってたわ。死ってそんなものでもあるんやで」という話は和也の財産になっていた。

だから、和也もこの精神科医に対して、信頼や愛情、敬意を持っていた。ただ「ズルくなれ」とか「バランスを取れ」という言葉には著しく反感を覚えた。そうすべきだってことは和也もわかっていたし、やろうと思えばそれをできたかもしれない。そして、自分を萎えさせるものをいつまでも引きずって歩いているのが落ち込む原因だってことも、手放せば、楽になれるってこともわかっていた。でも、そうはしなかった。やりたくないことはやりたくなかったし、言いたくないことは絶対に言いたくなかった。ただ自分に正直でいたかった。

12

この頃和也はずっと悩んでいた。死にたいと思っていた。出口なんてない気がしていた。悪夢にうなされて、目を開けると、また暗闇で、どうしていいかわからなかった。家の壁にいくつも拳や足で穴を空けた。壁に頭を何度も打ちつけた。それでも足りないと、自分に向かって叫んだ。叫ぶ相手なんて他にはいなかったから。

抗精神病薬を飲んでいたけれど、衝動性をどうしてもコントロールしきれなかった。そんな時は丸い蛍光灯の中央にある豆電球もつけずに、ベッドの上で、自分が人殺しになるんじゃないかと思っていた。秋葉原の連続殺傷事件、アメリカで頻発する銃乱射事件、少し後になるが、ノルウェーで七十七人の犠牲者を出した連続テロ事件の犯人の父親が「あんなことをするぐらいだったら、息子は自ら死ぬべきだった」という記事を、精神病院の閉鎖病棟のロビーに置いてあった週刊誌で読んで戦慄を覚えた。どの犯人の写真にもどこか自分の面影が感じられるような気がした。

いつか読んだ、東野圭吾の『手紙』でひたすら犯罪加害者の家族の苦悩が描かれていて、人って一人で生きているわけじゃなくて、もし自分が何かをしでかしたら、自分だけじゃなくて、被害者、被害者家族だけでなく、自分の家族や親戚にまで、一生背負いきれない十字架を背負わせることになるんだよなぁと思って、どうしていいかわからなかったので、他人に迷惑をかけるぐらいなら、自分は自ら死ぬべきなんじゃないか、そう思っていた。そう思うぐらい、この時は精神病症状がひどかった。

そのようなわけで、和也はまた入院していた。主治医に薬の処方を変えてもらって、少し落ち着いて、大部屋に移されたが、まだ不安定さや怒りは残存していて、散歩も許されていなかったので、不満が頂点に達していた。それで、大部屋に誰もいないことを見計らって、ベッド脇に立てかけてある家族の面会用のパイプ椅子を手に取って、少し躊躇《ためら》った後《のち》、思い切りガラスに叩きつけた。ただ予想外にガラスは割れず、「こういう病院だから、こういうことも想定して、強化ガラスにでもしているのかな」と少しホッとして、こういう時よく人がそうするように、何事もなかったかのように廊下を歩いていた。

そこで、「あのぅ……」と小柄な初老の男に声をかけられて、ビクッとした。それは今の一部始終を見られていたのかという思いと、同部屋のこの男が背中を丸め、手を震わせながら、疑り深い視線で覗き込むように人を見る人だったからだ。この男の一種異様な風体やカーテンの隙間から覗かれる、移動式テーブルや棚の上が数週間や長くても数カ月の滞在だというのに、ちり紙や書類、筆記用具、衣類が散乱し、しかもそれが一重の散らかり方でなく、二重三重の散らかり方だったので（その散らかり方はもしかしたら熟練の臨床心理士が箱庭を見るように見たら、病態の重さを感じ取り、戦慄を覚えるようなものだったかもしれない）、そこに「美」が介在していたにせよ、「この人とは関わっちゃいけない」と早い段階で判断を下した人物だったからである。

ただ、「あのぅ……。西山って言います。よろしくお願いします」と丁寧に挨拶されたので、断りきれず、「佐々木です。よろしくお願いします」と返事をした。これが西山尚志《ひさし》との出逢いであった。

肌がかさついていて、しわも深かったので、初老に見えた西山尚志《ひさし》だったが、話してみると、和也よりちょうど二十歳上の四十二歳だということがわかった。どんな人生経験がこの風貌を創ったのだろうか、と思い、少し興味をそそられたが、『好奇心は猫を殺す』ということわざもあるし、距離を取るのが無難だろうと思い、そうしていた。

ただ西山という男はこちらが警戒し、距離を取ろうとしている雰囲気は十分出しているというのに、自重するどころか、どんどん距離を詰めてくるのであった。

例えば、こんな会話である。唐突に、

「風って紫じゃないですか?」

「え?　何ですか?」

「友達は緑だって言うんですけど、僕は紫だと思うんですよね」

「風って色あるんですか?」

……

「ヨブと神谷美恵子とキリストは違うと思うんですよね」

「え？　何ですか？　神谷美恵子って誰すか？」
「キリストは自らを射たところが他の二人とは違うと思うんですよね」

このように西山さんは話し相手である和也を無視して、一方的に話し続けた。双方向のコミュニケーションというものが成立していなかった。怯えながら、震えながら、世界に向き合っているこの男に同情も感じたが、それよりは不快感や苛立ちの方が大きかった。

話を聞いていると、どうやらこの男は早い段階で学校もドロップアウトし、職に就いたこともあまりないらしい。話し方がぎこちないことや手足が震えていることは精神病の症状や薬の副作用の影響らしく、何よりも幻聴や心的外傷（トラウマ）が彼を苛んでいるらしかった。

気の毒には思ったが、総合的に判断して、このドストエフスキー的な世界に生きている西山という深刻な男とは付き合うべきではないと思った。ただ和也は気が弱く、押しに弱いのと、やっぱり彼が少し不憫に思われて、連絡先を聞かれて、結局教えた。そして、それぞれ退院した。

それから、たまに彼から着信や奇怪なメールが来た。メールは相手の様子を窺う素振りが全くないことや時間を選ばない（午前二時や三時に深刻な宗教的な詩を和也の携帯がよく受信していた）こともさることながら、絵文字の使い方が独特で、半ば意味不明で他では絶対にお目にかかれないものだった。暗い内容の後に花火が上がっていたり、見たこともないアンニュイな表情の顔文字だったり。そして、それがなぜそこまで和也にとって脅威だったのかというと、そのメールがそれほどまでに奇天烈だったのにもかかわらず、同時に独創性や芸術性を屹立させていたからである。

電話も唐突によく鳴った。不定期でたまに鳴り、スルーすることもあったが、たまに出ると相手を無視した、一方的な話し方で、内容も暗く、深刻なものが多かったので、西山さんからの着信があるたびに、条件反射的にビクッとし、胃がモタれるのであった。

その日も電話があった。その日、和也は大人になってからは落ち着いているが、薬だけは毎日吸入している喘息の診察を終え、会計を済ませ、処方箋を持ち、病院から薬局に向かっていた。そこで、西山さんから着信があった。迷ったが、最近出ていなかったので、「悪いな」と思い、電話を受けた。そしたら、挨拶だけを済ますと、間髪入れずに、

「僕って基本的に間違ってないと思うんですすよね！」

と切羽詰まった、ものすごい勢いで話してきたので気圧され、しばらく病院付近を歩きながら、話を聞いていた。「それでいいんじゃないですか。それじゃ！」と言いたかったが、相手のあまりの熱意に負け、三十分ぐらいずっとその話を聞いていた。

「じゃあ、ちょっと用事があるので」と逃げるように言って、電話を切った時には、異様に疲れていたので、和也は着信拒否の設定のボタンに手が伸びかけたが、メチャクチャな彼の存在や混乱した思考の中に、純粋さや誠実さとともにとても素晴らしいものをかすかに感じ取っていたので、関係を継続していた。

それから結局仲良くなって、一カ月に一回ぐらい定期的に会うようになっていった。西山さんのオハコのキリスト教の話や尾崎豊、テニス選手の話などいろいろな話をした。哲学や文学・宗教などの共通の話題も多かったので、意見の相違はあったが、盛り上がっていた。

原稿用紙に書いたものをお互いに見せ合い、批評し合ったりしていた。西山さんは和也の書いたものをよく鼻で笑い、「正直に書かなくちゃダメですよ！」「書きたいことが伝わってきません。そこを具体的に書かないと」と言っていた。和也はそう言われ、悔しかったが、なぜか無視できなかった。その指摘が当たっているということを直感的にわかっていたからだ。

ただそういう西山さんの書いているものは、というと、

誰も言ってくんなかった　もうおそかった
気づいた時には良いものはなくなっていた

とか、

自分がいつダメになったか、その瞬間を覚えている

とか、

人を信じる
信じない
信じる
信じない
信じるから捨てる
つまり信じない方がいい

とか暗い内容ばかりだった。表現力や精神性には卓越したものを感じたが、「その手の表現ばかりブラッシュアップすることに粉骨砕身してないで、世界を肯定するような生産的な方向にエネルギーのベクトル向けろよ！」と震えた汚い字で書かれた西山さんの詩を見るたびに、感嘆すると同時に思っていた。西山さんのことを『病気の天才』『失われた才能』と揶揄《やゆ》する人もいたし、それは当たっていた。


いつか喧嘩になった。何かの議論の延長線で、西山さんが、

「結局人って裏切るじゃないですか！」

「夫婦の愛なんて全部嘘じゃないですか！」

と怒ったように言ったので、和也もムキになって、

「それ言ったら、人類全否定じゃないですか！」

と怒鳴った。そしたら、

「僕は人間なんて信じてないですよ。だから、キリストを信じているんです！」

と西山さんも感情的になって言った。

「西山さんは本当は何も信じてないんですよ！」

と和也は冷たく突き放すように言った。

「そうですよ。でも、三十九歳の時に信仰を得られた瞬間があったんです。その時の五秒ぐらいの間は本当に遜《へりくだ》って、信じられたんです。その瞬間は確かだったんです。だから、それから落っこちちゃったけど、信じようとしているんです」

と必死になって、西山さんは言った。

「何言ってるか、わからないですよ」

と和也は呆れたように言った。

お互い自分のこだわっているところは絶対に譲らなかったので、議論は白熱し、喧嘩で終わることも多かった。非常識で偏執狂《へんしゅうきょう》的なこの男のことが心底嫌になり、着信拒否の設定のボタンに手が伸びかけたことも多々あったが、そのたびに緑内障の手術を終えた為に瞳孔が少し光って見える潤んだ瞳や遥か遠く、向こう側を見据える視線に宿る「誠実さ」を裏切れなくて、関係は結局今でも続いている。

13

和也は相変わらず、この頃も哲学をしていた。仕事も大学もない日は友達も少なかったので、ひたすら近所の市街地や森林公園を歩いていた。家でもジッとしていられず、家族が居間でテレビを見ているのにも関わらず、リビングと台所と廊下を行ったり来たりして、ずっと哲学をしていた。それで、母や父に「生きてるって何?」とか「人生に後悔してない?」とか聞いて、母からは「結婚は失敗したわね」とか父からは「道江と出逢う前、いい娘《こ》がいてさぁ……」とか聞きたくない方向に話が進んで、嫌な気持ちになったりしていた。

この頃から、いや悩み始めた十九歳の頃からだろうか、今にも続いていることだが、だんだん何をしていても、自分の興味の中心が実際に目の前で行われていることじゃなくて、自分の頭の中で繰り広げられている哲学になっていった。よっぽど注意や集中力を要する緊迫の場面以外、大体何かやりながらもほとんどいつも抽象的で、哲学的なテーマを自分が納得できるまで詳細に考え尽くして、少し結論的なものが出て、ホッとすると、気づいたら、蜂が花の蜜に誘われるみたいに、新しいテーマが生まれてきて、またそれに対しても詳細に考え尽くす。そんなことを繰り返していた。また、時間が経ってから、過去に検討した哲学的テーマに対する結論に対して、人生経験の深まりと知識の蓄積によって、疑いが生まれると、検討し直したりして、改変したりもした。

和也は生まれつき子供にありがちな哲学好きの性向があったが、それも小学生や中学生、高校生、大学生と、勉強やスポーツ、アルバイト、同性・異性問わず交際という現実的な対応や努力が求められる場面が、他の一般的な人と同じように続いたので、純粋に哲学をするとか自分の好奇心に沿って探求するという和也固有の性質は抑圧され、フタをされていた。

ただここで定職もなく、精神障害者としてある程度のことを許され、勘弁されているという厚遇も相まって、「哲学者」「探求者」という生まれつきの本能に火がついてしまったのであった。

あと、この頃家でしていたことは『男はつらいよ』をTSUTAYAで借りて、その店で置いていなかった二作品以外の四十六作品全部見ることと、阿部寛主演の連続テレビドラマ『結婚できない男』を再放送で見ることだった。

あとは普通に勉強して、その日も春学期の試験に向けて、大学の図書館でCDやDVDを視聴したり、二階の閲覧室やソファーの上で教科書を読んでいた。

その時、ふと携帯が振動し、「どうせまた西山さんだろ！」と思って見てみると、それは優子からのメールだった。

「メール返せてなくて、ごめんね。元気？」

という十日以上前に送った和也のメールに対しての返信だった。

「元気にしてるよ。今は試験勉強を頑張ってる」

と返した。そしたら、

「佐々木君も頑張っているんだね。試験が終わったら、またどこか行こうか？」

「渋谷とかにする?」

「東京は飽きたから、今度は千葉に行こうよ!」

と言われたので、少し信用された気がして、嬉しかった。

「わかった。調べておくよ!」

そう言って、和也と優子は八月に千葉駅のホームで待ち合わせをした。


その年の夏も近年の夏の傾向と同じようにものすごく暑い夏だった。蟬はミンミンと盛大に鳴き続け、テレビのワイドショーやニュースでは「観測地点で過去最高!!」と、赤い液が高いところまで上った温度計の前でリポーターが大粒の汗をかきながら、まくし立てていた。そして、いつもの夏と同じように甲子園中継や、広島や長崎を始めとした戦没者慰霊の追悼行事が報道されていた。

春学期の試験をパスした和也はこの日も仕事などしながら、数日後に予定されている優子とのデートに胸を高鳴らせていた。ところで、この頃一つ気になったことは父が盛んに咳をしていることであった。夏風邪を長引かせているだけかな、と思ったが、少し心配だった。


午前九時にJR千葉駅のホームで待ち合わせた和也と優子は会ってもあまり何も言わず、ホームに入ってきた内房線の安房鴨川行きに乗り込んで、四人掛けのボックス席に対面で座った。

その日は暑かったその年の夏の中でも一、二を争うぐらいの猛烈な暑さで、「暑いね」とか口々に言いながら、みんな薄着をしていた。和也はどこかのテレビで見た「長袖の方が暑さをしのげる」というまことしやかな情報を信じ、腕まくりをした長袖シャツとジーンズだったが、優子は鮮やかな白いふんわりとしたロングスカートと夏らしい半袖の紺のシャツ、サンダル、頭に黄色い小さな向日葵《ひまわり》の髪飾りをしていた。その格好をボックス席の対面で見ていて、「すごく綺麗だな」と思った。優子をそういう視点で見たことはなかったから、狼狽《ろうばい》すらしていた。

電車の中ではあまり話さなかった。というより何か意味のあることは何も話さなかったと言った方が正確だろうか。ただ首振りをしている扇風機の風が時たま二人を捉え、シャンプーの匂いだろうか、柑橘系の香りが優子から漂ってきた。窓からは山や田畑の牧歌的な風景が流れていて、目に心地良さを与えていた。

内房線の浜金谷という駅で降りて、鋸山《のこぎりやま》を目指した。正午に近づくにつれて暑さは増し、あまりの暑さに次元が歪んでいるかのようだった。立っているだけでも汗が噴き出し、うだるような暑さで、「本当に登れるのかな?」とすら思った。

額に貼りついた髪と汗をタオルで拭い、山を登り始めた和也だったが、そんな時でも優子はどこか涼し気だった。和也は上り坂が得意だったので、「ちょっと待って、速い」と言われたりもしたが、優子はサンダルで歩きづらい格好だというのに、息も乱れず、相変わらず涼し気だった。歩きながら、たまに優子から柑橘系のいい香りがした。

途中でベンチがあって、疲れていた和也は座って休んでいたのだが、優子は服が汚れるのを気にしてか、座らなかった。水分も摂っていなかったので、和也の飲みかけのアクエリアスを勧めたが、「大丈夫、いい」と言って、再び歩き始めた。歩き始めてから一時間ぐらいして、大仏がある開けたところに着いた。お参りを済ませ、少し休んでいて、近くに自動販売機があって、「優子、水分摂ってないみたいだから、おごるから水でも飲みなよ」と言ったけれど、「大丈夫」と言われてしまった。

反対側の保田駅までの下りはなだらかな石段が多かった。なだらかだが、延々と続く石段を下っているうちに、優子が「膝が笑ってる」と言った。和也もちょうど同じことを考えていたので、「俺も」と言った。とにかく暑い夏で、緑が照り映えていて、蝉がこれでもかというぐらい盛大に鳴いていて、風が心地良かった、そんなことを今でも憶えている。

それから最初から予定していた通り、鴨川シーワールドに行くために電車に乗り、JR安房鴨川駅に着いた。駅からはシーワールドまで二十分ごとにシャトルバスが出ていて、次の便まで時間があったので、和也と優子はそれぞれお手洗いに入った。和也の方の用はすぐ済んだが、鏡で自分を見て、結構日焼けをしていて、和也はもともと肌荒れがしやすかったので、

「これって肌荒れみたいになっちゃってるかな?」

とかその頃一時通っていて、使用していた皮膚科の塗り薬が肌に合わず、顔中にニキビみたいなポツポツが大量にできていて、そのことに鏡を見ることで、再び直面して、クヨクヨしていた。それで結局洗面台の前に十分ぐらいいることになって、外に出て、優子に「大丈夫? 何かあっ

た?」と心配されるのは和也お得意のいつものパターンだった。

それからしばらくして、シャトルバスが駅のロータリーに来て、和也と優子はそのバスに乗り込み、シーワールドに到着した。ただ、混んでいたのと閉園時間が近づいていたので、入らないことにして、土産物店《みやげものてん》を見ていた。和也はキャラクターや物にあまりというか全然興味がないので、優子がいろいろ見ている遠くで、店内にある小さな鏡で自分を見て、「肌荒れみたいになっちゃってるかな?」というさっきの神経質な問いをぶり返させていた。

それで、結局優子も何も買わず、帰りの混雑しているバスにも乗りたくないということで、JR安房鴨川駅まで三十分ぐらい歩くことにした。暑くて、ちょっと疲れていて、会話がなく、少し気まずかったので、褒めるつもりで少し不用意に、

「優子、小林聡美に似てるよ」

と優子が好きだと言っていた、二十歳ぐらい年上の女優を持ち出し、悪気なく言ったら、

「何それ!　全然嬉しくない」

と言われてしまい、「あれ!　褒めるつもりで言ったんだけどな」と少し意気消沈してしまった。それから会話はあまり弾まなかったが、お互いお腹が空いていたので、和食レストランに入って、和也は鉄火丼、優子はとろろそばを食べた。和也は少しマナーに気をつけていたが、結局はいつも通り半ば犬食いになっていた。優子は育ちがいいのか上品に食べていた。

それから駅に着いて、優子がネットで調べてくれていた勝浦の花火大会に行くことにした。時

間も六時を過ぎ、日が暮れてきて、空気の質感も変わってきていた。三十分に一本の鈍行列車に乗り、着いた勝浦駅からは潮の香りがして、人出も多かった。浜辺の位置を確認し、近くのコンビニで、お酒とおつまみとカラフルなレジャーシートを買い、砂浜にレジャーシートを敷いて、アルコールのフタをプシュー!! と開けた。周りはカップルや家族連れが和気藹々としていて、自分が不釣り合いな気がした。優子はなんで俺みたいな暗いダメな奴にもここまで付き合ってくれるのだろう。友達も多そうだし、モテないわけでもないだろうに。そんなことを考えながら、最初の花火が上がった。花が咲くみたいに閃光が閃いて、それから立て続けに花火が「ドン！」や「パチパチ！」という音を奏で、夜空を彩っていた。観衆や子供たちからは自然と歓声と拍手が湧き起こり、「祭り」が始まった。

和也と優子はいつもそうだったが、口下手で会話は弾まなかったが、深いところではしっかりコミュニケートできていたような気がする。言葉じゃないところで、自分たちが本当は何を言いたいのか、何がしたいのか、お互いをどう想っているのか、をわかっていた気がする。優子は和也を異性としては見ていなかったかもしれないけれど、和也の強がりや弱さ、矛盾を含め、和也の苦悩や絶望、孤独な戦いというものを理解してくれていたような気がする。人って結局言葉で話すんじゃないと思う。優子の温かさにいつも守られている気がした。楽しいことなんて何一つなく、笑い方も忘れてしまっていた、この時期でも優子といる時だけは「自分」でいられた気がする。二人とも何も言わず、ただ打ち上がる花火を見ていた。最後の特大の花火が今日一番の「ドン!!」という音を立て、「祭り」は終わった。観衆はため息とも取れる嘆声をあげ、夏の風物詩の余韻に浸っていた。

和也は最後の花火からしばらく経った後、「今日の花火全部でいくらぐらいするんだろうね？」というメチャクチャ白けることを言った。それは和也が白けた人間だからというわけではなく、本当はすごく感動していたが、「これ以上ロマンチックな雰囲気ではマズイ!!」という防衛的な反応の元に行われた言動であった。優子はそんな和也の言動を見透かしてか、意に介さず、上機嫌で酒を呑んでいた。

余韻に浸った後、レジャーシートを畳んで、駅に向かって歩いた。ホームでベンチに座りながら、三十分に一本の列車を待っていた。

「飲まないの？」

と優子は酒が弱く顔を真っ赤にした和也に尋ねた。和也はカクテルしか飲めないのだが、チューハイとカクテルの違いがわからず、誤って購入したのだった。

「飲んでいい？」

と言って、優子は和也の飲みかけのレモンチューハイをつかみ、飲んでくれた。

ベンチに座りながら、同年代の活躍の話になり、「この前のW杯の本田圭佑すごかったね！」とか「沢尻エリカって私たちと同学年だよね？」「違うよ！　一コ上だよ」それで、優子のスマホで調べてみると、実際同学年で、「やっぱそうじゃん！」とか話していると、ライトを灯した列車がやってきて、和也たちは乗り込んだ。

「優子は将来どうするの？」

「わかんない。佐々木君は?」

「俺もまだわからない。優子、すごい人になってよ!」

「そんなこと考えてないし、どうでもいいよ。佐々木君こそ!」

「……」

そんなことを話しながら、少し開け放たれた窓から吹いてくる潮風を感じていた。それで、お互い疲れていたので居眠りなどしながら、JR船橋駅で別れた。

14

その頃の和也は文学に対しては半ば諦めモードだった。文学賞には三回ぐらい応募して、カスリもしなかったので、ここ二年ぐらいは応募もしていなかった。自分に文才があるかもわからなかったし、「作家」への成り方なんて見当もつかなかった。

ただ本はよく読んでいたし、作家を目指すこととは関係なしに世の中のいろんなことに興味があった。いろんなことをもっと知りたいと思っていた。

それで、大学の面接授業で、「文章の書き方――村上春樹『風の歌を聴け』を参考に」と「『グレート・ギャツビー』を読む」を受講した。ともに東京の浮間舟渡という、この機会がなかったら、人生で絶対に降りていないであろう駅の近くにある、廃校になった小学校の教室で授業を受けた。

「文章の書き方——村上春樹『風の歌を聴け』を参考に」の講師は五十代か六十代のやたら高圧的な男で、学生たちに対してだけでなく、村上春樹に対しても上から目線で、小説中の文法上の小さな誤りに対しても重箱の隅をつつくように批判していた。授業で教えてもらったことは一切覚えていないけれど、この男がこの授業で伝えたいことは一つで、「俺はすごい‼　だから、俺を尊敬しろ！」ということなのだと思った。そして、もう一つ覚えていることは、こんな男にも常連とも取り巻きとも言えるような五、六十代の概してケバめの女性ファン（追従者）がいたということだ。彼女たちは皆一様に彼と同じように高圧的で、知識や服装やステータスを売りにしているようだった。

ところで、共依存とも言えるようなグロテスクな社会の一側面を垣間見た和也は、この講師の「私の授業は厳しいですよ。嫌だったり、自信がない方は次からいらっしゃらなくて、結構です」という言葉に呼応して、二日目からは行かなかった。

その講師とは対照的だったのが、「『グレート・ギャツビー』を読む」の女性講師だった。アラサーぐらいのこの講師は見た目も平凡で、控えめで、気取ったところもなかった。受講生も多いわけでもなく、確か華やかな経歴があったわけでもなかったと思う。

ただ彼女が話し始めると、何かが違った。知識をひけらかすわけでも、圧倒的な知性を誇るわけでもないのだが、彼女の体型とも見合うような、柔らかい、飾ったところのない、ただ本質を鋭く見抜いて、芯を食ったような言葉には、高い青い空を銀色の機体を煌めかせて、突き抜けていく戦闘機のように状況を打開していく鮮やかさがあった。

「ギャツビーみたいに自分の父親の情けなさや、社会的に成功しなかったことに対してのコンプレックスって誰にでもあると思うんですよね」とか「村上春樹は、フィッツジェラルドが時間が経つにつれて益々評価されていることと対照的に、ヘミングウェイのマッチョイズム的な文学の評価は凋落していると言っていますけど、私はそんなことはないと思います。ヘミングウェイも素晴らしい作家だと思います」と何気なくだが、自信を持って言っていた。

言葉ってものが話す人やその態度によって、聴く人にここまで違うインパクトを与えるということが心底不思議だった。そしてまた、より一層言葉や芸術というものに魅せられていく和也だった。

そういえば他の若者と違わず、この頃和也はよくゲームをしていた。友達も少なく、コミュニケーション能力も低く、もともと内向的だったので、ゲームに向かうのは現代の若者としては当然とも言える帰結だった。

その頃やっていたのは、ウイニングイレブン（ウイイレ）というサッカーゲームと、ダービースタリオン（ダビスタ）という競馬ゲームだった。

ウイイレでは一人の選手を若い頃から試合中操作し、試合結果に応じてもらえる経験値でレベルアップさせ、何かのタイミングで付与されるポイントでアイテムを獲得し、チームを強化し、欧州チャンピオンズリーグ制覇に導くというようなものだったと思う。

ダビスタでは、ひたすらプレイ時間を重ね、確か国内のＧⅠはすべて制覇したと思う。そして、最終的に競馬界最高の栄誉凱旋門賞を連覇した、二五戦二三勝の名馬「アイルランド」を育成し終えたことでそのゲームに対する情熱は失せた。

和也のこの二つのゲームに取り組む姿勢で共通しているのは、やる気がなく惰性でやっていたということだ。いざ試合が始まったり、レースが始まれば、感情的になってコントローラーを投げつけたり、一喜一憂していたが、基本的にいつもどこか冷めていて、そのゲームを攻略するために積極的になるとか工夫してみるということは全くなく、テレビを見るみたいに虚無的に移り変わる画面をただ呆然と眺めていた。

ウイイレでは欧州チャンピオンズリーグを、ダビスタでは凱旋門賞を制覇したことで、決着がつき、またゲームをして、無為に時間を過ごしている時の自分が好きじゃなかったので、それからしばらくして、長年お世話になったプレイステーション２（プレステ）を廃品回収に出し、引き取ってもらった。

それから、少し不思議だったが、事前に予測していた、習慣的にやっていたゲームができないというストレスによる禁断症状も全く起こらず、あっさりと和也の生活からビデオゲームというものが取り除かれた。

（その後、数年後に、障害者のための就労支援施設での認知行動療法の授業において、仕事の休憩時間や隙間時間にスマホのゲームをやることは、ストレスマネジメントに貢献するということがアメリカの学会で発表されているという謳い文句があった。和也もそれに倣って、スマホの野球ゲームを一日十五分ぐらいずつやっていた。設定が難しく、あまり面白くもなかったが、やったからには最後までやろうと、四年ぐらいかけて、ステージ8《エイト》の日本シリーズ最終盤の大一番で、和也のチームは念願の日本一を達成した。さすがの和也もその時は歓喜に酔いしれたが、そのゲームのエンディングはそんな和也に水を差すものだった。エンドロールが余韻に浸る間もなくあっさり打ち切られたのである。それからはスマホのゲームも一切やっていない）

この頃も西山さんとはよく話をしていた。西山さんの近所のカフェで話したり、一緒に散歩をして、公園で寛いだりしていた。

西山さんの話はいつも一筋縄ではいかなかったので、また内容の質やレベルも高かったので、なかなか意味がつかめないことも多かった。

「ルコントはネット際で絶対に取れないだろうという正面のボールを何気なくカサッと取って、その時、瞬間電圧みたいなのが出ていて、その時の顔が〝漢《おとこ》〟だったんですよね。あと、テニス選手はよくラリーの五手先を読めるというけど、ルコントは、もっと見えてたっぽいんですよね」

と西山さんが急に熱っぽく語るので、驚いたが、「ところで、ルコントって誰だよ⁉」とずっと思っていた。あとで調べてみると、一九八八年全仏オープンテニス男子シングルス準優勝者だった。それがわかった時、「四大大会も優勝してない往年の名選手、二十歳年下の若者に知ってる前提で話してくんなよ！」と思った。それは、中日ドラゴンズの谷沢健一やＦ１のナイジェル・マンセルについてもそうだった。

「谷沢は初めて三割を打てるまで、その壁がなかなか越えられなかったんですけど、背番号を変えたらグンと伸びて、すごい高打率を残せるようになったんですよね。一九七六年の張本との首位打者争いは熾烈で、谷沢は確か最後三六打数二〇安打で、最終的に・三五五で首位打者に輝いたんですよね。繊細な心と太々しい顔が好きだったんですよね」とか、

「ナイジェル・マンセルは『荒法師マンセル』って言われるぐらい豪快で荒々しいイメージがありますけど、本当はコーナリングとかピットインのタイミングとか運転理論とかに対して、すごく緻密な哲学があったんじゃないかと思うんですよね。顔も男らしくて、品位があって、すごく格好よかったんですよね！」

とこれまた熱っぽく語っていた。ところで和也は、「話は面白いけど、ところでそいつら誰だよ！　当たり前に知ってる前提で話してくんなよ！」と苛立っていた。

また、こちらが話している最中に――それは過去相手を激怒させ、西山さんと友達の絶縁のきっかけになりもしたようだが――相手を気遣う素振りも全くなく何も言わずに原稿用紙に書き始めたり、今までの十三年の長い付き合いの中で、平均して一年に一回ぐらい、仲良くなってきたと思うタイミングで釘を刺すように、「僕には友達がいない」という内容の詩を突きつけられたりすることは嫌だった。ただ西山さんの言葉は全部、どこかから拝借したものでなく、自分で感じて、考えた上で生み出されたオリジナルなものだった。そして、また西山さんという人間が、周囲と合わせて、空気を読んで振る舞う一般の人とは一線を画していて、混乱しながらも、常に前のめりで本気《ガチ》だったので、和也はその姿勢から随分多くを学び、励まされ、いい影響を受けて

いた。

この頃、夏頃から続いていた咳が治まる気配がないので、父は病院で診察と検査を受けた。数日後に結果を聞くために病院に行き、父が戻ってくるのを病院の駐車場で母と車の中で待っていた。そこに背中を丸め、普段と変わらない様子で、父が戻ってきた。車に乗り込み、助手席に座ると、

「ガンだってさ。悪性リンパ腫っていう」

と言った。和也は後部座席に座っていたので、父の表情は見えなかったが、声には普段の父からは決して聞けない重々しい苦さがあった。母はため息を漏らした。和也はなんて言っていいかわからなかった。そして、その日はそのまま誰もあまりしゃべらず、沈んだ空気のまま、家に帰った。


父がガンという重病にかかり、その病はおそらく不治の病だと知らされてからも、和也は動揺したと同時に無感覚だった。

この頃の和也は本当に無感覚で無感動になっていた。抗精神病薬も今より倍以上飲んでいたし、人との交流も少なかった。あれほど過酷な倉庫の仕事を週二、三回とはいえ、過敏なはずの和也が何年にもわたって継続できたのは、努力とか根性なんかじゃなく、薬によって感覚を鈍麻させ、また魂も半分死んでいて、麻痺し、他者や社会とも断絶していて、余計なことを考えなかったか

らだと思う。

本当に機械の一部みたいに、感情というものを殺して、言われた通りに言われたことをただやる。そんな日々だった。ある日、仕事の休憩中にトイレに入り、用を済ませ、手を洗い、鏡を見ると、戦慄を覚えた。そこに映っている男の目は、あの大学に入る前の春休みに引っ越しの手伝いをしていた時に見て違和感を覚えた、死んだような、投げやりな目をした労働者たちのそれだったからだ。

父の病に対しても冷ややかで、同情を持てないのが何よりも辛かった。何もできない自分が情けなかった。ただそうやって何もせず、先の見えない虚ろな日々を繰り返していた。


本当に先は見えなかった。自分が情けなかったし、どうしていいかわからなかった。時間だけが振り子時計みたいに過ぎていった。自分が世間とどんどん隔絶していっているという感覚と焦りだけがあった。でも、プライドは下げたくなかったし、意地も手放したくなかった。だから、余計袋小路だった。死にたかったけれど、自分は死ぬことはできないという諦めにも似た感覚があった。

屈折した自意識と行き場を失った澱《よど》んだ負のエネルギーだけが自身の内で渦巻いていた。大学の単位はどんどん取れていたけれど、このままじゃ卒業して就職してもやっていける気なんて全然しなかった。理想の自分と現実の自分との落差にいつも落胆し、震えながら毎夜過ごしていた。

そんな時に優子は和也と現実（世間）との間の架け橋（ジャンクション）だった。

15

九月に、八月に行けなかった鴨川シーワールドに行き直した帰りに、電車の中で、『ノルウェイの森』が映画化され、十二月に公開されるという話題になった。優子は和也が村上春樹を好きだということは知っていたし、優子も妹が有名な美大に通うような、優子自身も映画や美術作品を好む人だったので、トラン・アン・ユン監督作品ということもあり、十二月に一緒に観に行こうという話になっていた。

それで十二月のある日に和也は新宿駅で午後四時に待ち合わせの中、正午頃に新宿駅に舞い降りた。十二月が誕生日の優子へのプレゼントを探すためである。新宿という馬鹿デカイ街なら、思ってもみなかったような特別な贈り物に出逢えるだろうと思っていた。それで、三越やマルイ・伊勢丹・高島屋など大手デパートを一通り巡った。ただピンと来るものとは出逢えなかった。それで目先を変えて、屋外の街の通りをあてもなく歩いた。猥雑な看板やゴミゴミした雑居ビル、空き缶やチラシなどが所々に散乱している整理されてない空間は、新興住宅地出身の和也を戸惑わせた。それでも恐いもの見たさもあって外国人向けの土産物店や老舗和菓子店などを覗いたりした。怪しい店は相場もわからないアクセサリーや置物・酒をそれなりの値段で売っていた。外国人（黒人）が経営する洋服屋では爆音でR&Bやレゲエが流れていた。和菓子店や洋菓子店も覗いたが、なんか違うなと思った。
それで、この新宿という馴染みのない空間にアウェイ感と心細さを感じ、松屋でしょうが焼き定食を食べ、昼食を済ますと、やっぱり百貨店で探すのが無難だろうと思った。時計を見ると午後二時であった。

なんとなく伊勢丹に狙いを定め、デパ地下の食品コーナーを行ったり来たりして物色していた。一通りそのフロアを見て、またちょっと他のデパートとかも覗いて、伊勢丹に戻って、優子はお酒が結構好きだったので、お酒とおつまみにしようと思った。高過ぎず安過ぎないもので、喜んでもらえるようなものにしようと思って、いろんな種類のお酒を見ていた。それで、まあ閃いて、優子の生まれた年のお酒にしようと思って、見てみたら、値段もそこまでじゃないので、ワインにしようかと思ったが、ワインじゃ普通過ぎるなと思い、日本酒の古酒（長期醸成酒）にした。それで少しだけリッチな牛肉とたまねぎを煮込んだおつまみを添えて、包装してもらった。それで気づいたら、もう午後四時少し前だったので、急いでＪＲ新宿駅改札口に向かった。

優子が時間通り待ち合わせの場所に来ると、上映時間が少し迫っていたので、やや早歩きで、新宿ピカデリーに向かった。途中、「お手洗い行っていい?」と優子がコンビニでトイレを借り、ガムを買っていた。和也は店先でボーッとして、夜に向けて活気を増してきた新宿の街やビルの隙間から覗かれる夕日を見ていた。息を吐くとそれは白くなり、風に流されていった。

道すがら、「ガム食べる?」と優子が言ってきたので、もらって、口に入れ、噛んでいた。映画館では優子がスマホで席を予約してくれていたので、すんなり入れて、席に座った。『ノルウェイの森』はあれほどのベストセラー小説の初の映画化で、和也たちは公開二週目に観に行ったというのにそれほどは混んでいなかった。

映画の上映前ではお馴染みの「ノーモア映画泥棒」の映像や他の映画の予告編が流れている時に、和也はガムを包み紙に丸め、それからブザーが鳴って、本編が始まった。

松山ケンイチ演じる主人公・ワタナベが学生運動の最中、大学の敷地内を行進している活動家達の前を、ノンポリとして急いで歩いているというシーンが初めの方にあったと思う。

それから菊地凛子演じる、高校時代に自殺した親友の恋人・直子と東京で再会し、愛みたいなものを育んでいく。

ワタナベが通った大学や住んでいた寮の住人、その時々の出来事を通して、その時代の文化や習俗というものがさりげなく丹念に折り込まれていて、カメラワークや映像美には息を呑む。今より原色を多用した、洗練されていないファッションやタバコや酒・レコードなど、文化的で退廃的な雰囲気。ビートルズ。それが一九六八年からの数年という時代の空気や、若者が普遍的に抱える渇きやその闘いの不毛さや高貴さを示している。

ある日、突然直子はアパートを引き払い、いなくなってしまう。それから、ワタナベに手紙で、「今は療養所にいる」と告げる。ワタナベはたまに京都の療養所に見舞いに行く。そこで、ワタナベは直子と一緒にいる時に、直子の療養所での隣人・レイコにビートルズの『ノルウェーの森』を弾いてもらう。そんな日々の中で、大学で水原希子演じる活発な女性・緑に出逢い、関係性を育んでいく。

ある時、レイコから「直子が自殺した」という手紙が届く。その時の首を吊って、ぶら下がった直子の足元が映されるシーンが印象的で、この映画で一番憶えている。ワタナベは傷心のあまり、行く当てのない一人旅に出て、ある日海辺で絶叫する。日本海側の強い波が繰り返し岸辺に打ちつけていた。

その後、ワタナベは一人暮らしの家に戻って、そこにレイコが訪ねてくる。二人は性交する。翌日、レイコは「私と直子の分まで幸せになりなさい」と言って、旭川に旅立つ。旅立つレイコを見送った後、ワタナベは緑に電話をかける。「何もかも君と一から始めたい」「愛してる」とワタナベが言って、緑が「あなた今どこにいるの?」と聞く。そして、ワタナベが「僕は今どこにいるんだ!?」と言う。

というところで終わる。『ノルウェーの森』という曲をバックに、エンドロールが流れる中、ずっと余韻に浸っていた。哲学的で抽象的で叙情的で、難解だったけれど、いい映画だったと思う。何よりもよかったのは、それを優子と観られたことだ。

「どうだった?」と映画館から出ながら、和也は優子に問いかけた。

「難しかった。佐々木君は?」

「良かった」とだけ実感を込めて答えた。それから「優子は緑に似てるよ」と言った。

「そうかなあ？」と優子は少し不思議そうな顔をした。


それから、チェーン店の安い居酒屋で酒など呑みながら、どっちが言い出したか忘れたけれど、カラオケに行こうということになった。それでそれなりに時間も遅くなっていたので、「一時間だけ行こう！」ということになり、行こうとしていたのは持ち込みOKのカラオケ店だったので、レモンサワーやカシスオレンジなどの三五〇㎖の缶を数本とおつまみのナッツを買った。

それで受付を済ませ、優子はシャイだったので、普段洋楽ばかり聴いている和也が邦楽で聴く数少ないバンド・Ａｑｕａ Ｔｉｍｅｚの『決意の朝に』や、アジアン・カンフー・ジェネレーションの『君の街まで』を歌ったりして、間を持たせていた。選曲に悩んでいた優子はようやくリモコンを取り、予約すると、それは優子が「顔が似てる」とよく言われるというａｉｋｏの『ボーイフレンド』だった。それから和也も昔好きだったラルクやダパンプ、B'zを歌ったりした。優子もＥｖｅｒｙ Ｌｉｔｔｌｅ Ｔｈｉｎｇの『出逢った頃のように』やゆずの『夏色』を歌って、酔っていたこともあって普通に盛り上がっていた。二人とも歌は下手だったし、音程もややハズレていたし、パリピではなかったので、盛り上がり方も微妙だったかもしれないけれど、和也は優子の歌声を聴けたのが嬉しかった。

あと、覚えていることは優子が途中で歌った、コールドプレイの『Viva La Vida』という曲だ。英語で比較的テンポの速い曲なので、優子は全然歌えていなかったけれど、I hear Jerusalem bells a-ringing　Roman Cavalry choirs are singing（エルサレムの鐘が鳴るのを聴け　ローマ人の騎兵隊が合唱している）というサビは印象に残った。

駅までの帰り道、

「『Viva La Vida』ってどういう意味？」と和也は聞いた。

「美しき生命っていう意味」と優子は答えた。

「何を歌っているの？」

「生命は美しい！　ってことを」

その答えに、和也が反応に困っていると、

「私、説明下手で、『全然伝わってこない』ってよく言われるんだ」と優子は言い、少し笑った。

「でも、伝わったよ」と和也は言い、駅まで歩いていた。改札口が近づくと和也は徐々にそわそわしだし、周囲の様子を窺っていた。それで、

「ちょっと待ってて！」

と優子に言い、近くのコインロッカーに入れておいた、紙袋に入ったラッピングされた古酒とおつまみを取ってきて、優子に渡した。

「これ、この前誕生日だったから！」と和也が言うと、優子の顔が輝いて、

「ありがとう。覚えててくれたんだ」と言った。それから少し間があって、

「時間あったら、今から近くの公園とかで一緒に食べない？」と優子に言われたが、少し迷って、和也は、

「ごめん。明日は大学があるから」と言って、断った。それから、「今日はありがとう。また！」とお互いに言い合って、別れた。

別れて、それなりに混んだ電車の中で移り変わる東京の夜景を眺めながら、和也はなんとも言えない気持ちになっていた。「あの誘いは乗っておくべきだったのだろうか？」。正直、明日大学に行くというのは本当だけれど、自習室でＣＤやＤＶＤを視聴するだけなので、いつ行ってもいいし、なんだったら、明日どうしても大学に行かなきゃいけないというわけではなかった。でも、誘いには乗れなかった。恐かったからか？　いや、違う。和也はここぞ！　っていう人生のいろんな場面でチキン（臆病者）だったことは一度もないし、結局、その決断も今後悔しているわけではない。

例えば、それは初めて付き合った彼女・明美の部屋に行った時もそうだった。その日は明美と同居している兄が実習に出かけ、不在で和也はお邪魔させてもらっていた。それで、明美が手料理のタコライスを振る舞ってくれ、和也は「おいしい」なんて言い、完食し、雰囲気もよく、明美の部屋の布団の上で触れ合ったりしていた。キスとかもしたかもしれない。明美の部屋のコンポからは、安室奈美恵の妖艶で淫靡なメロディの英語の歌が流れていた。

「この歌詞どういう意味？」と和也は聞いた。

「あなたの為だったら、何だってするっていう意味だよ」と明美は少し恥ずかしそうに言った。

「手でしてよ」と和也は言った。

明美はおもむろに和也の股間に手を這わせ、ズボンとトランクスを下げ、それを触り、優しくしごき出した。和也は不思議な心地がしながら、身を任せ、それは徐々に勃起し、それを煽るかのように、安室奈美恵の歌がテンポを速め、もう一度サビに向かっていた。「もっと強く」とか言いながら、それは最大限に高まり、大きくなっていた。「和也の、大きい」とか言いながら、明美も強さと速度を上げた。「もうダメだ!」って時に、

「ちょっと! もういいや!」

と和也は言って、布団から立ち上がり、明美の家のトイレに入り、自分でしごいて、射精した。すっきりした気持ちと後ろめたい気持ちの中で明美の部屋に戻ると、明美は訝しげな顔をしていて、そのことについてはそれ以上何も言わなかった。安室奈美恵は次の曲になっていて、その曲にはもう前の曲のような活気はなくなっていた。それから、雰囲気がよくなくなり、しばらくして別れてしまったことの遠因としてその出来事はあるだろう。ただそのことも含めて、和也は後悔はしていない。

姉という女姉弟がいることもあって、女性慣れしていることや微妙にデリカシーがあることもあって、和也は決してモテないわけではなかった。むしろ女性から比較的好かれるタイプである。よくあることとして、二人で会った帰りに「絶対誘われると思った」と言われることや、送った手紙に「電話番号書いてなくて、ビックリした」とよく言われる。

和也は女性は好きだし、性欲も強い方だと思うし、出逢ったいろいろな女《ひと》を愛してきた。ただ和也にとって愛するというのは遠くからしたいというのがあった。近いと刺激が強過ぎて、疲れてしまう。神経が持たない。

だから、私は作家をしているのだと思う。出逢った女《ひと》たちへの愛の表出なのである。おおげさに言えば、それが私の男として社会人としての女性や社会への責任の取り方なのだと思っている。だから、優子とのそのことも少し残念だけれど、後悔はしていない。

16

年が明け、その頃、和也は母とよく走っていた。和也が入院中に、主治医が母に、「エネルギーを吐き出させるために運動させてあげてください」と言っていたので、母もそれに応え、母の趣味であるジョギングによく和也を連れ出した。和也もその頃リスパダールという抗精神病薬の副作用で食欲が増し、一五kgぐらい体重が増えてしまったことを気にしていたので、喜んで走っていた。脂肪だけでなく余計なものを失うためにも必死で走っていた。一緒によく、住んでいる市や近隣の市のマラソン大会にも出場した（母はよく入賞し、副賞の梨五kgをもらったりしていた）。

走っている時は充実感があったが、インターバルで歩いている時にも母によく、「若い頃何考えてた?」とか「仕事って何のためにするの?」とか哲学的な問いを繰り返し投げかけていたので、「そろそろ哲学もういいんじゃない?」とうんざりした顔をされていた。この「哲学もういいんじゃない?」という言葉はこの頃父にもよく言われていたので、和也も次第に「哲学者を目指しているわけじゃないから、哲学ばかりしててもしょうがないよな」と思うようになっていた。

それでもこれから何をすればいいかはまるでわからなかった。

そんな時に、いつものように西山さんとカフェでお茶をしていた。その日も西山さんは幻聴で少し苦しそうだった。

「大丈夫ですか?」と和也が聞くと、

「大丈夫です。えーっと……」

しばらく待っても、一向に答えが返ってこないので、

「幻聴ってそんなに辛いんですか? どんな感じなんですか?」と聞いた。

「えーっと……。すごく嫌なことを言ってくるんですよね。ここでは言えないんですけど、足引っかけてくるというか、後ろ指を指してくるというか、僕がしくじって転ぶと大喜びするんですよね。それでいつもしがみついてきて、貶めてくるんですよね。それがあるから、人との会話に集中できなかったり、本が読めなかったり、心から祈れなかったり、怒らされたり、させられ体験とかいろいろあるんですよね。僕の場合、庇《ひさし》とかもあって、本当に大変なんですよね」

「庇って何ですか?」と和也は聞いた。

「庇ってのは、僕が他者と関わったり、コミュニケーションを取ろうとする時、庇がガバッと下りてきて、心が開けなくて、モジモジして、オドオドしている間に不審感を持たれて、ギクシャクして、それで終わっちゃうっていう。本当は心を開いて、もっと交流したいんですけど、貝みたいに瞑《つむ》っちゃう。それが庇です」

和也は大変そうだなと思い、なんて言っていいかわからなかったので、黙っていた。店ではモダンジャズが低音で軽快に流れ、冬の日差しが枯れた木々を温めていた。

それなりに時間が経って、少し落ち着いたのか、

「あ、そういえば佐々木さん。見せたいものがあって……」

と言い、リュックの中をガサゴソやっていたので、和也は少しギクッとした。それは、最近、御言葉《みことば》が金色で印字してある布製の本の栞《しおり》や、寺尾聰《あきら》の『ルビーの指環』や久保田早紀の『異邦人』のCDをプレゼントされて困惑したことがあったので、「どうせまた変なものだろ！」と思っていたからだ。

ただ、西山さんがリュックから取り出したのは、和也が通っている病院の「デイケア」を紹介する冊子だった。

西山さんに和也が通っている八山《はちやま》病院の「デイケア」を紹介してもらって、興味を持ったのと自分の人生が全然展開していかないことに焦りも感じていたので、和也は早速次の診察で主治医に相談した。そしたら主治医は、「お前さんが行きたいんなら、行くといいよ。ちょっと待っててや！」と言い、電話でソーシャルワーカー（精神保健福祉士）に取り次いでくれ、和也は診察を終えた足で、デイケア棟の一階にある事務室に向かい、声をかけた。すると背の高い爽やかな白衣を着た若い男性が現れ、にこやかに挨拶され、相談室に通された。

それでまた、にこやかに「デイケア利用をご希望で？」と言われたので、

「はい。日中の居場所や友達が欲しいんです」と和也は答えた。すると、男性職員が、「わかりました。一度見学してみましょう。私も付き添いますから」と言ったので、和也は「ありがとうございます。よろしくお願いします」と答えて、その日は終わった。

見学の当日、少しそわそわしながら、例のソーシャルワーカーに付き添われ、カーペット敷きのレクリエーション室で、みんながあぐらをかいたり、体育座りや寝転がったりしながら、それぞれが持ち寄ったＣＤを歓談などして聴いている様子や、畳の茶道室で師範に導かれながら抹茶や和菓子を頂いている様子を見学させてもらった。薬の副作用からかみんな少し怠そうだったけれど、優しそうな人も多いし、行く場所も他になかったので、利用したい旨を医師とソーシャルワーカーに伝えた。そして、和也は二〇一一年の二月からデイケア利用を開始した。

デイケア利用を開始して、最初は全体ミーティングに参加したり、バドミントンをやったりした。デイケアというものがどういうものか最初はわからなかったので、少し警戒しながら様子を窺っていた。精神障害者というものがどういうものか、この頃はまだわからなかったので、みんな大人しそうに見えるけれど、本当に大丈夫なのかな？　と思ったりしていた。知り合いは西山さんだけだったので、西山さんとだけ最初は話していた。

最初は週二日から利用を開始して、その日は確か利用を開始して、五日目ぐらいだったと思う。午後はレクリエーションの時間で、しばらく前のミーティングで決まった江戸川の河川敷でバーベキューをするというものだった。アウトドアが苦手な和也は「ダルイな」と思いながらもみんなについていき、みんなとともに鉄板で焼きそばを炒めたり、網の上で肉や野菜を焼いていた。食べる段になって、みんなが「美味しい、美味しい」と言っている隅で、和也は「この焼きそば、焼き加減にムラがあって、所々ダマになっていて美味しくないな。小学校のキャンプの時に飯盒《はんごう》炊爨《すいさん》で作ったカレーを食べた時も似たようなことを思ったよな。俺はその場の雰囲気には騙されねぇぞ！」といつも通りひねくれたことを考えていた。

ただそんな和也でも、気候も春めいてきて風も気持ち良く、デイケアの職員もメンバーも穏やかで優しい人が多かったので、「いいところに入ったな」と遠くでボール遊びをする子供たちを眺めながら思っていた。一通りみんなが食べ終わって、調理器具やゴミをまとめ、歩き始めたのが確か二時半過ぎだったと思う。江戸川沿いを歩き、八山病院に近づいてきた時であった。揺れが起こり、誰かが「地震だ」とつぶやいた。ただみんな、揺れは少し強いけれど、そのうち収まるだろう、と考えていたと思う。ただ揺れは収まるどころか強さを増し、みんな驚き、動揺していた。「強いね」と誰かが言い、「長いね」と誰かが言葉を重ねた。職員も動揺し、何を指示すればいいか迷っているようだった。そして「揺れが収まるまで、この場に留まりましょう」と言った。揺れは益々増し、この時点で和也の人生で経験した最大の揺れだった。長く強い揺れだった。そして三分ほどの揺れの後、ようやく地震は収まった。江戸川の水面《みなも》では、大小様々な魚が飛び跳ね、水しぶきを上げ、今起こったことの異常さを示していた。これがあの東日本大震災である。二〇一一年三月十一日午後二時四十六分のことであった。

揺れが一時的に一旦収まると、職員は「八山病院に戻りましょう」と指示を出した。みんなは「大変なことになったな」「大丈夫かな?」などと話していた。

デイケアの集会室にみんなで戻り、誰かがすぐにテレビをつけた。画面では各地で街や人が津波に巻き込まれ、なぎ倒され、飲み込まれていくショッキングな映像が繰り返し流されていた。ただ目を覆いたくなるはずの映像にも和也はどこか超然としていて、無反応だった。和也は二十歳《ハタチ》ぐらいの時から感情が麻痺していて、無感動になっていたからだ。

「大変なことになったな」とは思いつつも、起こったことにはあんまり反応せず、電車も止まっているし、どうやって帰ろうかなと思っていた。その時にも断続的に大小様々な余震が起こり、神経質な女性は声を上げ、過剰に反応していた。

それから親に連絡を取ろうとした。携帯電話も使えなくなっていたので、病院にある公衆電話に並んで、母の携帯に電話をかけた。すると、何回目かにかけた時にようやくつながって、無事を確認し合えた。他の家族も家も大丈夫そうだったので、とりあえず安心した。「歩いて帰るよ!」と母には伝えた。

集会室に戻ると、家が近所で歩いて帰れる人以外の人がまだ多数いた。和也が荷物をまとめ、挨拶して、家まで歩いて帰ろうとすると、四十代ぐらいの大柄の女性職員に、「佐々木さん家遠いみたいですから、送っていきますよ」と言われて、お言葉に甘えて、西山さんと車に同乗した。車内は緊急事態という緊迫感のある状況だったはずなのに、長い間社会と断絶していた和也にはリアリティが湧かず、場にそぐわないズレたことを言っていたと思う。結局送ってくれた職員さんにもあまり感謝できず、社交辞令的な挨拶しかできなかった。その職員さんはその後も利用者さんを送り届けるために車で何往復もしたらしい。

それから、しばらく家で待機の時期が続いた。その間、福島原発の問題や各地の悲惨な被災状況が連日メディアで繰り返し報道されていた。どのテレビ局もどの時間帯も震災関連の報道をしていた。それからしばらく経って、覚えているリポートがある。地震当日、三陸海岸に近い、ある家で「津波が来るから、逃げましょう」と祖父母や母親から繰り返し説得されたが、長い引きこもり歴のその三十代の男性はその申し出を固辞し、結局その男性だけ津波に飲み込まれ死んでしまったというリポートだった。引きこもりという問題の根深さを感じさせるリポートだった。画面が切り替わり、普段は冷静・中立を装わなければならないはずの若い女性キャスターの表情がわずかに引きつり、歪んだ気がした。そして、その映像を見ながら、和也はその三十代男性というのは俺だ、と思っていた。

17

それから三週間ぐらいして、デイケアは再開した。日中の居場所がないと不安定になる利用者さんもいるからという判断だろう。幸い和也が住んでいる千葉県も含め、関東地方はそれほどの被害はなく、懸念されていた福島原発の問題も最悪の事態には至らなかったので、四月初めには和也の周りでは、普段通りの日常が徐々に取り戻されていた。

そして、和也も再びデイケアに通い始めた。バドミントンやバレー、卓球というスポーツ系やトランプやウノ、ジェンガ、音楽鑑賞などのレクリエーション系だけでなく、『認知行動療法』や『統合失調症を知ろう！』や『SST（ソーシャルスキルトレーニング）』という授業系のプログラムにも参加した。

そんな中で、和也はある一人の男のことが気になっていた。それはSSTでいつも一緒になる、和也と同じぐらいの年格好・背格好の男のメンバーであった。守秘義務があるので内容は言えないが、SSTで悩みを相談する時のボソボソと少年のように自信なさげに、ただ朴訥《ぼくとつ》と話す様子には好感が持てた。また、集会室のホワイトボードにいつも落書きをしている姿にも好感を持てた。例えば彼が、原発が汚染水を海に垂れ流している絵を描いているのを見て、和也は「大人になって、黒板（ホワイトボード）に落書きしているって変わってんな」と思いながらも、童心を忘れないその姿を微笑ましく思って、見ていた。

彼との距離を縮めるために和也はしばらく様子を窺っていた。そして、ある日、十四時半にデイケアが終わり、病院の入口付近にあるカウンター近くで会計を待っていると、その男が会計に先に呼ばれ、済み、その次が和也の会計だった。精神障害者が使える自立支援ノートのおかげで負担は一割なので、給食費込みでの費用・八百二十円を急いで払い終えると、和也は彼を追った。慌てて玄関の自動ドアを出て、病院の入口の門の方を見ると、その男がまだ歩いていた。その日は五月晴れで風も気持ち良く、新緑の木々は若々しいエネルギーに満ちた生命をむせかえるように発露させていた。街行く人も来たるべき夏にどこか胸を高鳴らせているようだった。そんな陽気の日だったが、その男は何かを抱え込んでいるのか、それとも何かを背負い込み過ぎたのかはわからないが、とにかくリュックに少量の荷物しか入っていないはずなのに、猫背で、周囲とは一線を画す重々しい陰鬱な雰囲気を湛えていた。「何だ、このオーラは‼」と思ったが、和也はその頃は人生経験に乏しく、人間通でもなかったので、あんまり深く考えずに、声をかけようと思った。それで、中学時代卓球部を一緒にやっていて、引退してすぐの中三の八月から、中村という同級生と一緒に、紺地に菱形のマークと「ｕｍｂｒｏ」という文字がオレンジ色で印字された、おなじみのエナメルバッグを担ぎながら、ボクシングジムの入口で挨拶していた時のような気楽さと爽やかさでもって、この男に、「こんちはー！」と声をかけた。これが和也と中島哲郎との出逢いであった。

和也が「こんちはー！」と声をかけると、相手は嫌がる素振りもなく、かといって目立った反応もなかった。それで「帰り、どっち方面ですか？」と聞くと、東京方面で最寄りのＪＲの駅に行くということだったので、和也はいつも最寄りの私鉄の駅から帰っていて逆方面だったが、今日はＪＲで帰ろうと思い、その男と並んで、一緒に歩いていた。

小さな声でボソボソと話すその男の声は、最初は聞き取りづらかったが、少し話しただけでも、彼が知性や教養やセンスを兼ね備えているらしいことはすぐにわかった。

それと、ひきこもりがちなことや優秀と呼ばれている大学を中退したことや、芸術家を志しているという共通点もあって、すぐに仲良くなれた。あとで中島さんから聞いた話だけれど、中島さんも和也を初めて見た時から、「たぶん仲良くなれる」と直感的に感じていたらしい。

それで、ＪＲの駅まで三十分ぐらい並んで歩いて、その日は別れた。

18

ところで、優子ともその時また連絡を取れていた。今思えば優子は和也との距離の取り方に戸惑っているようだったが、和也を見捨てない範囲で、優子自身も負担になり過ぎない絶妙のラインを女性特有の優れたバランス感覚によって捉えていたのだと思う。それで、三カ月や半年に一回とか三回に一回とかの頻度でメールが返ってきていたのだと思う。

その日は確かＧＷ《ゴールデンウィーク》明けの平日だったと思う。優子が和也の最寄りの駅まで来てくれて、大きい公園に行って、帰りは和也が車で優子を東京の家まで送るという予定だった。

和也は予定より少し早めに最寄りの駅の改札付近で優子を待っていた。今か、今かと待っていると、優子からメールが来て、「ごめん。電車の連絡がうまくいかなかったから、少し遅れる」ということだった。仕方ないので、近くの本屋に入って、『Ｔａｒｚａｎ』という、大して興味のない、フィットネス系の雑誌を立ち読みして、時間を潰した。

和也が普段利用している私鉄は本数が二十分に一本とかだったので、優子は約二十分後に遅れて、改札の向こう側からやってきた。その日はモスグリーンのスプリングコートと黒いロングブーツという出で立ちで、少し大人っぽかった。優子って素朴だけれど、やっぱり東京の都会の人なんだよなぁと思った。


　改札を出て、駅から歩いて四十五分ぐらいのところにある大きい公園に向かって歩いた。晴れて、気持ちの良い天候だった。

「地震大丈夫だった？」と優子が聞いてきた。

「うん、なんとか。そっちは？」と和也は答えた。

「私もなんとか大丈夫だったよ。ホント大変だったね。それでさぁ、私、この前大学を卒業したんだ。卒業式の日、帰りに笑っちゃうぐらいすごい雨で、どうしようか困っていたら、同じ大学の卒業生が家に入れてくれて、雨宿りさせてくれたんだ」

　優子はそんなことを話してくれた。それで、どうやら就職活動は面接で、話すことや自己アピールが苦手で、今はフリーター（就職浪人）みたいな状態らしい。

　その日は全体的に話が弾まなかった。優子が今までと違って、都会的で洗練された服装だったからというのもあるだろうし、もっと別の理由があったのかもしれない。森林公園を横切っている時も終始ほとんど無言だった。壁を感じていた。それは入場料を払って、大きい公園に入ってからも続いた。それで優子が唐突に、

「この前から借りてた『キャッチャー・イン・ザ・ライ《（ライ麦畑でつかまえて）》』、読み終わったから返すよ」と言った。

和也は、

「どうだった？」と聞いた。優子は、

「子供っぽかった。私はもうそんなこと言っている場合じゃないっていうか。持ってきたから、返すよ」と言った。和也は少し語気を強めて、

「持っててよ！」と言った。それで優子はそれ以上何も言わなくなった。


それから公園内を歩きながら、和也は『キャッチャー・イン・ザ・ライ』は確かにこれから就職しようとしている人が読む本じゃないよな、とか、でも、わかってほしかったな、残念だな、とか思ったりしていた。それからもほとんど無言で、二人は公園内を歩き回っていた。


それで池があって、スワンボートもあって、和也が「あれ乗らない？」と言ったら、優子は「いい、やめとく」と言って、かわりに「あそこに椅子とテーブルがあるから、ご飯にしようよ」と言った。それで優子が手提げからサンドイッチと、鶏肉とごぼうとにんじんをマヨネーズみたいなもので和えたものを出した。それで、

「いつもプレゼントもらっているから作ってきたんだ。変な意味じゃないから」

と釘を刺されたが、和也は一応嬉しくて、有難く頂いていた。ただ美味しく頂いていたが、結構量が多かったのと緊張して食欲が湧かなかったので、無理して食べているみたいになってしまい、そのことを優子にも見抜かれ、「無理して、全部食べなくてもいいよ」と言われた。ただ残しては失礼と頑なに食べ続け、完食して、余計微妙な空気になってしまっていた。それから公園

を出て、和也の家に向かった。

その大きな公園から、和也の家は歩いて三十分ぐらいのところにあった。その間《かん》も会話はほとんど弾まなかった。優子が話題を振っても、和也が頑なさや偏狭さでシャットアウトしてしまうことが続き、優子も愛想を尽かし、あまり話しかけてこなくなっていた。

長い坂を上ったところにある住宅地の一角に来ると、和也は、「あのボロイのが俺ん家《ち》。手前はばあちゃんの家」と自分の家を指差して言った。実際和也の家は両親が和也が生まれる前に建てた家で、築年数も結構経っていて、白いはずの外壁もそれなりに黒ずんでいた。

「ばあちゃん家《ち》でお茶でも飲む？」と和也が聞いたら、優子は、

「いい、大丈夫」と言うので、駐車場に止めてある車に近づき、和也はポケットに入れておいた電子キーのボタンを押し、白の日産・キューブの鍵を開けた。それで和也が運転席に乗り込むと、生臭い嫌な匂いがした。それはたぶんここ二、三日で父が母の車（キューブ）を借りて、釣りにでも行ったんだなとすぐに思った。父はもともとはその年代（団塊の世代）特有の車に対する嗜好や見栄もあって、奮発してトヨタ・ソアラというスポーツカータイプの車に乗っていた（スポーツカータイプ特有の馬鹿みたいに後部座席が狭いことは家族の反感を買っていたが、本人は気に入っていたらしい）。ただギャンブルなどで父の懐事情が芳しくなくなり（父と母は通帳を別にしていたので、和也たちには影響はあまりなかった）、中古のマークⅡに鞍替えという凋落ぶりであったため、燃費がかさむために、父は母に半ば無断で車を借りるということがよくあった。

和也にも遺伝したが、父は周りに迷惑をかけるということにメチャクチャ鈍感で、その行為がいかに相手に不快な想いをさせるかということに対しての想像力に欠けるところがあった。だから、日頃からそういう想いをさせられている和也は憤った。はっきり言えば、和也はこの時、父を憎んだ。大事なデートを台無しにされかけているからである。

ただ、もっと悪かったのは和也だった。優子に「親父が最近釣りに行ったみたいで、車内が臭くて、ごめん」とそれだけ言えばよかっただけなのに、変な見栄もあって、謝れずにいた。もちろん微妙な空気になった。ＡｑｕａＴｉｍｅｚやビートルズが無言の車内に虚しく響いていた。

「窓ちょっと空けていい？」と優子が言ってきた。やっぱり臭かったのだ。

「いいよ」と和也はポーカーフェイスで言って、「そのダッシュボードの中にＣＤ入っているから、好きなのかけていいよ」と言った。

優子はあまり迷わず、コールドプレイの『Viva La Vida』が入ったアルバムをカーステレオにセットした（和也は優子がカラオケで歌っていたことをきっかけにＣＤを購入していた）。一曲目・二曲目・三曲目と曲が流れてゆくうちに、優子も馴染みの音楽に触れ、少しリラックスしたようだった。隣で和也は慣れない松戸や都内での運転をカーナビ無しで行っていたので、背中に冷や汗をかいたりしながら、必死に安全走行させていた。

国道４６４号線を松戸で出て水戸街道に乗り、車を道なりに走らせていた。雲は多くなったけれど、隙間から青空や太陽も覗いていた。東京の喧騒はいつも通りで活気があった。優子は相変わらず隣でコールドプレイに聴き入っていた。ところで、その時、和也にはある問題が生じていた。催していたのである。ただまだ大丈夫かなと思い、普通に車を走らせていた。ただだんだんヤバくなってきて、切羽詰まってきて、「ごめん、ちょっと近くのお店に入っていい?」と優子に聞いた。優子は「いいよ」と言って、浅草付近で路地に入り、コインパーキングに車を停め、優子と一緒にレトロな喫茶店に入り、ブレンドを頼み、トイレを借りた。個室に入ると、すごい勢いで小便が出て、用を済ますと、スッキリしていた。スッキリした和也は急速に落ち着きを取り戻し、ブレンドを優雅に飲み、優子と一緒に店を出た。

車内に戻り、車を走らせていると、優子が「さっき結構ギリギリだったでしょ!?」と聞いてきた。ただ和也はその頃メチャクチャクソな人間だったので、図星だったのに「そうでもないよ」とすかしたことを言って、場を白けさせていた。

夕方になってだんだん暗くなってきて、道や標識も見えづらくなってきていたが、優子の口頭でのナビもあり、徐々に目的地に近づいてきていた。しばらく道なりに走行させておけばいい時に、優子が化粧品の看板を見て、「あの女優さん、綺麗だよね」と言った。それから何秒かして、和也は「優子も綺麗だよ」とボソッと言った。優子は「え、私!?」と言って、それからそのことは話題にならなくなった。たぶん和也が誰かのことを真面目に「綺麗だ」と言ったのは、この時が初めてだったと思う。

なんとなく切なかった。東京の夜景やネオンが明滅し、何かと共鳴している気がした。その瞬間や季節が過ぎたら、もう戻ってこないということを不思議だけれど、この時にもう前もって知っていた気がする。

それから優子の家に着いて、書いてきた手紙を渡し、別れて、一人で車を運転して家に帰った。家に着いた時には午後十時を回っていた。水を飲んでから「無事家に着いたよ。今日はありがとう」というようなメールを送った。返事は返ってこなかった。その時送った手紙に自分が何を書いたか、今ではもうあまり覚えていない。たぶんいつも通り重くて、切実で、ズレた内容のものだったのだと思う。

19

デイケアでは中島さんと急速に仲良くなっていった和也だったが、最初の頃はスタッフと「デイケアは週二回」と決めていたので、週一、二回は大学、週一、二回は倉庫のバイトという具合だった。

ところで、その日和也はバイトの派遣会社を変えていた。「もっと楽なのないかなぁ……」というのと「他の派遣会社ってどういう感じなんだろう?」と素朴に思ったからだ。それで西船橋にあるタバコ臭い派遣会社の事務所で呼ばれるのを待っていると、送迎のマイクロバスが来て、それに乗車した。その車で二俣新町近くの倉庫に連れていかれた。

朝礼で派遣会社ごとに整列させられ、点呼を取られた。その後、社員の判断で、それぞれペアを組ませられた。和也はこの時点で嫌な予感がした。ペアを組ませられた奴のガラが少し悪かったからである。でも仕事だからやらねばと思い、気を引き締めて社員の指示を待っていた。

社員の指示によると、その仕事はハンガーラックに掛かった洋服を品番順になっているか確認し、その中から伝票に書かれている番号の商品を取り出し、二人で協力して梱包するというものだった。

和也はペアを組ませられた奴の威圧的な雰囲気に先行きへの不安を感じていたが、焦りながらもいつも通りマイペースでハンガーラックに掛かった洋服の品番をチェックしていた。その時に、その少しガラの悪い奴に、

「お前何やってんだよ！　遅ぇよ！」

と言われ、この時点で少しだけカチンときていたが、一応その言葉は聞き入れて、少し急ぎながらも、「最初の段階でしっかりチェックしておかないと、二度手間になるかもしれないからな」と思い、モタモタしながらもマイペースで洋服の品番チェックをしていた。そしたら、急にそのガラの悪い奴に、

「お前いい加減にしろよ！　ふざけんなよ！　なんでそんなにチンタラやってるんだよ！　お前使えないから、お前となんかやりたくない！」

と大声で言われて、和也は瞬間的にカチンときた。なんでこんな奴にゴチャゴチャ言われなきゃならないんだよと思い、殴りかかってやりたくなった。どうせ人生もうまくいってないし、一時《いっとき》の感情に任せて、相手のガタイは自分よりちと良いが、先手必勝でつかみかかって、殴ろう

かと思った（和也は高校時代、昼休みに友達とバスケをしていた時に、後輩にイチャモンをつけられて、「こっち来いよ！」と言われて、その時点でどうせ喧嘩になると思い、先手必勝で右ストレートを顔面に見舞い、相手が大外刈りをかけてきて、もつれて、相手の体勢が崩れたところを馬乗りになってボコボコにしたということがあったので、実際殴ってもおかしくはなかった）。ただ和也も一応大人だったので、そして、もしそれをやったら、人生が終わるということもわかっていたので、堪《こら》えて、「一緒に協力して仕事しましょうよ」と言ったが、「ヤダ！　お前となんか絶対にやりたくない」と言っていて、そこに不穏な空気を感じ取った社員が駆けつけ、それぞれ別の仕事を割り振られた。そこからはけていく時に、そいつは「帰り気をつけろよ！　待ってるからな！」という捨て台詞を吐いていった。

「言わせておけば、あの野郎！　ド畜生が‼」と思いながら、新たに割り振られたピッキングのような仕事をふてくされながら、和也はやっていた。時間が経ってもさっきの奴への怒りはなかなか収まらず、「なんで俺があんなクソみたいな奴にナメられなきゃならないんだよ！」とか「俺にはまだわずかながら可能性はあるけど、アラサーにもなって、ペアを組ませられた奴がちょっとモタモタグズグズしていただけで、あんなにキレてるような奴は、一生底辺だよ！」と心の中で息巻いていた。そのような流れで、その日は仕事中ずっと気分が悪かった。そのような倉庫という無機質で味気のない空間でできる唯一の保養・女性ウォッチング（ところで、和也は道徳心が高いので、女性をそういう目で見てはいけないという当然のモラルは保持していたが、煩悩が抑えられず、結局よく見てしまうのだが、そのコソコソとした振る舞いと変質者的な眼光の鋭さに、見られた女性がよほどの嫌悪を催すことは、彼女たちの表情に露骨に刻まれた嘲りや軽蔑の眼差しからも明らかだった）ですらも、その日は癒やしにはならなかった。

ふてくされながらも作業を続け、なんとか昼休みになり、アイツと遭遇しないように休憩室の隅っこでコンビニで買った紅鮭と梅のおにぎりと緑茶をコソコソ食べたり、飲んだりしていた。

昼休みが終わり、午後も午前に割り振られたピッキングのような仕事を無難にこなしていた。ただ午後四時ぐらいになると、だんだんソワソワしてきて、朝にアイツが脅しのように言った「帰り気をつけろよ！　待ってるからな！」という言葉が本気だったらどうしようという想いと、もしかしてアイツがヤバイ奴とつながっていたらどうしようという想いがよぎってきた。

どうせ脅しだろうという想いと、アイツは何かやりかねない眼をしていたからなとか、万が一何かあったら嫌だなとか、今日ツイてないなぁとかしばらくいろいろ思い、心の中でボヤいていたが、起こったことはもうしょうがない、何かあったら、逃げるか、立ち向かって、知力と体力全部駆使して潰してやるかのどっちかだよ！　と決意していた。

それで終業時間の午後六時になった。休憩室の隅にあるロッカー室で帰り支度を足早にそそくさと済ませると、社員に「お疲れ様でした」と挨拶をして、その倉庫を出た。その日の仕事は現地解散で、アイツとバスで鉢合わせて同乗するようなリスクはなかったので、そこはラッキーだった。

アイツが待ち伏せしているかもしれないと警戒しながら、コソコソと慎重に玄関を出て、その後も周囲を窺いながら、ＪＲ二俣新町駅へと歩いていった。

五分ぐらい歩いて、心配性な和也でも「もう大丈夫」とさすがに開き直って、ホッと息をついた。ホッとした解放感と先ほどまでの張り詰めた緊張感の余韻で和也は妙に気分が高揚していた。それで、先ほどの倉庫で見かけ、同じ時間に上がった、帰りの途《と》についている、若い女性に声をかけた。

「お疲れ様です。さっきまであの倉庫で働いていましたよね⁉」と和也は背の高い若い女性に声をかけた。

「はい！」と屈託のない顔で、その女性は素朴に答えた。

声をかけたら嫌がられるだろうなと思っていたが、気分が高揚していた流れで半ばノリで声をかけてみると、思った以上にいい反応が返ってきて戸惑ったが、「今日は仕事場で変な奴にイチャモンつけられて、大変だったんですよ。ちょっと喧嘩みたいになっちゃって」と言ったら、その子は、「喧嘩できるだけでもすごいですよ。私は気が弱いから、そんなことできないですもん」と言っていた。

和也は「そうですかねぇ」とか言いながら、満更でもない気持ちになっていた。

駅までは歩いて十分ぐらいあったので、お互いの話とかを少しした。彼女は大学三年生で、これから就職活動を控えていること、やりたいことがわからず、自分に自信が持てないということなどを聞いた。それらの課題から逃げた和也には彼女にアドバイスをする権利など一切なかったのだが、「大丈夫ですよ」とか「なんとかなりますよ」とかありきたりのことを、少し先輩風を吹かせながら言っていた。

和也は和也で、「いい大学に行っていた」「昔ボクシングをやっていた」「作家を目指している」という、自分の武器を早い段階で全部開陳するというモテない男だけが為しうる業《わざ》をここでも披露していた。普通そういうみっともないことをやると相手は引いてしまったり、嫌悪感を持たれてしまうのだが（実際和也はいつもの派遣会社での倉庫の仕事の帰りに、二回だけ同じ仕事をしていた女性に声をかけたことがあった。どちらとも、西船橋駅前のマクドナルドでコーヒーを飲んだが、それぞれに自分の話ばかり一時間ぐらいして、嫌がられて、すぐ「解散」という結果に終わった）、その子は、「すごいですね！」とか一々肯定的な相槌を打って、和也の話を興味深そうに聞いてくれていた。

それからも話は途切れることなく続き、一応盛り上がっていたと思う。ただ南船橋で乗り換えて、西船橋に向かう電車の中で吊り革につかまる彼女が窓の外を眺める時に不意に見せた、心細そうな、だけれど人生に真剣に向き合っている人だけができる澄んだ視線が和也には痛かった。「俺にはこの子に声をかける資格はない」と和也は思った。この子のことが大切だったので、自分の人生に巻き込んで、この子の人生の邪魔をしたくはなかった。

それで、電車が西船橋駅に着いて、彼女は降りていった。最後に僅かに振り返った気もしたが、それは記憶違いかもしれない。

和也は武蔵野線に取り残されて、梅雨時特有の襟元がジメッとした汗で濡れたスーツ姿のサラリーマンや作業服の汗臭い兄《あん》ちゃんに囲まれながら、吊り革につかまり悶々としていた。

「たぶんこれでよかったんだよな。でもなぁ……。カッコつけないで、ダメ元で連絡先聞いてみればよかった。どうして俺はいつもこうなんだ！」と、してもしょうがない後悔というものをしていた。仕方ないので、和也はあることを決めていた。

最寄りの駅に着いて、足早に自転車に跨《また》がり、必死に漕いで、ある所に向かっていた。和也がその時、どんな顔をして自転車を漕いでいたかは知らないが、もし街の防犯カメラが偶然その様子を捉えていたら、思い詰めたところのある男が内側では抱えきれない業を発露させた必死の形相で、緩やかだが、ひたすらに長い上り坂を駆け上っていく姿を写していたかもしれない。

そして街外れの国道沿いの店に着き、和也は自転車を停めた。ぐるりと見渡すと、駐車場には平日の夜だというのに、それなりに車が停まっていた。「この産業は根強いな」とか「マスメディアは『不況、不況』って煽るけど、メディアが映し出す真実と実際の間には大きな隔たりがあるよな」とかわかったようなことを心の中でブツブツ唱えながら、くぐり慣れた黄色い暖簾《のれん》をくぐり、棚に向かった。究極の真理や崇高な概念を見極めるかのような異様な熱心さと自慢の集中力で二時間ぐらい粘って決め、家路に就いた。

夕飯を終え、いそいそとプレイヤーにＤＶＤをセットして、イヤホンをして、再生された映像を観てみると、「あれ！　これパッケージとちょっと違うな。五千円もしたのに」と心の中でブツブツ言いながらも、用だけはきちんと済ませ、その後、いびきをかいて寝るというい つもの和也だった。

　このように和也は青年期に身につけておくべき、社会に対する責任感や友人や異性と連帯感や絆を育んでいく力、パソコンのスキルなどは身につけないで、卑屈な自意識やその手のものへの趣味の広さや見る眼（審美眼）などの、養ってもしょうがないものばかり養っていた。

20

中島さんとは驚くほど最初からすぐに仲良くなれた。それは中島さんが人に合わせるのが上手い人だったというのもあるだろうし、単純に二人の相性が本当によかったからかもしれない。

和也がデイケアに週二日しか通っていない時ですら、帰りはマクドナルドや喫茶店（カフェ）や江戸川の河川敷で夕日を見ながら、よく語り合っていた。お互いの今までのこと。挫折感や傷。夢や希望。自分を責め苛むもの、劣等感。自負やプライド。背負っているもの、背負わずにはいられなかったもの。

同年代の青年ということで結局多かれ少なかれ似通っているものかもしれないが、それを差し引いても和也と中島さんはよく似ていた。人に合わせ過ぎるところ、不器用なところ、自分に自信は持てないのに、プライドは高く、エネルギーを持て余しているところ。

和也は今までこんなに誰かと夢中になって語り合ったことはなかった。小・中・高・大とそれぞれの時代に、自閉的（内向的）なりに友人はいたし、放課後や休日に遊ぶこともあった。ただ、話をしたり、空間を共にしていても楽しいと思うだけで、それ以上の感興は呼び起こされなかった。ただ中島さんとのセッションは違った。互いの一言がきっかけとなって、共鳴して、加速して、オーバードライブがかかって、展開して、局面が変わって、燃焼と爆発があった。お互いの認識と認識とが近接し、時に衝突し、自分たちの互いの価値観や世界観を部分的に瓦解させ、革命的につくりかえていった。

それは楽しくもあり、衝撃的な日々だった。今まで持っていた、当然と思っていた常識や価値観がいとも簡単に崩れ去ってしまうのには、自分の認識や過去の自分が否定されていくような苦みと痛みが伴った。

それが一番顕著だったのが、東京の中島さんの実家にお邪魔させてもらった時だった。長い間引きこもっていた息子が、久しぶりに友人らしきものを家に連れてきたことを喜んだご両親に、少し歓迎された和也は適当に挨拶を済ませ、中島さんの部屋に招き入れられた。

適度に散らかった雑然とした部屋には少しお香の匂いがした。そして様々な本や雑誌、画集、側面に映画のタイトルが貼ってあるビデオテープ、ＣＤなどに囲まれて、中島さんが制作中の作品や過去に創った作品が無造作に置かれていた。

昔の雑誌を切り抜いて、コラージュして、小さい画用紙に貼り、何百種類のその画用紙を白い糸で縫製して作られた大きな作品や濃い紅《あか》や黒、群青色を基調として、（精神的に）アクションペインティングのように叩きつけた作品など、いろいろなものがあった。

何よりもド肝を抜かれたのが、『田山正弘映画ポスター作品集』という一連の作品群だ。これは田山正弘という架空の映画監督が過去に撮った作品のポスターを集めたという設定のものだ。

見てみると、おどろおどろしい鍾乳洞が垂れ下がったような空間に目玉が飛び出していたり、クモやゴキブリが這っている『100乗地獄が俺の住処《すみか》』や、無数の乳房がプルンプルンやボヨヨヨーンという擬音を響かせながら鎮座している『成人指定乳房競争よ〜いドン!!』や、長袖のボーダーを着た若い男のズボン越しの股間に南京錠がついていて、遠くのクズかごのそばに鍵が転がっている『どうもしない奴等』や、黒塗りの下地に右曲がりの男性器のモチーフのところだけ窓になっていて、そこから背を向けた和彫りのヤクザがこちらを振り返っている『右曲がりのジョナサン』や、どこかの家の台所に「御意見無用」と背中に書いてあるジャンパーを着た男が、火のついた棒を持ちながら愉快そうに侵入している『放火魔』など、変な絵ばかりだった。

これを家に籠もり毎日十数時間やっていたというから驚きだし、「そりゃ病気になるよな」と和也は思った。ボールペンで描かれた絵はどれも驚くほど細密で、内側に籠もっている抑圧された訳の分からない衝動も含めて一種神がかっていた。

中島さんのこれらの絵に、「それ、自分で言っちゃうのかよ!」とか「下品だな!」とか「やたら性的なモチーフ多いな」とか「この人大丈夫かよ?」という普通の感想を持ちながらも、表面上は「これ、すごいっすよ‼」とか「今度デイケアに持って行きましょうよ！」と調子良く和也は言っていた。

ただこの時に深いところで感じていたのは、そんな穏やかなものではなかった。その時に感じていたのは、その時まで漫然と文学をやっていた自身の芸術に対する甘さと、人生で同年代の奴に対して初めて抱いたとも言える敗北感だった。

和也は気が弱いところもあるが、いろんなところで知力・体力・精神力・人格などであまり誰かに負けたと思ったことはなかった。大学時代に先輩や同輩などに「野球部に一五〇キロ投げるピッチャーがいるらしいぜ」とか「俺は高校時代バレーで全国大会出場しているんだ」と言われても、「すごいっすね‼」と表面上は言いながらも、心の中では、「だから、なんだよ！」と思っていた。

クラスメイトの公認会計士を目指している、公認会計士試験の模試でも上位に入るという見た目も爽やかで、運動神経も良くて、大学生なのにオフィスカジュアルを着こなす、身長も和也より一〇cm以上高い、ミスター〇〇に選ばれてもおかしくはない奴が、フランス語の授業の帰りにクラスメイトとみんなで大戸屋に行った時に、品良く優雅に食べながら、「公認会計士は稼げる人は年収五千万円以上稼げるらしい」とか「週三、四日しか働いていない人もいるらしい」とか「公認会計士は年上の人にも先生って呼ばれるらしい」と目を輝かせながら言っている隅で、和也はサンマの塩焼きの身を取り出す作業に苦労し、手を使って骨を取ったりしながら、「夢、ちっちぇな」とか「雑魚は踏みしめられたイージーな道歩んどけよ！」とか「せいぜいタワマンでも住んで満足しとけよ！」と思っていた。

　このような和也だったので、だから、より中島さんとの邂逅《かいこう》は衝撃的だった。

　それからも中島さんの作品をいろいろ見せてもらいながら、中島さんが自身と絵について語り出した。子供の時から絵を描くのが好きだったこと。よくぺんてる賞などを貰っていたこと。高校生の時、美大の予備校に通ったが、東京藝大にも行けそうなものすごい素描《デッサン》のうまい先輩がいて挫折したこと。それから絵はやめていたが、フラフラしていた大学時代にバスキアの絵を見て、「これなら俺にも描けるかもしれない（これでいいなら、俺にもできるかもしれない）」と思い立ち、また絵を描き始めたことなどを。

　それからおもむろに、黒いクリアファイルの中から一枚の絵を取り出した。土色の背景に焦茶色の土偶が中央にあって、土隅の頭の上で中央が黄色の赤い花がさりげなく凛と咲いている絵だった。「大学時代の絵は全部捨てたけど、これだけは捨てられなくてね」と中島さんはいつも通りボソッと言った。「この絵いいじゃないですか！」と和也は言った。「でも、芸術的には大したことないよ。コンセプトは単純だし」と中島さんはため息をつくようにボソッと言った。でも、和也はこの絵が一番好きだなと思っていた。

21

デイケアでは男女問わず、様々な世代の様々な経験をしてきた方が在籍していた。プログラマーやトラック運転手、プロアスリート、社長業など。そして、デイケアでは会社や学校と違って、上下関係やしがらみ、立場などの縛るものもなかったので、みんな気軽に気楽に過ごしていた。

午後二時半にプログラムが終わった後に、男だけでよく残って、上半身裸を見せ合ったり、お湯を沸かして、コーヒーポットでコーヒーを淹れてくれて、みんなで飲んだり、トランプや麻雀をしたり、四、五十代の人の昔話を聞いたり、いろんなことをした。いろんな経験がどれも新鮮で楽しかった。

本当にそれぞれの方がそれぞれの人生経験をしてきていた。紆余曲折あったであろうことは直接的に語られることは少なくても、言葉の端々から垣間見られた。

優しい人が多かった。我慢して背負《しょ》い込んでしまう人が多かった。

そして、人を責める人がいなかったので、デイケアに流れている時間は夕暮れ時の日差しのようにいつも穏やかだった。傷ついたことがある分、みんな他人の失敗や咎《とが》に寛容で、互いを思いやっていた。

休憩を入れて、水曜日の午前の二時間半、みんなが持ってきたＣＤを寛いだ姿勢で雑談をしながら聴くという「音楽」グループでは、今まで知らなかったものも含めて様々な音楽に触れることができた。

吉田拓郎、かぐや姫、小田和正、矢沢永吉、松任谷由実、中島みゆき、サザンオールスターズ、ビートルズ、サイモン&ガーファンクル、ローリングストーンズ、スタン・ゲッツ、マイルス・デイヴィス、グレン・グールドなど。

今思えば、めくるめくような音楽体験だった。和也はFuneral for a Friendやコールドプレイ、ボブ・ディランなどの洋楽以外にも、高校時代によく聴いていたブルーハーツやモンゴル800、ラルクアンシエル、B'zなどを持っていって、ラジカセで流していた。大学時代の焼肉屋のアルバイトの先輩が組んでいたバンドの自主制作のCDも流したが、結構好評だった。

音楽グループでその曲が流れた瞬間に、和也に鮮烈なインパクトを残した曲が二つあった。一つは中島さんが持ってきた、ニック・ドレイクの『Cello Song』で、もう一つは和也より十歳ぐらい年上の元プログラマーで、いつもスタイリッシュな格好をしている瀬崎さんが持ってきた、マイケル・ジャクソンの『マン・イン・ザ・ミラー』だ。

ニック・ドレイクは一九四八年生まれのイギリス人シンガーソングライターで、二十六歳で抗うつ薬の過重服用によって亡くなってしまった。音楽だけでなく学業やスポーツにも才能があったが、繊細で傷つきやすく、生前自分の作品が商業的に成功していなかったことを悩んでいたらしい。そして、彼は死後に評価が高まった。『Cello Song』は最初の、張り詰めた弦が振動する一音で圧倒されてしまう。うら悲しいメロディと歌い手の純粋さや悲痛さが凝縮された名曲だと思う。
『マン・イン・ザ・ミラー』はマイケル・ジャクソンの代表曲で、「もし世界を変えたいのなら、鏡の中に映る人（＝自分）から変えていこう！」というメッセージで、世界の貧困や格差、心の空虚感に訴えている。この単純な愛と平和のメッセージが、ありがちな上辺だけの陳腐なものにならずに芸術として成立しているのは、マイケル・ジャクソンという矛盾に満ちた振れ幅の大きい、だけれど、ガラスのダイヤモンドのように純粋で澄み切った、驚異的な人格の為せる業なのだと思う。

このように和也たちは、『魔の山』の主人公ハンス・カストルプがサナトリウムで、蓄音機でオペラやクラシックを堪能しながら無為に時間を過ごしたように、「大の大人が昼間からこんなに寛いで、音楽なんて聴いていていいのかな？」と思いながらも、それぞれ思い思いのことを考えながら、ラジカセから聴こえてくる曲たちに耳を澄ませていた。

そして、デイケアにいろいろあるプログラムの中で、一週間で一番盛り上がるプログラムと言えば、間違いなくダントツで、『トリムバレー』だ。
トリムバレーというのは、基本的には普通のバレーボールと一緒の六人制で、コートはバドミントンのコートの大きさで、ボールはトリムバレーボールという普通のバレーボールより一回り大きくて、柔らかいボールを使う競技だ。ネットの高さは二メートルで、またアタック（スパイク）はラインの奥、つまり後衛の人しかしてはならないというルールがある。

そういうわけで、トリムバレーは比較的簡単で安全なので、女性やお年寄りも一緒に楽しめる。また、ラリーが続くことも多く、夏場にはみんな大汗をかくし、ハイタッチや声かけも飛び交い、白熱し、デイケア棟の小さな古びた体育館は熱気を帯びる。その時ばかりはみんな過去のトラウマや将来への不安を忘れ、ボールの行方に集中したり、一球一球に入魂しているようだった。みんな何かを取り戻そうとするかのように熱心に白球を追っていた。

22

このように和也はデイケアを楽しんでいたし、中島さんなどの新しい仲間も増えてきたし、大学も卒業の見通しが立っていた。

ただこの事実だけを見れば、順調そうに見えるが、案外そうでもなかった。もともとずっとあった悩みだったが、人と接する機会が増えてきて、より思ったことだが、それは自分の感情を制御しきれないということだった。和也はとても過敏だったので、些細なことで、大幅に傷ついたり、怒りが頭の中で沸騰し、収めるのに苦労することもよくあった。怒りで震えて、目がチカチカしたり、朦朧《もうろう》とすることもあった。

この悩みは、統合失調症を発症してから、ずっと抱えている悩みだったが、抗精神病薬を飲み続けても、規則正しい生活を続けても、改善する見通しは立たなかった。精神科の主治医の診察は親身にはなってくれるが、五分か長くても十分診療だし、精神医学や心理学の解説本を必死に読んでも、どれが本当の情報で、何を信じればいいのかもわからなかった。

困った和也は、大学で心理学を学んでいた流れで、「カウンセリング」というものを受けてみようかと思った。和也の家には使えるパソコンもなく、その頃和也はスマホも持っていなかったので、近隣の大きい駅の近くにあるネットカフェで、「千葉県　カウンセリング」で検索して、ヒットしたところで一番信用の置けそうなところに連絡をした。そしたら、受付の女性が出て、「次の週のこの時間に来てください」ということになった。

次の週の指定された時刻に、ネットで調べた地図を元にその施設に行ってみると、そこは落ち着いた調度に囲まれた、初めて行ったのに懐かしい気分になるような場所だった。

それで受付の人に通され、個室に入り、ソファーに座りながら誰かを待っていた。それは子供の頃、体調を崩した時に、母や姉と隣駅のおじいさん先生がやっている小児科医院の待合室で診察を待っている時や、母親の胎内で子宮にくるまれながら、その時を待っている胎児の心境にも似たものがあったかもしれない。

しばらくして個室のドアがノックされ、六十歳ぐらいの背の高い、痩せ型の女性がやってきた。簡単に挨拶を済ませると、アンケートを記入させられ、記入した後、そのことについて質問をされた。ここに来た経緯、生育歴、今何に困っているか？　カウンセリングで何を目指したいか？など。

まもなく面接時間の五十分が終わろうとしていた。最後にその人に、「カウンセラーのご希望はありますか?」と聞かれたので、和也は「大学で心理学を少し学んでいて、ユングが好きです」と言うと、「私はユング派なので、これからも私がやりましょうか?」と聞かれたので、その人に嫌な印象もなかったので、「お願いします」ということになった。それから和也は週一回カウンセリングに通うようになった。

カウンセリングを受けることになって、最初の頃はただずっと話を聞いてもらっていた。話の途中で、「それはこういう意味ですか?」や「具体的にそれはどういう意味ですか?」と突っ込まれることはあっても、話の腰を折られることはなく、カウンセラーはずっと和也や和也の話に寄り添って、時には太ももの上に置いたクリップボードに挟んだ白い用紙にメモを書き込みながら、聞いてくれていた。

優子に話を聞いてもらうのとはまた違った安心感があった。その六畳ぐらいの防音の効いた閉めきった空間に、カウンセラーとL字型ソファーに座っているような角度で、それぞれの椅子に座って、自分の話を丁寧に聞いてもらっていると、その時だけは世界に自分が尊重されているような気がした。

この頃カウンセラーが何気なく発した「佐々木さんはいつも淀みなく理路整然と話しますね」や「佐々木さんは小柄ですけれど……」という言葉ですら、人とあまり接せず、批判の俎上に載せられたことのない和也にとっては気づきがあり、新鮮だった。

ただ、「こんな風に話を聞いてもらっているだけで意味あるのかな?」と思いながら、セッションは続いていった。

あれは、カウンセリングを受け始めて五回経ったぐらいの頃だろうか、十回経ったぐらいの頃だろうか。カウンセラーに突然、「佐々木さんは発達障害だと思うんですよね。それを確かめるためにも今度検査を受けてみませんか?」と言われた。

最初はあまり何のことか、わからなかった。ただ断る理由もなかったので、「受けます」と言った。

それで次の週の指定された日時に、いつもカウンセリングをやる医院の待合いの椅子に腰かけていると時間になり、ワイシャツ姿の眼鏡をかけた四十代ぐらいの男性が現れた。「佐々木様ですね?」と言われて、和也は「はい」と答え、面接室に案内された。

それで、その臨床心理士と思しき男性がＷＡＩＳという知能検査の準備をテキパキとして、テストのあらましを和也に説明した。それで和也も了解して、テストが開始された。

「冷静に」とはどういう意味ですか、などの単語の意味を答えるテスト、「スペインの首都は?」などの知識を問われるテスト、「鉄道は何の為にあるのか?」などの論理力を問われるテスト、口答での計算問題、積み木を使ったパズルの問題など。

テストが終わると、「どうでしたか?」と男性心理士に問われ、「疲れました」と和也は答えた。「こういうのは結構お得意なんですか?」と心理士が聞いてきて、「そんなこともないです」と答え、お辞儀をして、その部屋を出た。

同じ心理士で、次の週はロールシャッハテストという性格検査があった。左右対称のいろいろな形のいろいろな色のインクの染みを見せて、それが何に見えるか？　という質問を通して、被験者の思考過程や障害を推定する投影法に分類される性格検査だ。

和也はいろいろな図柄を見て、「蝶に見える」とか「愛を象徴しているように見える」と適当につなぎ合わせて場を埋めるように答えていった。

六十分ぐらいの検査が終わり、「どうでしたか？」とか「今の生活はどうですか？」と男性心理士に優しく聞かれ、「疲れました」とか「バイトとか人間関係とかあまりうまくいかなくて、苦労しています」と和也は答えた。それに対して、男性心理士は微笑みながら「そうですか。検査結果は後日、並木さん（担当のカウンセラー）に渡しておきますので、そちらから説明を受けてください。それではありがとうございました」と言って去っていった。和也は頭が疲れていたので、帰りにカウンセリングの医院の近くにあるカフェドクリエでコーラフロートを飲んでから家路に就き、その日は終わった。

次の週カウンセリングに向かい、面接室に入ると、カウンセラー（並木さん）に早速知能検査と性格検査の結果が書いてあるＡ４の紙二枚を渡された。一つにはテストごとの自分のレベル、一つには性格検査も踏まえた上での男性心理士の見解が書いてあった。

知能検査はすごくよくできたようだった。ただ分野ごとの出来不出来のバラツキが大きく、日常的な場面では力を発揮できないことも多いのでは、と書いてあった。いろんな場面のイラストを何枚か提示されて物語を完成させるテストはすごく苦手だったみたいで、そのことやロールシャッハテストの結果から直感的（視覚的）な状況把握に特に難があると思われる、と書いてあった。

また、感情刺激の影響を非常に受けやすく、本人もそのことに自覚的であるためか、感情を抑え込んだり、感情刺激から距離を取ろうとする傾向が見られるが、こうした極端な対処には限界がある、と書いてあった。

上記の事柄の帰結ともいえるが、自己評価が低く、まわりと比べて自分は上手くやれていないという気持ち、非常に傷ついている自己イメージを持っている。また、対人関係においては、非常に防衛的で、自己を正当化しようとする傾向が目立つ。他者への関心や関わりを求める気持ちはあるものの、おそらく、周囲からは頑固で狭量だという印象を持たれると思われ、円滑な人間関係を築きにくいと思われる、と書いてあった。

そして、最後に今回の心理検査の結果から、ベースに自閉症スペクトラムの問題がある可能性が示唆された、と書いてあった。

これらの結果が書いてある紙をカウンセラーの前で、和也は熱心に読んでいた。二十歳《ハタチ》の時に前後不覚になって、知らない人が運転している車に乗って警察に保護されて、措置（強制）入院させられて、精神科の病棟で受けさせられた心理検査では、心理士に「関ケ原の戦いが起こった年は？」と聞かれて、「確か教科書には一六〇〇年と書いてあったような気がします」と答えたり、「てこの原理を説明してください」と言われて、「はっきりとは覚えていないんですけど、確か教科書には力点に力を加えて、支点からの距離の分だけ作用点に強い力が加わるというようなことが書いてあったような気がします」と回りくどく答えるような感じだったので、精神状態も悪く、知能検査の結果も標準的だった。確かその検査でも発達障害の診断が出ていたが、主治医もそのことに特に触れることもなかったので、そのままになっていた。

今回の心理検査の結果を受けて、知的に非常に優れた資質があると書いてあったのは素直にすごく嬉しかったが、自分には心理的にすごく多くの課題があり、「発達障害」ってやつなんだな、と和也は思った。和也は大学の授業などで、「発達障害」という言葉は知っていたけれど、「発達障害」って何なんだろうな、と思いながら、帰りの電車に揺られていた。

23

そういえば、この頃ダメ元で優子に告白していた。前回の微妙なデートからはメールを送っても返事がなく、埒が明かないし、このままうやむやになるよりは、ダメ元でも気持ちをブツけておきたかった。

そして、優子が好きだということ。優子がいたから踏み止《とど》まれたこと。付き合ってほしい、ということなどを伝えるメールを送った。

それからしばらくして、その日のうちにメールが返ってきて、「今日は立て込んでいるから、明日落ち着いて返す」という返事だった。

次の日、和也はずっと優子からのメールを待っていた。何をしていても、心ここにあらずの体《てい》で、ソワソワしていた。午後十時になっても来なかったので、優子に様子を窺う催促のメールを送った。それに対して、優子は「いろいろやることがあって、ごめん。必ず送るから」と少しイラついている様子だった。

結局優子からメールが来たのは、零時になり、日付が変わって、少しした頃だった。メールが優子からのものだと確認すると、和也は恐る恐るＢＯＸを開いた。

そこにはビッシリと、今のスマホで言ったら三スクロール分ぐらいの文字が書き込まれていた。

「いつも私がだらしなくて、振り回しちゃってごめん。いつも誘ってくれたり、こまめにメールくれるのとか嬉しかった。山を登ったり、散歩するのとかも楽しかった。でもね、キツイ言い方になっちゃうかもしれないけど、佐々木君とはそれだけなの、異性として見ることはできない。今まで本当にありがとう」

要約すると、そのような内容だったと思う。その丁寧で誠実なメールに、和也は優子の優しさと愛を感じたのと、確かに今の俺に振り向いてくれる女性なんていないよな、と妙に納得（達観）していた。

和也は諦めることにした。夏を告げる軒先の風鈴が遠くで空しく鳴っていた。

フラれた和也は意気消沈しながらも普通に日常を送っていた。それでいつかの朝に、まだ暑くなっていない午前九時頃だったと思う。どっちから誘ったか、今では覚えていないけれど、父と散歩をすることになった。父は病気の影響でだいぶ痩せ細っていた。

父のペースに合わせて、ゆっくりと歩いた。時折父が咳き込む時があり、その都度和也は止まって「大丈夫?」と聞いたりして、ゆっくりと進んだ。父は「悪いな」とか言いながらも、表情はいつも通り柔和で、明るかった。父は若い頃からバスター・キートンなどの喜劇が好きで、和也が物心ついてからも笑点やミスター・ビーンや綾小路きみまろなどを爆笑しながら、よく見ていた。そして、そういう楽天的な気質は病気が進行してからも変わることはなかった。

しばらく歩いてから、和也が言った。

「この前女の子にフラれたんだ」

「そうか」と父。

「海とか山とか行くぐらいの仲ではあったんだけどね……」

しばらく考えてから、父が言った。

「それぐらいまで行ったんだったら、惜しかったな。俺も最初勤めた会社で、いい娘がいてさぁ、その娘は会社に勤めながら、夜学に通って、教師を目指しててさぁ。いつも頑張ってたんだよなぁ。一回告白して、フラれて、それで俺は諦めちゃったんだよなぁ。道江と結婚してよかったけど、そのことに関しては悔いが残ってんだよなぁ……」

普段は子供の個性や意志を尊重して説教じみたことを言わない父が、珍しく箴言めいたことを言っていたので、和也は黙って、その話を聞いていた。周りでは、青々とした丈の高い草が風に揺られていた。二キロぐらいのコースを約一時間かけて、ゆっくりと歩いた。歩き終わる頃には、昼が近づいていて、蟬の鳴き声が勢いを増してきていた。

それからしばらくして、和也はもう少しだけ優子のことを諦めないでおこうと思っていた。

この頃あった些細なことだが、今でも覚えているのは鼠径《そけい》ヘルニアで入院したことだ。

優子とのことをまだ諦めている時に、昔精神病棟に入院している時に患者同士として知り合い、仲良くなった、精神科の看護師を目指している女子看護学生と筑波山を登った。

帰りに、駅前のショッピングモール内のベンチで、和也が「あのさぁ……、最近下腹部に空気みたいなのが溜まって、全然痛くはないんだけど、これってヤバイのかなぁ?」と言いながら、ズボン越しでもわかる、その膨んでいるところをその子に見せて、指示を仰いだら、その子は「何ですかねぇ……。空気ですかね、水ですかね。痛くないんだったら、悪性じゃないんだと思うんですけどね。でも、わからないから、一回お医者さんに診てもらった方がいいですよ」と言った。そう言われて、和也も「そうだな」と思い、次の週、近くの大学病院を受診した。

診察室に入り、冷静で頭の良さそうな若い男性医師の触診を受けたり、レントゲンを撮られながら、和也はドキドキしていた。それから、しばらく診察室の外に出させられて、もう一度呼ばれて、医師と向かい合った。そして、医師はにこやかに「鼠径ヘルニア(脱腸)です。ただ良性なので、放っておいても悪さをすることはないのですが、動きづらいと思うので、手術した方が良いと思います。手術は非常に簡単な手術です。手術しますか?」

と聞かれ、和也は鼠径ヘルニアによって動きづらさを感じていたので、「手術します」と答えた。

それから一カ月後ぐらいに和也は入院した。人生で身体《からだ》にメスを入れられるのは初めてだったので、事前に手術の説明を受けながら、緊張していた。夜が長く感じられた。

そんな時に西山さんが見舞いに来てくれた。入院していることを伝えたら、場所を聞いてきてくれて、わざわざ遠くまで来てくれたのだ。西山さんはその時偶々《たまたま》いた母に挨拶を済ませると、和也にも挨拶をして、「これお見舞いです」と言って、ラッピングされたものを手渡した。それから世間話をしばらくして、「では、お大事に」と言い残して、西山さんは帰っていった。

西山さんがいなくなってから、和也は恐る恐るラッピングを解《ほど》くと、そこからは見たこともない出版社から出ている『ドストエフスキーの言葉』という本が出てきた。「さすが西山さん、ゴツイの持ってきたな」と和也は思った。今この小説のこの部分を書くにあたって、その本を見ながら認《したた》めているが、実際は黒の装幀に赤い帯で「人生に光を灯す言葉が今よみがえる！」というシンプルなものが書かれているのだが、和也の記憶の中では、帯が「世界的文豪の絶望に火を灯す珠玉の言葉たち!!」となっていて、実際心細い手術前の夜にもベッド脇の小さな灯りでこの本を読んで、絶望に火を灯されていた。「人の見かけとはひどく当てにならないものです」などの名言が書かれてある、その本を読みながら、帰り際の西山さんの小さな背中が思い出された。

次の日の朝、手術前に若い女性看護師に下の毛を剃られて、微妙な気持ちになったりしながら手術の時間が来て、手術室に入り、手術台の上で仰向けになり、下半身麻酔を打たれた。患部には煌々とライトが向けられていた。そして、しばらくして下腹部にメスが入れられたようだったが、その感覚はもうなかった。しばらくして起きたら、もう手術は終わっていて、和也は病室にいた。目の前には白い天井が広がっていた。麻酔が効いていたので、その時は全然痛くはなかった。しばらくして痛みが出てきたが、痛み止めを飲んでいたので、それもそれほどではなかった。しばらくして歩けるようになり、それからしばらくして退院した。普通に青空の下《もと》を歩けることや自由に行動できることがこんなにも幸福で恵まれていることなんだなと、生まれて初めて実感した気がする。

それから定期通院で、主治医に「痛み止めはまだ要りますか?」と聞かれ、痛みに弱い和也は「まだ欲しいです」と言ったら、「そろそろやめないと。クスリもリスクになるんですから」と言われ、「そうっすよね!」と和也は言いながら、「じゃあ、最初から聞くなよ!」と思ったりしていた。その後、医師に「これからは異常がなければ、もう来なくていいですから」と言われ、実際異常もなかったので、トリムバレーボールなどの運動をまた前みたいにノビノビとできるようになっていった。見上げると、青い空に飛行機雲が一本伸びていた。そうやって宙ぶらりんな二〇一一年の夏が終わっていった。

24

秋めいてきた九月のその頃、和也の元に一通の郵便物が届けられた。それは嬉しい知らせで、大学を卒業できるという通知と、成績優秀で表彰しますという内容だった。

和也は嬉しかった。最初の頃、視聴方法のことなどで手間取り、編入学してから卒業までに三年かかってしまったが、友達も一切作らず、哲学、文学、宗教、歴史、心理学などの根暗な科目を一人でひたすら勉強してきた甲斐があったというものだ。

視聴環境が整わず、単位だけは取れていたが、「この授業面白いから」と初めから聴き直した『自己を見つめる』の渡邊二郎教授がしてくれた人生の実態は、生き甲斐を成就することができずに、無意味や無駄、浪費や徒労の思いとともに、多くの困難や障害に苦しみ、また悲しみ、断念を余儀なくされて、満たされぬ人生への苦悶のまっただなかで朽ち果てねばならないところにこそ、ある。だからこそ、「これが生きるということだったのか。よし、それならば、もう一度」と勇気を奮い起こして、人生を取り返さねばならないことを、強さのペシミズムという形でニーチェが提唱したことには重要な意味があるという話や、プラトンの言葉を引用しつつ、私たちは牧場に放たれた牧畜の群であり、それを見守る牧人の許しなしに、勝手な振る舞いをしてはならない生き物だと考えられる。私たちは、生を贈ってくれた存在の主が許可してくれるまで、生から解放されることは許されず、その最期の時まで生き続ける努力を重ねて、みずからに託されたと信じられる人生の使命を果たし終えるまで、生きることに耐えねばならない、などの話は普通にタメになり、今でも記憶に残っている。

ただ一番記憶に残っているのは、渡邊先生が「世間」というものについて語る回で、世の中というものは、まことに息苦しく、醜悪であると冷静に前置きを言った後で、その後《あと》に語調が変わって、「それは政治や実業などの駆け引きの多いところは言うまでもないが、そうしたことに無縁と思われ、公明正大が求められる学界でさえも、陰険なボスが、そうした悪辣な策略を弄して、党派を組むことに汲々《きゅうきゅう》とするありさまも往々にして見受けられる」

そこらへんの放送を聴きながら、「いやに熱がこもってきたな」と和也は思っていた。そして、「その意味で世間とは、権謀術数が渦巻く魑魅魍魎《ちみもうりょう》に満ちた恐ろしい所であり、人を食い物にする鬼の出没する場所、呑気に構えていると悪鬼にさらわれる地獄であることが、多くの人々の実感する事実であろう」

という放送が流れた時には、声にドスがかかり、内側で怒号がこだましているような迫力があって、この渡邊二郎教授というのも東大の哲学科を出て、東大で名誉教授にもなって、和也が受けているこの授業もこの通信制大学史上空前の人気授業らしいのに、要するに名実ともに日本を代表する哲学者だったはずなのに、人生や学界に対して、めちゃくちゃいろんな思いがあるんだなと思った。その音声をヘッドホンで聴いていたので、一部始終を共有する人も周りにおらず、余計に怯えながら、全部聴き終わった後、見ちゃいけないものを見たみたいな気持ちでそそくさとカセットテープを再生機から引き出し、棚に返したのを覚えている。

また、昼ごはんを食べに近くのイトーヨーカドーのフードコート内にあるポッポというラーメン屋で、三百九十円のしょうゆラーメンを頼み、周りでミニスカートの女子中高生や、前髪を立てたりしている初々しい男子中高生が華やいだ声で男女混合で青春を謳歌していたり、子供連れの家族の小さな子供がレンゲでチャーハンを取り損ね、こぼし、それをパパが手で取り、自分で食べて、それを子供やママが笑って見ているというめちゃくちゃ微笑ましい、しかもこれっぽっちも嘘のないリア充たちに囲まれながら、和也は三百九十円のしょうゆラーメンに舌鼓を打ったり、華やいだ喧騒の中で『ギリシャ哲学』の教科書を深刻な顔で読んでいたことも、今となってはいい思い出である。

そして大学卒業について何より嬉しかったのは、そのことを姉に報告したら、テレビの土曜ドラマを見ながら「和也は格好良いよ。この俳優さんに似てる」と言い、和也が「こんなに格好良くないよ」と謙遜したら、「いや、格好良いよ」と言ったことだ。

このやりとりは和也が四年前に警察に保護されて、その一報を聞いて、職場で腰を抜かして、しばらく動けなかったという、それ以来和也のことが理解できず、接し方にも戸惑っていた姉ができる最大限の和也への応援と愛の示し方だったので、たとえその若手俳優が十年後ぐらいに人気がなくなったわけでもないのに自殺して、この世を去ってしまった今でも、和也の中では温かい記憶として残っている。

25

ところで、和也たちは十月の第二金曜日に行われるというトリムバレーボール大会に向けて、みんなで汗を流していた。まだまだ暑さの残る九月に、男女の垣根も世代も越えて汗びっしょりになって、みんなで一つの白球を追っていた。

ところで、ある時、和也がトリムバレーをするために男子更衣室に動きやすい格好に着替えるために入ると、着替え中のある人の背中が眼に飛び込んできた。そこには和彫りの黒・白・緑・赤で彩られた色鮮やかな躍動している龍があって、和也はビクッとした。「バレーの時、『この人、小指ないいな』と思っていたけど、そういうことだったのか」と妙に納得して、見なかった振りをして足早に着替えを済ませ、そそくさと更衣室を出た。

それで、だんだん大会が近づいてきて、チーム決めをする段になって、なんとなくの流れで「今回は選抜チームを作ろう」ということになった。それで全体集会で投票が行われた。それで確かある程度めぼしい人、十人ぐらいが候補に挙げられた。それでその会に出席していた十一人が、本人以外で六回まで手を挙げられる信任投票みたいな形で投票が行われた。中島さんは俊敏で手先が器用なので満票の十票を取り、入った。四十代だがスポーツ経験があり、運動神経の良い、背の高い松島さんと杉本さんも八票ずつ取り、順当に入った。それであと、普通に運動神経が良くて若めの三十代の岡野さん、二十代の和也、十九歳の瀬藤君が五票ずつ取り、妥当に滑り込んだ。そうやって、大会に向けて、練習にも熱が入っていった。

ところで、その選抜投票で選ばれなかったある人がそのことに納得できず、和也たちの知らないところでそれなりに乱れていたことは、ずっと後になって、和也たちが知る事実《こと》だった。

トリムバレーボール大会の前の日、和也と中島さんはデイケアが終わった後、いつも通り、二人で最寄りのＪＲの駅に帰っていた。寛ぎながらも、やはり明日の大会のことが二人の頭の中にあったのだろう。なんとなく二人とも逸る気持ちがあった気がする。それで、なんとはなしに、「明日《あした》、大丈夫ですかね？」と和也が言った。「大丈夫だよ！」と中島さんはキッパリと言った。中島さんは和也より半年前にデイケアに通い始めたので、トリムバレーボール大会に出場したことがあった。その時は三位だったらしい。「結構強いところも他にあるんじゃないですか？　行けますかね？」と言ったら、「行けるよ！」と断言するように、半ばそういう愚問をする和也を軽蔑するように言われたので、自分が少し小さく感じられ、恥ずかしくなったが、それと同時に、「あれ⁉　中島さんてこんなキャラだったっけ⁉」とも思った。

前に和也が中島さんに、「中島さんて運動神経良いですよね？」と言ったら、「子供の頃、サッカーやってたからね」とか「親とか兄弟とか祖父母で運動神経良い人いないんだけど、なぜか俺だけね」と言っていたので、「運動神経って基本遺伝だろ。そんなことあんのかよ！」と和也は思っていた。

ところで、中島さんは頭も良くて、運動神経も良くて、絵を描くのも上手いのに、なんでこんなに自己肯定感低いんだろうな、ということは前からよく思っていたので、その日それまで知らなかった中島さんの強気な新たな一面を垣間見た気がして、嬉しかった。

その日は、帰りにいつも寄ってダベっている、駅前にある四十五階建てのマンションの四十五階にある、開放されている無料《ただ》で寛げる展望室には寄らず、家に帰った。そうやって、和也たちは緊張しながら、ワクワクしながら、眠りにつき、大会の当日を迎えた。

大会当日の朝、〇〇市立スポーツセンターにみんなで集合した。他のチームの選手や応援団も続々《ぞくぞく》会場入りしていた。大会は和也が事前に想定していたよりもはるかに大きい規模で行われるようで、練習している風景を見ても、「(精神)障害者のリハビリ」という範疇を超え、本格的なものに思われた。

挨拶をしたり、軽く世間話をしたり、みんなで準備体操を済ませると、和也たちは空いているコートでサーブ練習やラリーの中で連携を確認し合った。ところで、この段になって、あることが持ち上がった。それはうちのチームはキャプテンをまだ決めていなかったのだ。それで緊急に話し合いが持たれ、「若くて、明るいから」ということで和也に白羽の矢が立った。「自分にできるかな?」と思ったり、「キャプテンなんかやったことないからな」と思ったり、「でも、任されたからにはしっかりやらないとな」と思ったりしていた。

それで九時になり、アナウンスがあり、練習が一度打ち切られた。それから広がって、チームごとに整列させられ、運営者から開会の辞が述べられた。それからラジオ体操をみんなで行い、その後にキャプテンが前に出て、グループリーグの組み合わせ抽選が行われた。和也は初出場だったのでわからなかったが、チームメイトによると比較的恵まれた組に入れたらしい。出場チームは三十あって、グループリーグはA~Fまでの六グループ。グループの一位は決勝トーナメント進出が決定。グループの二位の勝数や得失点差で上位二チームも決勝トーナメント進出が決まる。決勝トーナメント進出の八チームが出揃った時に、また組み合わせ抽選を行うということになっていた。

和也たちのチームは最初から試合があったので、早速そのコートに入って一分間のサーブ練習を各自行った。相手はあまり強そうには見えなかったが、油断はできなかった。

それで最初にキャプテン同士でジャンケンをして和也が勝ったので、チームで一番サーブ成功率の高い和也からサーブを打った。和也のサーブはミスをすることを極力避けた地味で慎重で、「中の下」か「中の中」の強さで、一番サーブミスになりにくい相手コートの真ん中をひたすら狙う、下から球を掬い上げるようなタイプのものだった。その極度に集中して神経質な打ち方を周りにからかわれたりしたこともあったが、ただ確かにサーブミスは少ないサーブの打ち方だった。相手の守備が緩慢だったこともあり、ラリーになることも数回あったが、なっても淡白だったので、和也たちのチームはどんどん加点していった。サーブ権が移っても、すぐ自分たちに戻り、その試合はそのまま一五－〇で勝ってしまった。そして、その試合で良かったことは、みんな少しずつ声が出始めていたことだ。

次の試合もワンサイドゲームだった。和也からサーブを打って加点する。ラリーになっても、一八〇cmの杉本さんと一七七cmの松島さんがブロックで止める。あるいはみんなでレシーブを拾って、器用な中島さんがトスをして、アタッカーの岡野さんと瀬藤君が打ち込んでいく、そういうコンビネーションがだんだん出来上がっていった。和也は「ナイスサーブ！」「ナイスト ス！」「ナイスアタック！」などの声かけや相手がタイムアウトを取った時に、「気を抜かず、集中していきましょう！」「リラックスして、積極的にいきましょう！」などの声かけを頑張っていた。

結局その試合も一五－一で勝った。グループリーグの残り二試合も一五－一、一五－〇で勝った。和也たちのチームは穴がなかったし、コンビネーションが良かった。ただ他のコートでものすごく盛り上がっている試合があって、みんなの視線は一人のアタッカーに注がれていた。一八五cmはある細身の若いジャンピングアタッカー。彼のアタックはことごとくブロックの上から相手コートに突き刺さっていた。そんな彼の活躍にチームメイトみんな息を呑みながら、今進出を決めた決勝トーナメントのどこかで、彼のチームと相まみえるんだなと覚悟していた。


昼休憩の間、コンビニで買ったおにぎり二個とからあげクンを、緑茶を交え食べていると、和也は中学時代の卓球部のことを思い出していた。それは、和也の中学と高校は〇〇市にあったので、ここ〇〇市立スポーツセンターでもよく試合をやっていたからだ。

和也は卓球がそこそこ強かった。団体戦では五番目を務め、それはその試合の雌雄を決する場面で回ってくることも多かった。和也が通っていた中学の卓球部には、同学年でも幽霊部員も含めて三十人ぐらいいて、その中からダブルス一組も含めて六人が団体戦のメンバーに選ばれる。和也のチームには沖田という小柄だが、すごくセンスのある、後《のち》にシングルスで関東大会にも出場するようなエースがいて、そいつを一番目か二番目の試合に起用して、二番目に強くて勝負強い和也を、一番プレッシャーのかかる場面で回ってくることの多い五番目に起用するというのが、監督である顧問の方針（戦略）だった。

和也の戦い方は生き方にも共通しているが、真面目にやっているが、微妙に変な戦い方だった。例えば卓球というポップな球技の範疇（枠）を超えた、殺すような眼で相手を睨み、誰よりも大きな声で自分を集中させ、奮い立たせるかと思うと、戦い方はめちゃくちゃ守備的だった。使っているラバーからして、顧問に「佐々木守備的だから、粒高がいいんじゃないか⁉」と勧められ、採用したスパイク状の突起が並んだ、相手がかけた回転にあまり左右されず、打ち返したボールに相手のかけた回転と逆の回転がかかる粒高の赤いラバーと、部活帰りにたまにみんなで行く船橋駅の近くのデパート内にある卓球ショップの中で、反発力は弱いが粘着性が一番ある、つまり一番キレる（回転がかかる）中国製の黒いラバーをそれぞれ貼った両面ペンだった。

その二つのラバーを使い、守り抜く、それが和也の戦い方だった。黒い回転のかかる方のラバーではボールの左側をこするサーブ、左下側をこするサーブ、下側をこするサーブや、回転をかけると思わせてただ打つスピード系のサーブを、コースを散らして打っていた。和也は打っている瞬間を隠したり、どういう回転をかけたかわかりづらくするような器用なことはできなかったが、和也のラバーはわかっていても回転が強烈なので、サーブとしてそこそこ威力があり、サーブで得点することも多かった。ただ大体はラリーでの得点で、それは粒高側のラバーで、主にバックで粘って、粘って、相手のミスを待つ戦い方だった。和也は基本いろいろな技術はなかったし、チャンスボールが来ても、とっさにラケットを反転させて、黒い方のラバーでスマッシュを打ち込むような反射神経もなかったので、「佐々木、チャンス‼」と観客に思わせても、よっぽどのチャンスボールじゃないとスマッシュを打たないという変な戦い方で、観客をヤキモキさせた。

和也は一年生の時、卓球場の隅にある、球が外に出ないようにネットを張り巡らされた空間で、千本ノックのように顧問の笹本先生に球出しをしてもらって、フォア打ちを鍛えてもらっていた。「佐々木、ここが強くなれるかどうかの分かれ目だぞ‼」とか言われながら、和也もうまくできないことが悔しかったりして、泣きながら喰らいついていた。そうやって、練習の中でのフォア打ちや試合前のフォア打ちはうまくなったが、実戦では滅多にフォア打ちやスマッシュは使わなかった。相手のチャンスボールにならないよう、低く低く、左右や奥や手前とコートを広く使って長いラリーをして、集中力勝負に持ち込んで凌ぐ、そういう戦い方だった。

その集中力（尋常じゃない勝負強さ）は試合の後半に特に発揮され（インターバルでの顧問の的確な指示もあったが）、三セットマッチで一セット取られた後、最終セットで一六‐一九からなどの逆転勝ち。またデュースに持ち込んでいたら、大体勝っていた気がする。

団体戦でそうやって逆転勝ちでチームを県大会に導いたことも何度もあり、その時の（試合に勝った時にだけしてくれる）顧問の握手も格別に熱いものだったことも何度もあるので、和也と顧問の笹本先生との間には厚い信頼関係があった。ただなぜか部長と副部長を決める時に、部長はおろか、副部長の話も和也にはお声がかからなかった。笹本先生は眼鏡の向こう側の穏やかな視線で、和也の自己中心性と面倒見の悪さを見抜いていたのだろう。和也は誰にも言わなかったが、そのことを秘かに気にしていた。ただ今日、予選のリーグ戦を快勝し続けたことで、「自分にはリーダーシップがあるかもしれない」と気持ちを午後に向けて切り替えていた。

午後イチで決勝トーナメントの抽選が行われ、和也は番号が書いてある折り畳んだ紙を開きながら、ホッとした。それはあの一八五cmのジャンピングアタッカーがいるチームと、自分たち以外では二番目に強そうなチームとは反対側の山に入ったからだ。

それでそれぞれのコートで準々決勝のサーブ練習が行われ、ジャンケンが行われ、ここでも和也はジャンケンに勝ち、サーブ権を得て、自分のサーブを打った。この頃には和也は自分のトリムバレーでの適性というものをややわかってきていて、和也はジャンプ力こそあるものの、やや小柄でアタックの成功率も低めで、ブロックの時も動体視力が悪いのと、ビビリで直前で目をつむってしまうので成功率が低く、トスの精度もイマイチだった。ただ性格が慎重で丁寧だったので、それが活かせるレシーブやサーブは得意だった。この頃には和也はサーブを全く同じ動作で同じ場所からマイペースで自分の間合い・タイミングで機械みたいに（マシーンのように）、手がブレた分だけ、多少のバラツキはあるが、ひたすら同じような場所にサーブを打ち込めるようになっていた。この日の和也は一〇〇本以上サーブを打ったと思うけれど、サーブミスをしたのはわずか二本だった。あとは、キャプテンとして声かけや雰囲気づくりの方を頑張ろうと思っていた。

準々決勝の試合は、決勝トーナメント進出をするだけ相手も強くなっていたが、和也たちのチーム（上々軍団）もコンビネーションが磨かれ、中島さんの動物的レシーブ、中学時代大きい市の陸上の走り高跳びの大会で一八〇cmを跳んで優勝した、身長一八〇cmの杉本さんのブロック、ジャンプこそしないが球質の重い瀬藤君のアタックなどが機能し、この試合も一五－一で快勝した。

勢いに乗った和也たちは準決勝も、四十代後半なのに髪の毛も体毛も黒々としてフサフサしているムードメーカーの松島さん、目立たないが、すべての能力がバランスよくあり、いぶし銀の岡野さんの活躍もあり、一五－三で快勝した。

このように試合が早く終わったので、和也たちはもう一つの準決勝を見ていた。それは壮絶な熱戦だった。

どうやら職員らしい（この大会ではチームの人数の半分までスタッフの参加が認められていた）、明らかにバレー経験者の例の一八五cmのジャンピングアタッカーのアタックを、ブロックやレシーブなどで凌いで、和也たち以外で二番目に強いチームもつないで、アタックなどで攻勢に転じるが、要所要所で嘲笑《あざわら》うように、一八五cmのジャンピングアタッカーが上から相手コートに叩き込んでいく、そういう展開だった。相手も頑張ったが、結局一五－八で、一八五cmのジャンピングアタッカーが率いるチームが勝ち、決勝進出を果たした。

ほんの少し休憩した後、決勝戦が行われるコートで一分間のサーブ練習が行われた。それからネット越しで整列させられ、主審が「これから上々軍団とアサヒの決勝戦を行います」と言って、ネット越しにそれぞれ握手をした。キャプテンがジャンケンをさせられ、ここまでの六試合全部ジャンケンで勝っていた和也が負けて、相手からのサーブになった。

なかなかすごい緊張感だった。試合が終わった出場チームのメンバー、応援団二、三百人が固唾を呑んで、その試合を見つめていた。和也たちは円陣を組み、みんなで右手を合わせ、和也が声を出し、「一球目から集中して、丁寧に、積極的にいきましょう!!」と言い、ついてきてくれるかなと思いながらも、「行くぞ!!」と声を出したら、ものすごく大きな声、つまり現代ではついぞ聞かれることのなくなった、抑圧されていない野太い男らしい「オー!!」という声が五人の口から何のためらいもなく起こったので、意表を突かれる想いと心強さを感じた。

ホイッスルが吹かれ、相手のサーブが打たれるとラリーになり、ネット際でもつれて、こちら側が吸い込んでしまい、相手に一点入った。次の相手からのサーブはサーブレシーブが決まり、こちらが岡野さんのアタックから優位に進め、サーブ権を取り返した。和也はものすごいプレッシャーの中でも、なんとか一球目のサーブを入れ、それがポイントにつながった。一－一の振り出しに戻った。ただ二球目のサーブは緊張で手が震え、わずかにアウトだった。サーブ権が相手に移り、結構強烈なサーブから相手優位に組み立てられ、最後はあの一八五cmのジャンピングアタッカーに上から叩かれた。こちらのブロックはかするのが精一杯だった。二本同じような展開で失点し、一－三になった。

和也は集中しようと思った。この展開で、この状況で、自分がどう振る舞えばいいか、どんな声をかければいいかを考え、よく見ていた。和也は幸運が訪れるのはよく見ている人の元にだということを知っていたからだ。そして、見るべきは相手チームではなく、チームメイトや自分のこころだということもわかっていた。「落ち着いて、リラックスしていきましょう!!」と和也は声をかけた。

相手も緊張していた。その証拠にサーブミスをした。こちらにサーブ権が移り、いつものように大柄な杉本さんがソフトにサーブを打った。ラリーの中で瀬藤君がアタックで決めたり、ネット際のもつれ合いを松島さんが押し込み、三–三になった。一進一退だった。ただ次の杉本さんのサーブはいいレシーブをされ、トスを綺麗に上げられ、三球目で一八五cmのジャンピングアタッカーにかすることもできずにまた上から叩き込まれた。

そしてまた相手サーブになり、ラリーになり、相手チームの特徴・組織化された守備（こっちがアタックの時、相手は三人同時に跳ぶ）に阻まれて失点し、もう一本はまたジャンピングアタッカーにねじ込まれた。三–五になり、和也は主審に手を挙げ、その試合で二度使える一分間のタイムアウトを使った。みんな少し焦っていた。どんな言葉をかければいいか、和也は迷っていた。みんなが和也の言葉を待っていた。そして、「みんなできることは一生懸命できています。あとは一球一球集中して、ノビノビやりましょう!!」そう言ったら、また、「オー!!」という力強い声が返ってきた。

相手のサーブからのラリーは杉本さんと松島さんが高さと強さを見せて、競り勝った。松島さんのサーブからのラリーでは、瀬藤君のアタックを相手がレシーブして返ってきたライン際のボールを、和也がセーフティにレシーブしようとしたら、近くの岡野さんが「アウト！」とよく通る声で叫んだので、その声が本当の言葉だと直感的にわかったので、和也はとっさに手を引っ込めた。そして、実際アウトで、和也たちに得点が入った。和也は岡野さんのことをこれまで、顔もカッコよくて、オシャレで、スタイルもいいのに、なんでこの人いつもこんなに淡々としているのかなと（今思えばそれが症状だったり、薬の副作用なのだろうけれど）思っていたので、死んでいるように見えて、この人も死んでなかったんだなと思った。この一点は大きかった。

チームメイトみんな、いい顔をしていた。和也も集中していた。誰もが自我（エゴ）というものを一旦脇に置き、チームに身を浸し、没入し、委ねていた。みんなが一つになっていた。ある人は右手を、ある人は左手を、ある人は右足を、ある人は左足を、ある人は目を、ある人は心を担っていた。誰もが献身を惜しまなかった。いい緊張感だった。もしかしたら、こういう状態をスポーツ用語で「ゾーン」と呼ぶのかもしれない。

そんな流れの中で、奇跡が起こった。それはあのジャンピングアタッカーのスパイクを中島さんが場所もタイミングも読み切って、「バチコーン!!」と、力強いブロックで止めて、得点したのだ。そして、その瞬間、中島さんが「ウォー!!」とものすごく大きな雄叫びを上げて、会場が一気に盛り上がった。中島さんが好きだった担当の浜崎あゆみ似の三十代前半の、国立病院の看護師とは思えないぐらい髪色などが派手な女性職員もめちゃくちゃ喜んでいた。和也はその時、中島さんの家で見せてもらった『田山正弘映画ポスター作品集』の、豚が交尾していたり、狼が鼻先を上げて遠吠えしていたり、カラスやシマウマなどの横顔が十二支みたいに半円で並んでいて、中央で黒目の塗られていない、虚無的で、攻撃的で、憮然としたブルドッグが鎮座している『野性の掟』という絵の意味がわかった気がした。

観客の盛り上がりや熱狂の中に、これまで潜伏していた、ルール上問題ないとはいえ、バレー経験者でスタッフ（職員）なのに手加減もせず、主役のように振る舞っているジャンピングアタッカーに対しての批判や非難があり、また、一部で応援している人の日頃の生活の不満がこの出来事と結びつき、応援の中に悪ノリの要素も見かけられたが、そういうものに影響されないように、締めていこうと和也は思っていた。チームに「一本一本集中していきましょう‼」と声をかけた。

それから徐々に一八五cmのジャンピングアタッカーは止められるようになっていった。身長が一八〇cmあるとはいえ、体重が一〇〇kg以上ある杉本さんも学生時代はスポーツで鳴らした、いわゆる昔取った杵柄《きねづか》でブロックを決め、相手チームに圧力を加えていった。瀬藤君の球質の重い心をへし折るようなアタックも要所要所で利いていた。

相手は続けざまにタイムアウトを二回取った。ただ一度傾いた流れは変わらなかった。和也は気を抜かず、最後まで締めていこうと思った。ただそんな心配は無用だった。気を抜いている人なんて一人もいなかったから。みんな最後まで集中した、いい顔をしていた。相手のレシーブが高く上がってアウトになった時、和也たちのチームの勝ちが決まった。

その後、閉会式に出たり、優勝者インタビューを受けたりした後、打ち上げとかをするのかもしれなかったけれど、和也はそそくさとバスと電車を乗り継ぎ、家に帰った。集中し過ぎて、頭が痛くて、気持ち悪くて、少し吐き気がしていたからだ。

家に着き、水を飲んで自分の部屋に入り、雨戸を閉め、電気もつけないで布団に横になり、ボーッとしていた。入ってきた時に肩が触れた、電灯をつけたり消したりする時に、寝ながらでも、それができるように横着して付けた延長の引っぱり紐が揺れていた。その揺れる紐を見ながら、今日行われた大会で和也たちの優勝が決まった瞬間、一瞬静まり返って、地響きのように盛り上がったことや、和也と音楽グループでの雑談の時、和也が「どんな悩みも必ず解決する」と言ったら、「そうじゃない悩みもある」と彼女は言い、そして和也が「それはまだ悩み方が甘いんだ」と被せたら、彼女は「そういう問題じゃなくて」と議論から水かけ論の言い合いに発展したこともある、二十代後半の綺麗な臨床心理士もその試合に涙していたことを思い出していた。

そういうことが次々に思い出されて、その引っぱり紐の揺れが小さくなり、一つに収斂していくに従って、「今日、自分は（精神）障害者のリハビリの一環として行われているバレー大会で優勝したというだけでなく、『何かをやった』のだ」という感覚がありありと浮かんできた。その心地良い感覚に浸りながら、和也は目をつむって眠った。

26

ところで、ご存知のように和也は調子に乗りやすい性格である。この前のトリムバレーボール大会でチームを優勝に導いたことで、和也は「自分にはやはり何かがある。このリーダーシップを使って、何かをやりたい」と思うようになっていた。

それで思いついたのが、「デイケアダイエット部」を組織することだった。統合失調症などの精神疾患は、旧来の定型抗精神病薬より劇的な改善の効果が見込める非定型抗精神病薬（新薬）の登場によって、症状は緩和された。ただそれらの新薬でもまだ副作用はあって、食欲の増加というものが多くの研究と調査で報告されている。そういった薬の代表として、ジプレキサやリスパダールがあって、デイケアでも実際服用している人は肥満の人が多かった。

和也もリスパダールを服用していて体重が増加したが、母とのランニングの成果などもあり、この時は一五kgの減量に成功していたので（十一年後の今現在和也が太っていることはまた別の話である）、その成功体験を元に肥満で悩んでいる人の役に立ち、健康で文化的な生活を送れるようにサポートしようという趣旨のもとに「デイケアダイエット部」は発足した。賛同してくれる人も多く、すぐに部員は集まった。

また、それと同時並行で、「○○部」などの看板を掲げたわけではないが、和也はこの頃臨床心理学というものに凝っていて、その中でもユングや河合隼雄やカール・ロジャーズの考え方に感銘を受けたり、「傾聴」という言葉やその言葉の持つ響きに魅了されていた。その中でも、カール・ロジャーズの来談者中心療法や傾聴の三つの極意・受容、共感、自己一致という考え方や、大学の授業で学んだ河合隼雄の「カウンセリングで大事なのは何もしないこと」（これは本当には何もしないということではなく、和也が安易に鵜呑みをして、曲解したのだが）という考え方にエラく触発され、それらの考え方や態度をもとに、困っている人や苦しんでいる人の話を聞いて役に立とうと思い、デイケア中の時間やデイケアが終わった後の時間などに傾聴活動を始めていた。

ダイエット部では、主に休日などに部員数人（三人～六人程度）で近隣の駅で集まって散歩（ウォーキング）をしていた。二、三時間歩くこともあり、最初の頃はかなり頻繁に集まって、お互いダイエット意識を高めていた。和也は浅薄な付け焼き刃の知識ながら、食事指導も行い、つまり（消費キロカロリー－摂取キロカロリー）÷七〇〇〇＝減量（キロ）という公式や、なるべく揚げ物や脂質の高いものはやめましょうとアナウンスしていた。そして部員と会うたびに、「今朝体重計乗りました？」とか「今朝何食べました？」とか「昨晩何食べました？」と尋ねていた。男性だけでなく、三十代とはいえ、女性にも体重を聞いて嫌な顔をされたりしたこともあったが、最初の頃はデイケアのスタッフなんかも応援してくれていて、ダイエット部はかなり盛り上がっていた。

傾聴活動にも重なるところだが、みんなで集まって歩きながら、いろんな話を聞いた。精神疾患になるということはどこかのタイミングで精神が破綻したわけで、そこに至るまでには先天的なものや生育歴も含めて、様々な因子があって、また一度《ひとたび》発症したら、一生付き合ってゆかなければならない病であり、そこに対する絶望や葛藤、苦労なども悲嘆に暮れながら、時には冗談も交えて、笑い合いながら共有していた。今でいうピア・サポートみたいなことをみんなでやっていた。

傾聴活動は帰り道いろんな人と帰って、それぞれにいろんな話を聞かせてもらった。和也の知らない世界や経験したことのないことも随分聞かせてもらった。そして、いろんな話を聞かせてもらって、現実っていうのは引きこもって、頭の中でだけ想像していたものとは全然違うってことを知った。ＤＶ・ネグレクト・虐待・薬物・貧困・いじめ・引きこもり・障害・ブラック企業・自殺未遂。どの話も情感がこもっていて、生々しかった。話の内容の事実だけじゃなく、それに付随している感情の渦やカルマが話を聞いている和也にまで迫ってきて、飲み込もうとしているかのような勢いがあった。大学を辞めるまで順調に行っていた和也には知らない世界があった。そこでは平気で人々の尊厳が踏みにじられ、希望や純粋さは亡きものにされた。夢を見る余裕なんてなくて、悲惨な現実の中で互いを貶め合っていた。

そういう話をずっと聞いていた。夜中によく女性から泣きながら電話がかかってきて、相槌を打つだけで、そういう話を無抵抗に長時間聞いていた。そういった経験の中で、和也の中で世界の認識が少しずつ変わっていった（修正されていった）。

デイケアに通っている様々な人の話をずっと聞いている中で感じたことだが、それは精神疾患になる人は真面目で、優しくて、尊敬できるような人も多いが、それと同時に頑固で柔軟性がない人が多いということだ。人間や人生には様々な、それこそ無数のタイプの真実があるはずなのに、そういう人は自分が経験した、見てきた真実しか認めようとしない。彼らのそういうものの見方（ライフスタイル）に、「それ以外のものもありますよ」とか「たまには違った角度から見てみましょうよ」と周りが好意で言葉をかけても、耳を傾けず、依怙地になって、頑なに自分の見解にしがみつく様は精神疾患というものに好意的な和也ですら、「グロテスク」だと感じることがよくあった。

また、症状もあるのだろうが、二人で対話しているのに自分のことに夢中で、自分の世界しか見えておらず、和也は置いてけぼりにされ、そのことにも気づかず、要するに相手の気持ちが全然見えていない人も多かった。また、彼らの言動に時折見られる、攻撃的で冷めた言葉は破壊力があった。しかも、そういう人は自分の言葉がもたらす影響力に自覚的でないことが多いため、ラッシュをかけられることも多かった。本当のことを言えば、第一ラウンドの左フックですでに結構効いていたのに、そういう人は相手の顔色は全然見えていないことが多いから、バンバンフィニッシュブローを畳みかけられる。和也はほとんど全部まともにもらっていた。そして、もっと悪いことに、ボクシングではいざとなったらレフェリーが止めてくれたり、セコンドがタオルを投げてくれるが、一対一のリアルな対話では自分で身を守ったり、その場をコントロールできないと、誰か別の人がやってくれるわけではないのだ。それで、この頃の和也は自分の許容量（キャパシティ）以上に頑張ってしまい、一週間の任意入院とかをよくしていた。このような経験を通して和也は少しずつ、それまで知らなかった人間や社会の闇を認識していった。

ただ心温まるような瞬間もあった。それは金曜日の午後のトリムバレーで、すごく内向的で、半ば挙動不審とも言えるような女の子がなかなか上手にプレイできなくて、ミスを繰り返していた。けれども、何度も何度もチームメイトが大事にボールをつないで、その子が何度目かのチャレンジで、ボールを両手で打つという不思議な打ち方で得点できた時に、その場にいたみんなが一つになって感動し、喜び合い、なにより本人が嬉しくて、震えて泣いていた。過呼吸にでもなったかのようにむせび泣く彼女を、スタッフも含めて、メンバー一同微笑ましく見ていた。

また、和也も二、三歳下の加藤さんという女の子と仲良くなっていた。彼女は気分の浮き沈みが激しく、情緒不安定で、予定変更も含めて、和也は振り回されることが多かった。ただ純粋で、優しいところもあって、よく中島さんと三人で帰ったりしていた。彼女はなかなか症状が重くて、突然泣き出すことや怒り出すことも多かった。でも、どこかで和也とは通じているところがあって、よく電話とかをしていた。彼女は家庭環境も含めて、能力的にもこれからが心配だなと思ったが、すごく優しくて、綺麗な世界観も持っていた。その世界観には半ば破綻しているとはいえ、ゾッとするような純粋さと澄み切った美しさがあった。和也は買い物に付き合わされたり、家までよく送ったりした。そんなある日、今度は和也が調子を崩してしまい、最寄りの駅まで送ってもらうことがあった。その日、夜の空《す》いているホームのベンチに座って、電車を何本かやり過ごしながら、彼女に促されて、阿部真央の『I wanna see you』を二人で歌った。二人とも泣いていた。空気が澄んでいた。純粋さとは最も伝染する感情の一つらしい。和也たちが吐いた息は白くなり、風に流されていった。その時、和也は加藤さんと一つになれた気がした。二〇一一年十一月も終わりの頃だった。

27

優子にはあれから一カ月に一回ぐらい、長過ぎないメールを送っていた。優子が自分の人生にとってどれほど大切だったか、その存在にどれほど救われていたか、また、和也自身の人生に対する決意や夢、最近の活動のことなどを送っていた。

和也自身自分のやっていることが正しいかどうかなんてわからなかった。ただ送らずにはいられなかった。優子からは一切返信はなかった。和也は諦めきれなかったので、優子の誕生日に会いに行こうと思った。

それで、十二月のその日、青山フラワーマーケットで花束を買い、優子の家の前で待っていた。自分が正しいことをやっている確信なんてなくて、会えないかもしれないし、会っても拒絶されるんじゃないかと思っていた。午後二時頃に着いて、一時間半ぐらい待っていた。寒くはなかったけれど、長期戦になるかもしれないなと覚悟し始めたその時、優子が向こう側からやってきた。その時、眼鏡をかけていたとはいえ、あまり目の良くない和也でもはっきりと優子を認識できたのは、それはその日優子が着ていた服装が前に見たことがあるものだったからだ。グレーのパーカーと黄緑色が挿し込まれたチェックのマフラー、紺色のロングスカート。半年前にデートした時の都会的で洗練された服装より、その日の半ばダサイとも言えるような普段着の優子の方が和也は好きだったので、少し安心した。

マンションの前で声をかけようとしてスルーされて、和也もオートロックの内側まで一緒に入ってしまった。郵便物を取っている時も優子は和也の存在に気づいていなくて、和也は不安になったが、声をかけた。

「あの……、こんにちは！」

どんな反応をされるかすごく恐かった。数秒がすごく長く感じられた。

「あ、佐々木君！　全然気づかなかった。どうしたの？」

と言って、和也が抱えている花束を見た。

「今日誕生日だから。二十五歳で優子が四分の一世紀生きた記念日だから」

そう言うと、優子が「嬉しい」と小声で言った。「でも、賭けだね。急に来るなんて」と優子は言い、それに対して和也は何も言わなかった。

「ちょっと待ってて、荷物置いてきちゃうから」と言って（優子は実家住まいだった）、優子は郵便物と花束を抱えて、エレベーターで上に上っていった。

それからしばらくして優子が戻ってきて、近くのカフェに一緒に行った。優子はハーブティーを頼んで、和也はアイスティーを頼んだ。それで改まって「優子が好きだ」ということと、「頑張るから、見ててほしい」と言った。それを、優子はいつもみたいに穏やかにゆっくりと微笑みながら聞いてくれて、「また前みたいに友達に戻ろう」と爽やかに言ってくれた。

それで、その話は一旦終わって、お互いの近況のこととかを話していた。優子は就労支援に通いながら、貿易関係で仕事を探していること、和也は大学を卒業できたこと、デイケアでダイエット部を立ち上げたこと、トリムバレーボール大会で優勝したこと、倉庫のバイトを週に一、二回やっていることなどを話した。「就職しないの?」と優子は言った。「うん。まだ……」と和也は曖昧に答えたりした。和也はその間ずっと眼鏡をかけたり、外したりしていた。優子の目をよく見て話したいというのと、緊張しすぎて疲れていて、眼鏡をかけると頭が痛くなるからだ。それなりにいい雰囲気で一時間が過ぎた。席から立ち上がって、和也が会計を済ませようとすると、優子に手で制されて、「私が払うよ」と優しく言ってくれた。

それから外に出て、優子と十二月の街並みを駅までゆっくり歩いた。その時和也は自分がさっき言った「頑張るから、見ててほしい」という言葉に、何十年先になっても責任が取れる生き方がしたいなと思っていた。

改札口で別れた。挨拶を済ませて、改札口を通って内側に入り、しばらくしてから振り返ってみた。まだ優子がこっちを見てくれていて、手を振ってくれた。その時の冬の微風《そよかぜ》に吹かれながら、西日で金色に縁取られた優子の微笑みが優しくて、柔和で、嘘が一切なくて、和也が幼い頃から無意識に抱いていた心象風景と見事に一致していたので、世界には確かに神が介在しているということが和也にはわかった。

28

この頃も中島さんと西山さんにはよく会って、話していた。中島さんには微妙にダイエット部や傾聴活動のこともサポートしてもらっていたし、西山さんには日々の愚痴を聞いてもらっていた。

この頃中島さんとは本当によく話していた。デイケア後の、最寄りの駅前にあるマンションの四十五階の無料で開放されている展望室でのおしゃべりだけでなく、土日もよく会って、徹夜で二十四時間連続でしゃべるようなこともよくあった。主に芸術についてや自分たちの人生についてで、過去の経験（思い出）や将来への不安や夢などについて、今はなくなってしまった京橋のサンマルクカフェなどで、ひたすら語り合っていた。

いつかこんなことがあった。和也が中島さんに「中島さんは絵で何を表現しているんですか？」と聞いた。

「んー……。何だろうね。『見てよ！』って感じかな。それを表現しているんだから」と、ちょっと怒りながら、言った。和也はしばらく黙って、話の続きを待っていた。

「んー……。表現したいことなんて何もないのかもしれない。『何もない』が一番いいのかもしれない」とフーッと深いため息の後、ゾッとするような重みを持たせて、中島さんが言ったので、なんて言っていいかわからなかったので、和也は黙っていた。

それからしばらくして中島さんが、「んー……。やっぱり、『生きたい』ってことかな」とボソッと言った。重みのある言葉で、和也自身もその言葉に少し救われた。

「観た人にわかってほしいことってあるんですか?」と和也は聞いた。

そしたら、中島さんはまたボソッと、「わかってほしい部分もあるけど、『わかってたまるか!』というのもある」と伏し目がちにボソッと言った。

和也はなんで普通に質問しているだけなのに怒られなければならないんだよとか、質問に真っすぐに答えろよとか思っていた。ただ中島さんの言葉には一々重みがあり、学ぶことも多かった。

西山さんは西山さんで、いつもツッコミどころ満載だった。会うたびにいつも時間前から来ていて本を読んでいて、「何読んでいるんですか?」と聞くと、「バイロンです」とか答えて、その前はポーで、その前はランボーで、その前はボードレールだったので、和也は「どこがクリスチャンだよ! 暗黒文学ばっかじゃねぇかよ」と思っていた。また、何かと話の途中に批判の対象としてニーチェを持ち出してきて、彼を否定するけれど、その俎上に載せる頻度からして、西山さんが彼を愛好していることは間違いのないように感じられた。

また、和也が「天国に行ける割合ってどれぐらいなんですか?」と聞くと、「一割ぐらいじゃないですかね。聖書にも『狭き門』て書いてありますから」とか、和也が愚痴と他者への批判を繰り返していたら、西山さんが「聖書にも『あなたたちの中で罪を犯したことのない者がまず石を投げなさい』というのがあって、それをキリストに言われて、年を取った人から一人また一人と立ち去っていったという話があります。悪口はやめた方がいいですよ」と言われた。和也は「何だよ、愚痴も言っちゃいけないのかよ！」とか、「暗くて、深刻なこと言うのは百歩譲って許すけど、その言葉の一つ一つに預言者みたいな響き持たせてくんなよ！」と思っていた。
また、この頃見せてもらった詩で、『私の眠るところ』というものがあった。

精神病院に帰りたい
ねぐらと言えた
午前二時に眠った
一番最後に眠っても文句を言われなかった
結局僕は生意気と我が儘の性格だ
一番我が儘だと言うつもりはないけど
お休みなさい
が言えないこころ
タバコの代わりに徹夜がある
みんなエゴを殺して生きている
エゴが消えない代わりに自分が消えてしまう

という詩は印象に残った。

このように和也は中島さんからは芸術のイロハを教えてもらい、西山さんにはドストエフスキーの『カラマーゾフの兄弟』のアリョーシャにとってのゾシマ長老のように精神的支柱になってもらっていた。また二人から学んだことは、一見真面目で無口な奴が、考えていることは一番エゲツないということと、人間には、みんなそれぞれ言い分があるということだった。

29

数カ月前に父が入院していた。

この頃デイケアが終わった後、中島さんと一緒に帰らずに、父が入院している松戸の病院に見舞いに行くことも多かった。土・日も含めて週二、三回見舞いに行くと父はよくドジャース時代の青色で、背中に「NOMO・16」と白抜きされたヨレヨレのTシャツや、ディープインパクトの勝負服で、競馬新聞や競馬雑誌片手に迎えてくれた。そうやって病室に一時間ぐらい一緒にいて、真面目な話をするかというとそうでもなくて、一緒にスポーツ中継を見るか、競馬の話をするぐらいだった。

いつか父に「和也、わりぃんだけど、これで地下の売店でソフトクリーム買ってきてくれないか?」と五百円玉を渡された。「え、でも、お父さん糖尿病なんじゃないの⁉」と和也は父がインスリンを打つのをよく見ていたので、そう言った。父はそれに対して、「まぁいいから、な、な！」と小犬のような眼でひたむきに見つめてくるので、和也も「確かにこんな消毒臭いリノリウムの廊下と寝てばかりいる虚ろな病人に囲まれていたら、さすがの親父でも気が滅入るよな。それにソフトクリーム一つで容態急変とかもさすがにないだろ」と思い、「わかった。買ってくる」と言い、買いに行った。和也は地下のコンビニでソフトクリームを買い、馬鹿みたいに右手に持ちながら、父の病室のある五階までエレベーターで上がり、五階に着いたら、ナースステーションの医師や看護師から見えないように斜《はす》に構えたりしながら病室に帰って、お釣りとともにソフトクリームを父に渡した。父は「サンキュー、サンキュー!!」と言いながら、ソフトクリームを本当に美味しそうに食べていた。ただそれから少しして、女性看護師が点滴をチェックするために病室に来て、「あー!!　佐々木さんは甘いものはダメってあれほど言ったじゃないですか！」と言って、「息子さんも気をつけてください」と言われた。和也は「なんで俺が怒られるんだよ！」と思いながら、父をチラッと見ると、父は全く悪びれる様子もなく、ソフトクリームをペロペロ舐めていた。そんなこともあった。

あと、この頃父に言われて覚えているのは、「和也は反省し過ぎなんだよ」という言葉だ。「俺も子供の頃は反省して、クヨクヨしてばっかだったよ。それで、俺は決めたんだよ。俺はもう反省しないって。それから俺は一切クヨクヨしなくなったんだよ」という言葉だ。和也は「反省してこなかったから、そういう風になっちゃったんじゃねぇかよ」と思ったが、一応ちゃんと聞いていた。

また、父が頻繁に見舞いに来る和也に、「和也、そんなに見舞いに来なくていいぞ。お前の人生はこれからなんだから。俺は人生で十分いい想いも楽しい想いもしてきたんだからさ。和也は和也の人生を大事にしろよ」という言葉も印象に残っている。そう言われて、和也は見舞いに行く頻度は減らしたが、たまには見舞いに行っていた。父がもうそれほど長くないということを感じていたからだ。

30

あれから優子にはクリスマスにメールを送って返ってこなかったが、正月の「あけましておめでとう」のメールには返信があり、「今年もお互い頑張ろう。私は就活を頑張るよ！」と書かれてあった。

和也は元日から、初詣がてらダイエット部のメンバーで集まり、参拝し、ウォーキングし、カラオケに行った。その中で四十代の人が槇原敬之やＫＡＮの『愛は勝つ』を歌っていて、ジェネレーションギャップを感じたのを覚えている。

ダイエット部は一進一退で思ったような成果を残せていなかった。みんなそれぞれ頑張ってくれていたが、体重が減ったと思ったら、また増えてしまい、その理由には薬の副作用による食欲の増加だけでなく、精神疾患の症状による意欲の減退というものが関係しているようだった。自由な時間にゴロゴロテレビを見ているだけの人や、一人の時に塞ぎ込んでしまう人も多いようだった。

和也はこの頃デイケアの帰りにメンバーの一人と彼の家の近くまでよく歩いて帰っていた。二時間ほどの道のりだった。軽く汗もかきながら、世間話をしながら歩き、彼のお腹が空くタイミングにある駅の前で休憩することがよくあった。コンビニとマクドナルドがあって、和也は「コンビニでおにぎりでも買いましょうよ」といつも言うのだが、その人は聞き入れず、結局その人はよくマクドナルドで、ポテトのMとコーラのMを頼んでいた。和也は横で、「せめて、コカ・コーラ・ゼロにしろよ！」とか「それじゃ、今まで歩いてきたのパーじゃねぇかよ」と思っていた。

また、その人から聞いた話で覚えているのは、その人が最近同窓会に行ったという話があって、その人が会場で昔の同級生と話していて、唐突に「お前は変わった」と言われたという話だ。その人は「変わったのはお前だ」と言い返したらしい。ただ相手のことはわからないけれど、その人はたぶん本当に変わってしまったのだろうなと思いながら、和也はその話を聞いていた。たぶん仕事で忙しすぎて、余裕がなくて、大切なものを少しずつ落っことしてきてしまったのだろうなと思っていた。そういう話を聞いて、やりきれなくなった気持ちの時に、この頃からよく近くの駅のハワイアンカフェに行くようになっていた。そこでは世界は人生に敗れた人のため息や憂鬱や絶望で溢れているという事実とは無関係に、若い女性店員やハワイアンの音楽が世界を肯定していたからだ。

この頃デイケアの様々な人への傾聴活動をさせてもらって、それぞれの人の人生遍歴や現在の生活を聞かせてもらって、共通していることはみんな若い頃は夢や希望があって、それが何らかの因子によって阻害され、自己が発展する可能性や芽をつぶされ、今は絶望に甘んじているということだ。しかも彼らは絶望しているだけでなく、絶望している自分に慣れていた。そこから這い上がろうという気力や意志は希薄で、そのことは彼らが今までの人生で、どれほど傷つき、裏切られてきたかを示すようだった。

和也は徒労感を感じていた。半分医者が匙《さじ》を投げたような人々に自分が何をできるというのだろう。

この頃和也が彼ら（デイケアの人々）を取り巻く環境に対して気づいたことは、医療・福祉・行政はそこまで彼らに対して親身にはなってくれていないということだ。こころある人も中にはもちろんいるのだろうけれど、職員はいつも忙しくて、何かをやりながらやっていて、こちらが何かを打ち明けて話そうとするタイミングでは、いつも決まって電話が鳴る。そうすると、こちらが相談しようという気は萎える。

似たようなことで、著名人が自殺すると必ずテロップが出る「いのちの電話」というものがあるけれど、和也も若い頃電話したことがある。ただ二十回ぐらいかけて、つながったのはわずか一回で、その一回もおばちゃんが出て、二十分ぐらい話を聞いてくれたけれど、あまり意味のあるものではなかった。「いのちの電話」は今はどうなっているかわからないけれど、行政や社会が打ち出すものは一見、大々的に開設されていますということになっているけれど、ちょっと入って門をくぐると、開かれているように見えていた窓口が本当は閉まっているということも多い気がする。

障害があり、精神的に疲弊し、マナーも身につけていない彼ら（デイケアの人々）は白い目で見られ、邪険に扱われることも多いようだった。

この頃和也はそういう話をずっと聞いていた。さすがに神経が参ってきていた。この頃よくやっていたことは行きつけになりつつあった例のハワイアンカフェで、表紙に『Ｔｈｅ Ｄｉａｒｙ』とだけ書いたキャンパスノートに、自分のその時の想いをひたすら書き綴るというものだ。「いつも良い奴でいるのはうんざりだ」と思いながら心の中で絶叫し、泣きながら、その時の収めきれない想いを書き綴っていた。そうすれば、いつかどこかに届いて、何かいいことがあるかもしれないと願いをかけて書き留めていた。

31

一月の後半に優子に「ダイエット部で今度テニスをするから、優子も来ないか?」とメールを送っていた。この前会った時に優子にダイエット部の話をしたら、少し喰いついてくれて興味を示してくれたからだ。今思えば優子は映画や芸術が好きで、精神疾患に対して、すごく差別が少ない人だった。ただその時は優子も就活で忙しいらしく、「ごめん。今回は行けない」と返ってきた。和也はその後も少しやりとりがしたくて、「どうしてる?」などと送ったが、それには一切返信はなかった。

ところで和也はこの頃、この前優子に会った時に言った「頑張るから、見ててほしい」という言葉に責任を果たすためにもこのままじゃいけないということを痛感し、焦っていた。ただ一歩が踏み出せなかった。それには理由があった。

和也は今までそれなりの期間働かせてもらった焼肉屋のバイトや派遣の倉庫の仕事を、どちらもあまりきちんと勤められていなかったという自覚があった。

例えば焼肉屋の仕事では接客業務も覚束なく、臨機応変に対応できなかった。酔った女性客二人組に「お兄さん、この子と私、どっちがタイプですか?」と聞かれて、調子を合わせて適当に答えればいいものの、熟考してしまい、どっちって言っても失礼かなとか傷つけるかなとか考えているうちに時間が経ってしまい、聞いたお客さんも興味が薄れ、白けさせてしまうことや、少しガラの悪いチンピラ風の客への対応で愛想を振りまくこともできず、内心和也が彼らを責めていることが気取《けど》られてしまい、店長にクレームが入ってしまうこともあった。肉場という、肉に味付けをして盛り付けを行うポジションでも、空いている時は丁寧に手順も守れて行えるが、土日などに混んでくると、不器用で盛り付けが雑になったり、テンパッたりしてしまっていた。昇給も、同じ時期に入った奴らが二十円、三十円上がっている時に和也は十円しか上がらなかったし、その十円も優しい店長の気遣いだったと思う。和也は鈍感ではなかったので、自分がその仕事をできていないということは自分が一番わかっていた。

倉庫の仕事では、また違った問題があった。仕事自体は派遣で、その日にあてがわれた人でもできるようなものだったので、そこに長く通っていた和也は大体手順も覚え、一応できていたと思う。ただ騒音にはどうしても慣れなかった。和也はたぶん耳がすごく良くて、普段他の人が和也には聞こえてないつもりで話していることも聡く（鋭敏に）聞こえてしまうことがあった。そういうのは嬉しいことを言われている時は嬉しいけれど、そうじゃない時は嫌だった。ただそれはみんな和也には聞こえてないつもりで話しているようだった。それぐらい和也は耳が良かった。そういうのもあって、和也は電車には音楽プレイヤーなしでは乗れなかったし、日常も様々な音にビクつきながら生活しているところがあった。倉庫の作業は一時期週三、四回やっていたが、その時は飲んでいる薬の量も多く、精神的にも麻痺していたから勤められたけれど、デイケアに通い始めてからは薬の量も減り、人との触れ合いを通して人間的な感情も復活してきていたので、倉庫での騒音や罵声を浴びせられるのは、前にも増して嫌だった。そういうのがあって、この時は週一、二回しか通えていなかった。

そういう現状に対して、和也自身が一番歯がゆさを感じていた。それに、その頃は世の中にいろんな種類の仕事や働き方があることも知らなかった。ただいろんなことを含めても、理由があったにせよ、この頃の和也は口ばかりが先行した半端な奴だったことも確かだ。

和也はだんだんどうしていいかわからなくなったし、優子に会いたかった。辛い時にいつも優子に支えてもらっていたし、このまま会わないでいると、そのままフェードアウトしていってしまうような感覚もあった。

本当にどうしていいかわからなかった。ダイエット部も傾聴活動も中途半端だったし、この頃思いつきで受けたソフトクリーム屋と牛丼屋のバイトの面接も落ちた。

優子に会いたかった。その時、偶然朝のテレビの情報番組で「最近のバレンタインデーでは、男性から女性にチョコを送る逆チョコというのが流行っている」と報道されていた。和也はそんな情報を受け流しながら、朝御飯を食べていた。

優子というのは少し変わった女性で、最後まで捉えどころのない女性だった。たぶんあんまり嘘はなかったのだろうけれど、真意のつかめないところがあった。和也に対しても嫌いではなかったのだろうし、長所を認めてくれていたり、好いていてくれた部分も少しはあったのかもしれない。ただ優子のそういうわかりづらい部分も含めて、和也は困惑していた。どうにかなってしまいそうだった。それで、バレンタインデーにチョコを渡しに行こうと思った。

二月十四日というのは一年で一番寒い時期で、その日は天気もグズついていて、今にも雨が降り出しそうだった。明らかに自分がやっていることは間違っているという予感もありながらも、和也はデパートでゴディバの小さな箱のバレンタインチョコを購入し、マンションの前で優子を待っていた。シンシンと冷える日だった。雨も降り出して、傘を差しても、その日のために着てきた、和也が持っている中で一番防寒に優れた野暮ったいぶ厚いコートの袖などが濡れた。優子は来るだろうか？　また前みたいに笑顔で迎えてくれるだろうか？

その日は本当に寒かった。和也は寒さに耐えきれなくなると、近くのコンビニのイートインであんまんを食べたり、ホットコーヒーを飲んで暖を取った。午後二時か三時に行ったが、だんだん日が暮れてきて夜になってきた。そんな時にマンションの前で待っていたら、初老の男性の管理人に声をかけられた。

「あんた、ずっといるけど、何してるの？」と。

「友達にチョコを渡したくて」と和也はしどろもどろになりながら、なるべく不審者に思われないように気をつけて、答えた。

「ふーん。随分待ってても来ないようだから、今日はもうやめたら。あんたも寒いだろうし」と管理人は言った。

「もう少し待ってみます」と和也は答えた。そしたら、管理人は少し嫌そうな顔をして、行ってしまった。

仕方なく和也は優子にメールを送った。「近くまで来ているから、会えないか？　チョコを渡したくて」というような内容だったと思う。優子から返信はなかった。和也は途方に暮れた。外はすっかり真っ暗だった。雨が降っていて曇っていたので星は見えなかったし、もし晴れていたとしても、ここ（東京）からは星が見えないのかもしれない。街は静かだった。雨が地面を叩く音だけがした。

優子が住んでいるマンションのある川沿いの住宅街は静かで、シンと静まり返っていた。和也が差している透明のビニール傘を雨がポツポツと叩く音が周囲に響いていた。

夜になり、スーツ姿やコートを着た住人たちが続々とマンションに帰ってきた。和也は優子を見逃さないように目を凝らした。でも、優子はいなかった。背格好が似た女性が通るたびに身構えたが、優子ではなかった。

その日は本当に寒かった。吐く息は異様に白くなり、手はかじかんでいた。寒さを倍加させる雨が恨めしかった。そして、優子から返信はなかった。八時ぐらいになり、手紙を添えたチョコをポストに入れて帰ろうかとも思ったが、諦めきれなかった。どうしてもその日に優子に逢いたかった。

それからもしばらく優子を待っていた。だんだん頭と感覚がおかしくなってきて、よく似た女性すべてが優子に見えて、声をかけてしまって、相手が違う人だとわかって、「すみません」と謝って、相手に訝しがられたりした。時間も遅いから、もう少ししたら帰ろう、もう少ししたら帰ろうと思ったが、あともう少ししたら会えるかもしれない、あともう少しだけと思って粘ってしまった。あまりの寒さに肺炎になるんじゃないかとも思ったが、どうしても帰れなかった。たしばらくして、迷惑にもなりたくなかったので、さすがに帰ろうと思った。夜の十時頃だった。

それから東京の街をあてもなくしばらく歩いた。こういう時、大人だったら渋くお洒落なバーで、タバコをくゆらせながら、大きい氷の入ったスコッチウイスキーのグラスを傾けて黄昏れたりするのだろうけれど、和也は三十五歳の今でもそんなことはできないし、ましてや二十五歳になりたてのこの頃はそんなことをできるはずもなく、仕方ないので、マクドナルドでてりやきマックバーガーとコカ・コーラ・ゼロを頼んで、食べたり、飲んだりしていた。

もう午前零時を回っていた。親には「今日は帰らない」と連絡をした。店内には夜中のマクドナルド特有の甘ったるい、ふてくされた空気が流れていた。自分もまさにその一部なのだと思った。店内の音響機器からはこの場にそぐわない、明るいアップテンポの曲が次々と繰り返し流れていて、この空間の虚しさを際立たせていた。

優子とはもう二度と会えないのかもしれない。七年以上関わったのに、終わり方は唐突で後味が悪い。何だったのだろう？　考えても答えは出なかった。自分が悪いのだろうか？　確かに自分は勝手だったし、優子の気持ちを推し量れていなかったし、楽しませることもできなかった。でも、こんな終わり方があるだろうか？

店の外ではまだ雨が降り続いていた。長く冷たい雨だった。

少しガラの悪い奴らが店内に入ってきたのと、飲食を終え、その空間に居づらくなったので、また傘を差して雨の中を歩いた。自分がどこを歩いているのかもわからなかった。ただ東京って街はどこを歩いても切れ目がなく、ビルやお店が延々と続いていた。

優子のことを想っていた。優子は自分にとって何だったのだろう？　ずっと並走していてくれた気がする。言葉にすることは少なくても、自分のことを結構わかっていていてくれた気がする。それは錯覚ではないはずだ。俺は優子のことをわかってあげられたのだろうか？　いつも自分のことで精一杯で、頼ってばかりだった。何もしてあげられてなかった。

時計を見ると、もう午前四時だった。またマクドナルドが見えて、入った。ホットコーヒーを頼んで、黄昏れていた。ホットコーヒーの飲み口からは白い湯気がおぼろげに立っていた。寂しくて、近くにいた二十歳《ハタチ》ぐらいの女の子に「一緒に飲まない？」と言って、あっさり断られた。たぶん和也は野暮ったい服というだけでなく、深刻な思い詰めた顔をしていたのだろう。仕方ないので、ホットコーヒーを一人でゆっくりと飲んだ。

朝の六時近くまで、そのマクドナルドに居て、どうしても諦めきれなくて、吸い寄せられるように電車に乗って、優子の住むマンションに戻ってきてしまった。今思えば、寒さと睡眠不足でおかしくなっていた。

和也は思い詰めた表情で、出勤するスーツ姿のサラリーマンやＯＬを見送っていた。やっぱり優子はいなかった。そうしているうちに、管理人にまた目をつけられ、

「あんた！　まだいたの！　いい加減に帰りなよ！」と言われた。

和也はその言葉を一応聞いた風を装って、まだ半分は無視していたけれど、「何か自分はとんでもなく間違ったことをしているのかもしれない」と思った。

それで、中島さんと加藤さんに電話をかけた。朝の七時半だというのに二人とも出てくれて、中島さんは眠そうに「もう帰った方がいいんじゃない？」と言ってくれ、加藤さんは普段は頼りないけれど、女性らしい包容力と優しさも備えていて、「どうしたらいいんだろう？」と一緒に考えてくれて、寄り添ってくれた。

そういうやりとりの中で、和也もだんだん整理がついてきて、帰ろうと思うことができた。管

理人に「帰ります」と伝えて、その場を去った。チョコはポストには入れなかった。その方がいいと思ったからだ。

その後、東京から千葉に向かう通勤客とは逆の下りの電車に乗りながら、和也は「俺は仕事もせず、何をやっているのだろう……」と思った。乗客の少ない朝の下り電車同様和也の人生も宙ぶらりんだった。先は見えなかった。この時はこの道がどこにも続いていないという気しかしなかった。

自分の家に着いて、ドアを開けようとして、郵便受けを見ると、山口県に住んでいる女友達からバレンタインチョコが届いていた。前の年に中島さんと旅行に行った時に、車で山口県立美術館などに連れていってくれて、もてなしてくれた女《ひと》だ。すごく綺麗な女《ひと》で、彼女の優しさや思いやりがその時の和也の心に沁みた。

32

和也は傷心だった。結局あれからも優子からは返信はなかった。デイケアのプログラムに参加はしていても目は虚ろだったと思うし、気づいたら、ため息が出てしまっていた。絶望していた。この頃たぶん『キャッチャー・イン・ザ・ライ』を読んでいたと思う。通算三回目だ。音楽グループの時間に隅っこで横になり、半分泣きながら『キャッチャー・イン・ザ・ライ』を読んでいて、中島さんに「大丈夫?」と心配されたことを覚えている。

そういう感じが二週間ぐらい続いた。三月になって、家族以外には何も告げず旅行に出た。伊勢神宮を目指した。名古屋駅前のいかがわしい通り沿いにある安いビジネスホテルで一泊して、近鉄名古屋線で伊勢を目指した。その旅行の時も雨がよく降っていて、路面が濡れて光っていた。三月上旬でまだ肌寒かった。伊勢に着いたら安いビジネスホテルを探して、夜は名物の伊勢うどんを食べた。そこに何泊かしようと思った。

泊まった部屋は六畳ぐらいの狭い部屋だった。ベッドがあって、テレビがあって、横に長い鏡がついた机があった。それで鏡に映る自分を見たり、「変わった部屋だな」と思ったりした。机についていた椅子は座り心地が良さそうで、それを見て、なぜか無性に書きたくなった。原稿用紙を持っていたので、バッグから取り出して、集中して、丁寧にだったが夢中になって書いた。集中が切れると休んで、疲れたら眠って、その旅行中、その原稿をずっと書いていた。内容は詩的なエッセイだったと思う。

次の日と、その次の日に伊勢神宮を参拝した。今まで行ったどんな神社よりも大きく荘厳で、心が少し洗われた。緑の木々と梅と地面に敷き詰められて、雨に濡れて光る石が共鳴しているような気がした。賽銭箱にお金を入れて、鈴をジャラジャラ鳴らして祈った。

ビジネスホテルに戻って文章を書きながら、あることを思い出したというか思いついた。それは少し前（数カ月前）にデイケアのメンバーの長月さんに、「和也君（デイケアには佐々木という名字の人が他にもいたので、下の名前で呼ばれることも多かった）、こういうのあるんだけど、興味ない？」と言われ、見せられたのは、自費出版の会社・迎文社のパンフレットだった。

長月さんも学生時代書くことをやっていて、その原稿を送って講評をもらっていた。褒められていた。「見る？」と長月さんが聞いてきたので、その原稿である、学生時代の古いノートを見せてもらった。

筆圧の強い丹念な字で綴られた詩は、確かに学生時代の青年の悩みや率直な想いが吐露されていた。

ダルイなぁ　俺もいつかつまらない大人になっちまうのかなぁ　腹が減ったなぁ
これからも青空に浮かぶ白い雲みたいに自由でいたいなぁ……等々。

ノートの初めに書写された、インドの詩人・タゴールの「俺の情熱の炎が蒼く燃え盛っている」という詩も含めて、確かにいいノートだったと思う。

「それで出版するんですか？」と和也は聞いた。長月さんは迷う様子もなく、「金かかるから、やらない」と言った。それで和也は「今は書くことはやってないんですか？」と聞いた。長月さんは「この前書いたけど、見る？」と言って見せてくれた。ただその詩や文章は全然良くなかった。自分の言葉じゃなくて、誰か（社会）に言わされている言葉だったからだ。そういうことがあった。

和也はこの詩的なエッセイが完成したら、迎文社というところに持っていこうと思った。集中して一生懸命書いて、何日かして出来上がった。そして家に帰った。次の日デイケアに行って、トリムバレーの輪に入ろうとすると、中島さんが小さな声で、「おかえり」と言ってくれた。他の人は和也が一週間いなかったことには気づいていなかっただろうし、気づいていたとしても何も思ってなかっただろうけれど、中島さんだけはいろいろわかっていて、中島さんの小さな優しい声が和也の気持ちに寄り添ってくれていたので嬉しかった。

33

出版社とはどういうところなのだろう？　どんな服装で行けばいいのだろう？　自分の文章なんかボロクソ言われるかな？　と思いながらも、「やっぱり行こう！」と思い、長月さんから借りた迎文社のパンフレットを片手に、ジーパンなどの軽装で、和也は新宿御苑前にある迎文社の本社前にいた。乗り換えの新橋や赤坂見附辺りから、明らかに街行く人の階層が上がり、洗練された服を着ていた。野暮ったいジーパン姿の和也は浮いていて、劣等感を感じていた。アポも取っていなかったし、自分の作品をプロの人に否定されるかもしれないと思うと恐かった。でも、何かを知りたかったし、新たな扉を開きたかった。

ウィーンと言って自動ドアが開くと、礼儀正しい受付嬢の人が二人いて用件を尋ねられた。「自分の作品を見てほしくて」と和也は答えた。「少々お待ちください」と受付嬢の人は言い、電話で誰かに連絡をしていた。「このまま少々お待ちください」とそばにあるソファーに通されて、緊張しながら待っていた。時間が長く感じられた。しばらくしてエレベーターが止まる音がして、ウィーンと音が鳴って中から人が下りてきて、こっちに向かってきて挨拶をして、名刺を渡された。「佐藤」という男だった。和也は出版社の人というのはもっと格式があって、重々しくて堅い人を連想していたので、少し拍子抜けをした。このイケメン風のアラサーぐらいの佐藤という男に対して、和也は「何だよ、こんな奴が文学わかるのかよ⁉」「こんな奴に俺の文学わかってたまるかよ！」とも思ったが、表面上はいつも通り微妙にヘコヘコしながら、好青年を演じていた。

パーテーションで区切られた面接室の一画に通された。受付嬢の人が緑茶を持ってきてくれて、自分たちの前に二つ置いた。和也は五年ぐらい前から文学をやっていること、バイトはしているが精神疾患があって、思うように働けていないことなどを話した。それらの話に佐藤さんは丁寧に耳を傾けてくれた。「書いたものを持ってきたから、読んでほしい」と和也は言って、この前の旅行で書いた原稿用紙三十枚ぐらいの詩的なエッセイを渡した。佐藤さんはその場で目を通してくれて、「いいんじゃない」と言ってくれた。

その日はそれで終わった。「また来てもいいですか？」と和也は言った。「いいよ。ただいつ来てもいいけど、アポは取ってね」と釘を刺された。

それから一カ月ぐらい普通に過ごしていた。気温も暖かくなり、その間に桜が咲いて、散っていった。和也はその間ずっと出版のことを考えていた。自分には敷居が高いかな？　とか、そもそも自分の作品って文学的にどれほどの価値があるのだろう？　それらの問いは自分一人で考えても答えは出なかったし、悩んでいることがだんだん嫌になってきたので、佐藤さんにアポを取って、また会ってもらうことにした。

迎文社に行くのは二回目だったし、佐藤さんは人を緊張させるタイプの人ではなかったので、その日はもうそれほど緊張していなかった。それでズケズケと和也は言いたいことを言っていた。「自分は勉強はすごくよくできた」「文章だったらいくらでも書けます」などの自分に自信のないショボイ奴だけが繰り出せる執拗な自己アピールという業《わざ》をここでも披露していた。佐藤さんは淡々と「あぁ、そう」などと相槌を打っていた。

それで、もし出版をする場合の具体的な費用の話になって、額を聞いた。それなりの額だった。ただ払えないほどの額ではなかった。和也は実家暮らしで、障害年金ももらっていて、週に数回派遣の倉庫の仕事をしていたのと、酒・タバコ・ギャンブル・女性が接待する変な店とかで出費することはほぼなかったので、そこそこ貯金が貯まっていた。

そういう話をして、「お金はあるんですけど、迷っています」と佐藤さんに伝えたら、「君は恵まれてるよ」と一喝された。この時、和也の中には「テメェに何がわかるんだよ！」「何も知らねぇくせに！」という強気な想いと「障害があって、引きこもりがちで、ナイーブな青年なんだから、それ言わないって約束じゃないですか！」ということをしどろもどろになりながら訴える、和也の人格の一側面である、マザコン気質のナヨナヨとした弱気さが混在していた。でも、結局は佐藤さんに表立って言い返すガッツもないので、塀の向こう側でプラカードを掲げて、控えめにシュプレヒコールをあげるみたいに、ふてくされ、憮然としているだけだった。ただ佐藤さんも和也の作品を認めてくれているようではあった。

それからも話は続いて、佐藤さんが最後に「一週間後に電話しますから、その時までに出版するかどうか決めてください」と言った。和也はお礼を言って、会釈をして別れた。その日はメチャクチャムカついたこともあったけれど、収穫のある日だった。帰りの東京メトロに乗りながら、その日を振り返り、佐藤さんというのはたぶん信じていい人なのだろうなと直感的に思った。

一週間歩きながらずっと考えていて、悩んでいた。出版するかどうか、を。出版にかかる額もそれなりのものだったし、何より果たして自分の作品は世に出すほどのものなのだろうか？　親も含めて、いろんな人に相談した。いろんな人がいろんなことを言った。ただ大人たちからは否定的な声が多く、「最初は無難に行っとけ！」とか「やることのメリットとデメリットをよく考えてから、決めろ」とか「まだ就職もしてないのに、そんな大金」のようなことをよく言われた。和也は悩んでいた。普段にも増して、その一週間はよく歩いて、考えた。

それから自分の気持ちがだんだんと整理されてきて、本心がわかってきて、それは「やっぱり今はやってみる時だ」というものだった。

次の日の十時頃に約束通り佐藤さんから電話があって、「気になって、十時ちょうどにかけちゃいました」と言っていて、和也は時計を見ながら、「正確には十時一分だけどな」と心の中でつぶやきながら、また、「こういう風に熱意を見せるのが営業のやり口か」と心の中でボソボソ言いながら、佐藤さんの次の言葉を待っていた。「それで気持ちはどうなりました？」と佐藤さんが慎重に聞いてきた。和也は「やろうと思います」と答えた。

それで、その後に郵送されてきた契約書にサインし、捺印し、しばらくしてから迎文社の口座にお金を振り込んだ。それで出版作業がスタートした。

34

出版に関して、当初は二十歳《ハタチ》の時に初めて書いた、小さな旅をモチーフにした短編小説と、この前書いた詩的なエッセイの二本立ての本にしようと思っていた。そのつもりで文章に手直しを入れたり、推敲を進めていた。ただどこかでこれを本にしても、物足りなさが残るなと思うようになっていた。特にこの前書いた詩的なエッセイは綺麗な世界観で、集中して書けているけれど、その世界は小さく、感受性をひけらかして、上澄みをなぞっているだけの作品のような気がした。これがこのまま本になるのは嫌だなぁと思った。締め切りまでまだ時間はあった。一カ月ぐらいだ。新しい作品を書こうと思った。

何を書こうか？　と考えた時に真っ先に浮かんだのは優子のことだった。優子への想いを最後本にして、優子の誕生日に渡そうと思った。どんなものを書こうか？　カッコつけて、自分を偽って、ショボイのを作るのが一番ダサイと思ったので、恥をかいてもいいから、そのままの自分でそのままの想いを優子に伝えようと思った。書き始めたのは二〇一二年五月の七日だった。

和也にとって五月というのは一年の中で一番好きな月かもしれない。七月や八月という暑さやいろんな意味で人間の思い出にとっても盛りとなることの多い季節を前に、そこに対して前触れとなり、予感と期待があって、また五月自体独立して、爽やかで風が気持ち良い素敵な季節なので、和也は五月が好きだった。そういう追い風もあって、『優子』という作品は書き進められていった。

和也自身優子との関係はもう難しいということはわかっていた。だけれど、諦めきれなかった。だから、一縷の望みをかけてというのと同時に、ある意味では諦めるためにこの作品を認《したた》めて（ものして）いたのかもしれない。

この『優子』という作品を書く上で下絵のようにモチーフになった小説があって、それは『グレート・ギャツビー』という小説だ。ギャツビーの報われることのなかった、今は人妻になってしまった昔の恋人への情熱や夢想、殉情、気高さというのが『優子』という作品の精神的支柱で、拠り所だった。『グレート・ギャツビー』のエッセンスを要約すると、最初のページに載せられている、トーマス・パーク・ダンヴィリエの言葉になると思う。

もしそれが彼女を喜ばせるのであれば、黄金の帽子をかぶるがいい。
もし高く跳べるのであれば、彼女のために跳べばいい。
「愛しい人、黄金の帽子をかぶった、高く跳ぶ人、あなたを私のものにしなくては！」
と彼女が叫んでくれるまで。

和也もそういうものが書きたかった。奇跡を信じていた。

それと同時に『優子』という作品は和也自身がどこかに行くための作品でもあった。文学を志して約五年。読書や日記を含めての創作をコツコツと続けていたけれど、目立った成果は何一つ残せていなかった。このままいくと、この夢も自然消滅してしまう。自分が今まで書いてきたものの出来がイマイチだってことは自分が一番わかっていたので、このチャンスに懸けなければならないと思っていた。そして、これがラストチャンスだということもわかっていた。

そして、またこの機会《チャンス》が自分の人生にとっても分かれ目だというのも感じながら、創作にあたっていた気がする。言い訳しながら生きる負け犬として終わるのか、踏み止まって何かを獲得できるのか？　人生はそんなに長くはない。言い訳している暇はない。勝つべき時に勝たないと負け犬の人生になってしまう。それらのことを和也はまだ二十五歳だったけれど、知っていたので、必死だった。周りの目なんか気にならないぐらい創作にのめり込んだ。

その一カ月は例のハワイアンカフェによく通って、書いた。それからの和也の人生に生活の一部として定着したカフェ通いはこの頃から本格化した。世知辛い冷たい世の中を文士として生きることには代償が伴う。正直で、誠実で、純粋でいればいるほど傷つくし、個性的であればあるほど矢面に立たされる。それが世の常だ。そんな時に若い女性などが「お入り」と言って迎えてくれるカフェは、和也にとって嵐からの隠れ場所だった。

そういう五月やハワイアンカフェを追い風にして、和也は猛烈に頑張った。それまで和也を支配していた、どんなに頑張っても関係ないとか、大切な想い出もいずれただの記憶に変わるとか、一度クシャクシャになった紙はもう元に戻らないなどの暗示のようなネガティブなイメージを払拭できるように、がむしゃらに気合いで頑張った。

そしたら今まで決して書けなかった本音というものがポロポロと出てきた。この時点で一年以上通っていたカウンセリングでの対話というものの効果もあったのかもしれない。創作をしながら、自分のこころを開拓できている気がしていた。自分のこころというものに触れたり、向き合えている気がしていた。気づいたら作品がどんどん展開していって、世界が炸裂していた。

そして、この猛烈に集中した一カ月で書いた、『優子』という作品を「Would you marry me?(結婚してくれないか?)」という言葉で締め括った時には新たな地平が広がり、静かな達成感があった。

35

作品が出来上がって、二十歳《ハタチ》の時に書いた短編小説『木漏れ日』と『優子』の二作品を手直しして、少し前に「今回編集を担当することになった」と名刺とともに挨拶状を送付してきた、迎文社編集部の「岡山」という男宛てに送った。

それからしばらくして、作品に手直しを加えられたゲラというものが送り返されてきた。結構手直しをされて、改変されちゃってんのかなと思いながら恐る恐る確認してみると、原文や作者の意図というものは尊重されたまま、文章を整えてくれたり、手直しをしてくれていた。

それでどうやらそのゲラに赤字で修正を加えるというのが編集用語で「推敲《すいこう》する」ということらしいが、どうやってそれをすればいいのか、勝手があまりわからず、岡山さんに電話をした。優しい声だった。岡山さんも「わかりました。今度お会いしましょう」と言ってくれ、アポが取れた。

次の週ぐらいに軽装で迎文社に出向くと、エレベーターから岡山さんが出てきて、にこやかに挨拶をされた。腰が低くて、いい人そうだった。案内され、テーブルを囲んだ椅子に座った。

岡山さんが「暑いですねぇ」とか言いながら、こちらの様子を窺っているようだった。それで、「作品を読ませてもらって、これはどんな人が書いたのだろうと思っていたら、爽やかな好青年が来たから、びっくりしましたよ」と岡山さんが言った。そう言われて、嬉しいようなこそばゆいような、それと同時に「どういう意味だよ！」「馬鹿にしてるのかよ！」とも思ったが、和也は表面上はいつも通り淡々としていて、ムッツリしていた。

それで、編集についての具体的なアドバイスを受けたり、『木漏れ日』の最後の部分がバッサリカットされた理由《わけ》を尋ねて、納得できる理由《りゆう》を聞けたりした。あとは緑茶を飲みながら雑談をした。梅雨の合間の六月の平和な午後だった。

この岡山という男は妙にヘコヘコしたところがあって、和也は経験上そういう奴が一番内側で何を懐《ふとこ》っているか知れたもんじゃないということを知っていたので、また、佇まいからも得体の知れないものを感じ取って警戒していたが、和也のする質問には一々しっかり答えてくれるし、編集者としては信用できそうだった。

それで時間も一時間経ったので、丁寧に挨拶をして別れた。

それから推敲作業を一カ月頑張って、直せるところは直して、七月の上旬にまた岡山さんに会ってもらった。

編集上の気になるところやわからない点を次々に質問していった。岡山さんはにこやかに一々丁寧に答えてくれた。

たまに岡山さんの方を見ると、にこやかで鷹揚で、どこを見ているのかわからない目を細めたりしていて、満ち足りた表情をしていたので、「なんだ、コイツ。恍惚の人でも気取ってんのかよ！」と和也は思っていた。

また会話の端々から、善人なのだろうけれど、屈折した印象を受ける言葉もジャブみたいに時折出てくるので、和也は「見た目のシワは四十代中盤という年相応だけれど、オーラにまとわりついている心のシワ、やたら多いな」と思っていた。

また、和也が自分の知識や教養を振りかざすための話題を振っても、岡山さんは余裕でついてきて、それを鼻にかけるわけでも、ひけらかすわけでもないのとかは和也の鼻についた。

それで、その日提出したゲラを岡山さんが打ち直してくれて、少し手を入れてくれて、和也に送ってくれる最終稿に和也が最終チェックをして、一カ月後に岡山さんに渡して、それで編集作業は終了ということだった。

その日岡山さんが最後に含みを持たせた表情で、「『熱い夏』にしましょう！」というふざけているのだか、真面目なのか、センスがいいのか、悪いのかわからない謎の言葉を残し、和也は「あ、はい……。頑張ります」と言って別れた。迎文社のビルを出ると、もう蟬が鳴いていた。

ところで少し脱線だが、この頃デイケアのレクリエーションの時間で「みんなで節電のポスターを描きましょう！」ということになり、みんなで描き、投票が行われた。中島さんは消えかかっているチカチカした電球に、シンプルに「節電」と書いてあるポスターで五票入っていたが、イラストのうまい女性スタッフがハローキティのような猫のキャラクターに「節電するにゃー！」と言わせているポスターが十票取り、採用されていた。ちなみに和也が描いた水玉模様の浮き輪と、丸にギザギザに等間隔で緑と黒で塗られたおなじみのスイカと、ガリガリ君みたいなソーダ味のアイスバーから水滴が滴っていて、それらに太陽が燦々と降り注いでいる「夏、節電しよう！」と書かれた単純で稚拙なポスターにも、誰が入れたのかもう覚えていないけれど一票入っていた。票を入れたその人はセンスがいいと思う。

ところで和也が「中島さん、芸術家目指しているのに素人に負けちゃったじゃないですかー！」みたいなイジリを中島さんにしたら、「票なんて関係ない」と言い、実際あんまり気にしていないようだったので、「自分の絵に自信があるんだな」と思い、浅はかな悪戯心を働かせた自分が恥ずかしくなったりした。期限が二年のデイケアを中島さんが卒業する日も近づいてきていた。

話は戻って、「熱い夏」にするべく和也は推敲作業を頑張っていた。正直もちろん創作は一〇〇％完全燃焼して、今できるベストのものを創れたとは思う。ただ和也は、もともとは文化系ではなかったし、文学を志して、まだ五年なので、クオリティがそれほどのものじゃないということも自覚していた。ただ贈り物や行為や祈りにとって一番大事なのは質じゃなくて、想いの切実さや純粋さだと和也は思うので、贈り物としてのこの本が少しでもいいものになるように、推敲作業を集中して頑張っていた。本を創る時はいつもそうだけれど、百回以上読み直して、これ以上できないってところまで詰められたと思う。

それで、岡山さんに最終稿を渡すべく、八月の初めにまた迎文社を訪れた。

岡山さんに編集上の最後の最後に気になる点を何点か確認して最終チェックが済み、印鑑を押して、最終稿を岡山さんに手渡した。これ以上できないというところまでやったという達成感があった。

それから今回のことを振り返る意味も含めての雑談を岡山さんとした。いろいろ話してゆくうちに、この岡山という男がどうやら実際すごい奴だということがだんだん明らかになってきた。身体《からだ》は大きくないけれど存在感があって、静かな佇まいからは数々の修羅場をくぐり抜けてきたのであろう自信と余裕があって嫌だった。さりげなく見せてくる和也との保有している文化資本の質と量の違い（差）も嫌だった。ただそこは和也だったので、「でもまぁ、コイツの今の年

（四十代中盤）まで、二十年間頑張り続ければ、楽々抜けるだろうから、今人格的に負けていることにそんなに落ち込む必要もないだろう」と思い、メンタルを立て直していた。

それで挨拶をして、別れた。

迎文社を出て、一人になって東京メトロ新宿御苑前駅へ歩いている時、和也は再び落ち込んでいた。さっきは「どうせ最後は俺の勝ちだから！」と強がって、頭の中で嘯《うそぶ》いてみたものの、先ほどの岡山さんとのセッションで和也はダメージを負っていた。わかりやすい、スポーツのような勝負事で負けたのとは違う、ちょうど将棋で投了時に「参りました」と言わされた時のような敗北感と屈辱感があった。

しばらくそのことに悶々としていた和也だったが、駅に着くすぐ直前で、あることを思い出した。それは、先ほどのセッションで和也が「『優子』という作品に自信を持ち切れない」と弱音を吐いた時に、岡山さんがさりげなくだけれど、きっぱりと「でも、終われてますよ」と言ったことだ。和也はその時は何気なくスルーしてしまったけれど、その言葉を言った時だけ、普段の岡山さんと違って本気だったので、歩きながら和也はそのことに遅ればせながら気づき、だんだん盛り上がっていき、半ば有頂天になっていった。それで駅にまっすぐ帰るのをやめて、新宿御苑の方を歩いてみることにした。

それで街行くクールビズだけれど、持っている鞄や身だしなみから品格も漂う、納税も子育てもしているだろう、すれ違う実際は格上のサラリーマンたちに、心の中で、「君たちは小説なんか書かないだろうし、書けても終われないだろうけれど、でも、僕は違う。僕は小説を書けるだけじゃなく、終わらせられるんだよ。しかもこれは僕が自分で言ってるんじゃない。プロの編集者がそう言うんだから、本当なんだろうよ！」と、悪い顔をしながら、彼らを見下していた。それからしばらくして、「んっ……待てよ！　そうか！　とうとう自分も文化人か。けっ！」などと思いながら、不敵な笑みを浮かべ、肩で風を切り、階段を下《くだ》り、颯爽と東京メトロに乗り込む和也だった。

今思えば、いろいろな意味において、和也は運が良かった。生まれた環境も含めて、半ば思いつきで扉を叩いたデイケアやカウンセリング、迎文社などから偶然信用できる大人が出てきてくれたことは、日頃の行いが良かったからとかそういう話じゃなくて、ただ単純に運が良かった（幸運《ラッキー》だった）のだと思う。アイドルみたいに調子が良くパァーッとかっさらっていくけれど、後で責任を取らない恩着せがましい偽善者も多い世の中で、彼らの愛は何気なく控えめだったけれど、持続的で温かかった。人生というものが本人の努力を超えて、人との出逢いや運命によって変わってしまうということは面白くもあり、不思議でもあり、恐くもある。運命とか宿命というものが一体何なのかということは、三十五歳の和也にはまだわからない。ただ和也は運が良かった。

36

八月上旬のその頃和也たちは、デイケア終わりの午後によくデイケアのメンバーと、八山病院内に併設されている児童精神科の院内学級の中学生とで、小さいゴムボールでフットサルをしていた。和也たちは微妙に手加減しながらも、いつも試合は白熱していた。それでその日誰かが思い切りボールを蹴り上げてしまい、高い大きな木に挟まってしまった。それでみんなが「お前、何やってんだよ〜！」とか「どうすんだよ！　あれ、もう取れねぇぞ」とか言っていた。

そんな時にどこからともなく大下さんという人がスルスルッと出てきて、その木の一〇メートルぐらいの高さまでためらう間も迷う間もなくあっという間に登っていって、ボールを弾き落として、何事もなかったかのように降りてきた。中学生たちは「スゲェ〜!!」とか言っていて、大下さんは得意そうだった。それでなぜか大下さんが「腹筋触るか？」と言い出し、みんなで触っていたら、ものすごい硬さで、筋肉というものが必ずしも硬ければ硬いほどいいものじゃないということを差し引いても、二度見するような硬さだった。和也はその時、傍《かたわ》らで口には出さなかったけれど、「大下さん、お腹に鉄入れてるんじゃないですかー！」とか「あるいは往年のヤンキーみたいにベルトの内側にサンデーかマガジン入れてるんですか!?」という微妙なジョークを思いつき、一人で笑っていた。

昔とび職をしていた大下さんの身体能力は、今現在、二十五年以上続いている体力自慢が集って競うアスレチック番組の猛者たちより上だったかもしれない。けれど大下さんの身体能力や動きには、元ヤクザということを抜きにしてもテレビに映しちゃいけない何かがあったことも確かだ。

フットサルの帰りに中島さんとしゃべっていて、「さっきのヤバくなかったですか?」と聞いたら、中島さんが「ヤバイよ」と一言だけ言った。中島さんの言葉は思ったこと以外は決して言わないので、いつも一言が重かった。和也は「やっぱりそうだよなぁ」と思っていた。それで、その日に和也は中島さんに『優子』の原稿のコピーを渡し、『優子』の表紙の絵を頼んだ。中島さんはその場で、「わかった。頑張るよ」と言ってくれた。

二週間後ぐらいに和也は中島さんと東京駅で落ち合い、その後いつも通り京橋のサンマルクカフェに向かった。今はもうなくなってしまった京橋のサンマルクカフェは、入口は小さいけれど、奥に広い細長い店舗で、京橋という洗錬された場所柄もあるのだろうが、店員さんもスタイルの良い綺麗な人が多かったので、居心地が良かった。和也たちは長時間そこでよくしゃべり、熱論を交わしたりした。和也の声が大きくなり過ぎ、サラリーマンのおじさんに注意されたりしたのも今ではいい思い出だ。

そのサンマルクカフェで、中島さんが「描いてきたよ」と言って、鞄からファイルに入ったイラストを出して、見せてくれた。先端に黄色い花のついた丈の高い草の群れを波打った紫色の小川が横切り、そのそばを青と黒とピンク色のアゲハ蝶のような鮮やかな羽の蝶が飛んでいる、そんな絵だった。和也の要望通り、「a happy birthday」という文字もイラストに添えられていた。
和也はそのイラストを見た時、正直意表を突かれる思いだったが、でも、すぐに「たぶんこれでいいのだろうな」と思った。丁寧に仕上げてくれて、愛のある作品だったからだ。中島さんの絵にはいつも不思議な魅力があって、理屈を超えたところでしっくりくるものがある。和也は大事にそのイラストが入ったファイルをリュックにしまった。

それからそこのサンマルクカフェでしゃべっていて、中島さんの『田山正弘映画ポスター作品集』を中野にあるサブカルチャーの聖地的な商業ビルの自主制作作品を取り扱う店が五百円で販売してくれて、毎月一、二冊ずつ売れ続けているという話を聞いた。和也はその話を聞いて、「確かにあれはすごいけど、そんなに需要あったのか⁉　中野ってそういうところか！」などと思いながら、その話を聞いていた。

そのまましゃべり続けていて、夜になってなんとなく新宿に向かった。新宿御苑の方まで歩いて、中島さんに「ここが迎文社なんですよ」と説明したりした。それでその近くの、迎文社に行く前に推敲作業をするために一、二度入ったことのある、昼はカフェ、夜はバーの店に入った。和也たちはピクルスなどの軽いおつまみと、和也はソルティドッグを頼み、中島さんは生ビールを頼んでいたと思う。その店はたぶん四、五十代の夫婦が経営なさっていて、マスターは背が高くて、パーマをかけていて、眼鏡をかけていて、髭を蓄えていて、いつもタキシードを着ていた。内装も洗練されていて、流れている音楽も趣味がよかった。マスターはちょっと勿体ぶったところがあって、一見すごく豊かな中身があるようで、本当はそんなにはなかったのかもしれないけれど、和也はその店が好きだった。また、その店がある通り沿いにある、飲食ができるパン屋も好きだった。そこの名物マスターのような男性従業員も顔の照りが良く、太めで、愛想はいいけれど、いつもお客さんとの会話が微妙に噛み合っていないところとかが好きだった。そこでもよくコーヒーを飲みながら、原稿の最終チェックとかを行っていた。ただその二つの店もコロナ禍で店を畳んでしまった。よく十年一昔というけれど、それは本当で、本当に十年でいろんなことが変わってしまう。

それからも和也たちはマクドナルドに店を変え、徹夜でしゃべり続けた。中島さんはデイケアを卒業した後のことを考えたり、悩んだりしていた。一通りしゃべり終えて、空も白んできて、腹も減っていたので、少し歩いて新宿駅の方に行って、チェーン店の牛丼屋に入った。それで出てきた牛丼に紅しょうがと七味唐辛子をかけてかきこんでいると、中島さんが急に神妙になり、「あれ、あれ！」と視線で促すので、和也は「恐い人でも入ってきたのかな？」と思い、ビビりながら示す方を見てみると、そこには今まで見たことのないようなサイズのゴキブリがいて、ギョッとして、和也たちは何も言わず、食べかけの牛丼はそのままにして会計を済ませて、コソコソと出ていった。もしかしたら若いのに覇気のない、その店員は和也たちの挙動不審さに気づいていたかもしれないし、デカいゴキブリがいることにも気づいていたかもしれないし、むしろそういうことには慣れっこになっているのかもしれない。とにかくここで言いたいことは、よく知らないけれど、新宿ってそういう街だということだ。

　和也たちはそれから命からがら逃げてきた人みたいに、始発も動き出した山手線で東京駅に戻ってきた。それで八重州口の方の屋外の八重州地下街への入口の階段に座り、「暑いね」とか言い合っていた。

「『優子』という作品がもうすぐ出来上がるね」と中島さんが言った。

「優子にあの作品がどう思ってもらえるかはわからないです」と和也は言った。

「でも、愛は感じるよ」と中島さんが言ってくれた。

「でも、もしかしたらそれは自分への愛なのかもしれない」と和也は言った。中島さんは、

「それって人類にとって永遠のテーマだよね」

と言った。そして、不思議な空気と時間が流れた。

　その時の日差しは朝の七時か八時頃だったはずなのに、正午頃の日差しのような気がした。こういう風にして、和也たちはクソッタレな青春の夏の一日を過ごした。


　それから中島さんが描いてくれたカバーイラストを元に、迎文社のデザイナーさんがカバーデザインの案を二つ提示してくれて、どちらも和也にとってゴテゴテしている印象があったので、中島さんとも相談して、シンプルなものに変えてもらった。これで本作りに関して、自分がやることはすべて終わった。八月も終わりの頃だった。

　その頃覚えていることは西山さんとのことだ。夏の盛りに西山さんの家の近くのカフェで待ち合わせをしていた。和也がその店に着くと、西山さんは帽子（キャップ）を目深に被り、原稿用

紙に何かを書いていた。

和也が「こんにちは！　暑いっすね！　何書いているんですか？」と言って、向かいの席に座ると、西山さんがこっちを見て、「こんにちは。見ますか？」と言ってきた。

そこには、

諦めよう
忘れよう
私にもいい所がなかった
他者にとって笑えない考えを抱くことがあった

とか、

忠義に生きたマナー最悪の男
あの世（天国）と呼ばれるものがおりてくれば……西山さんの居場所はあるよ！

と書かれていた。和也はそれを読んで、「ゲッ！」と思い、駅ビルの中のデカいカフェの騒がしい雑踏の中で黙々と頑張って何か書いているなと思ったら、これを書いていたのかぁと思った。そしてなぜか自分はこの人の面倒をできる限り死ぬまで見ようと思った。社会がこの人にしてきたことは自分が今まで弱い人にしてきたことでもあったからだ。

37

それから一カ月後の九月末に『優子』が入ったダンボール箱が自宅に送られてきた。『優子』という本は八十ページぐらいの薄い本だったので、小さめのダンボール一箱で贈呈分五十冊が充分収まっていた。

それで和也は早速『優子』を手に取って、装幀の様子や紙の感触・においを確かめてから、ドキドキしながら、本文にミスがないか確認してみた。短い本だったので、一時間ぐらいですべて読めた。それで確認できる範囲ではミスがないことがわかり、ホッとした。

自分が長年やろうとしていたことがとりあえず一つの形になり、実現できたことは、今までしてきた他の経験とも一味違う達成感があった。

それから、「これをどうしようか?」と思い、とりあえず知り合いに片っ端から渡してみようと思った。家族、中島さん、西山さん、デイケアの人々、カウンセラー……という具合に。

まず初めに家族に渡した。両親と姉に。父と母はすぐに読んでくれたが、和也が思ったような反応はしてくれなかった。「小説はあまり読まないから、よくわからないけれど、気持ちが伝わってきて、よかったよ」二人ともそんな具合だった。姉は小説はよく読むようだけれど、娯楽小説や通俗小説が主だったので、和也の世界観はあまり理解してもらえなかった。

次は中島さんと西山さんだ。中島さんは「気持ちは伝わってきたし、刺激になるよ！」と言ってくれたが、それも言われて、あまり嬉しい言葉ではなかった。西山さんは西山さんで、「僕は幻聴があって、小説はあまり読めないんです」とか「ゆっくり読ませてもらいます」というような感じだった。

デイケアにも持っていって、多くの人に渡した。渡したその日に読み切ってくれて、「面白かったよ！　夢中になって読んだ」と言ってくれる人がいたり、ワープロで打ち込んで、感想文を書いてくれた人もいた。「こんなんだったら俺でも書ける。俺も書こうかな！」というような意地悪なことを言う、うつ病の老人もいたが、スタッフも含めて、概して好評だったと思う。

ただ和也はみんなからの感想に物足りなさを感じていた。あれほど頑張って、精魂傾けて作った作品に対しての反応がこれか、というようながっかりした感覚もあった。

ただそんな中で、期待に応えてくれるような感想を言ってくれた人もいた。まずはカウンセラーだ。和也はその時までカウンセリングを一年半近く受けていた。ただこのカウンセラーがどういう人なのか、信頼の置ける人なのかは、正直この時点ではまだあまりわからなかった。ただ作品を渡して、次の回までに読んできてくれて、「この作品は誰にも馬鹿にできない」と実感を込めて言ってくれて、その時に和也が「『一気に読んだ。面白かった』と言ってくれた人もいたんです」と言ったら、カウンセラーが「私にとってはそんな軽いものじゃなかった。一気になんかとても読めなかった」と言ってくれたのは、さりげない言葉だったけれど、言われて、とても嬉しかった。

もう一人は行きつけの薬局の実習生だった、薬学部の男子大学生だ。和也たちは一時期、普段利用している薬局に付随している、患者のリラックスの場として開放されている別館に入り浸っていた。入り浸っていたと言っても悪いことをするわけでもなく、ソファーに座りながら、仲間や職員、実習生と無料で提供されている麦茶やアロマティーを飲みながら、その店で購入した「クリーム玄米ブラン」などをつまみながら雑談するだけなのだが、その時間がその頃の和也たちには憩いの時間になっていた。

それでその日、和也は実習生だった男子大学生に『優子』を渡した。その時までは、その男子大学生と特に仲が良かったわけでもなく、なんならプライドが高く、我が強いところとかが被っていて、同族嫌悪で嫌い合っているような節もあったぐらいだ。ただ渡すだけ渡してみようと思い、彼に本を渡した。

それで、一週間後ぐらいに彼に会ったら、手紙を書いてきてくれていて、「字が下手だから」との理由で、ワープロだったが、めちゃくちゃ想いの詰まった、とても素晴らしい手紙だった。

内容はこういうものだ。主人公と自分の性格が酷似していて驚いた。読んでいてハラハラしたし、感情移入できた。佐々木さんみたいに才能があって、夢をひたむきに追えるのは素晴らしいと思います。僕も昔ピアニストという夢があって、本気で頑張ってコンクールなどで優勝したこともありましたが、進路を決める高二の夏に、師事していたピアノの教師に「君には才能がない」とはっきり言われ、諦めました。また今まで自分は自分の目標にストイックになるあまり、周りの人をないがしろにして、周りの人を不幸にしてきました。そういう葛藤の部分も主人公に共感できました。優子さんはきっと振り向いてくれると僕は思います、という言葉でその手紙は結ばれていた。

38

和也はそのタイミングで少し思いついて、大学生の頃の仲間と本を渡す口実で会ってみようと思った。メールを送って返ってくるかなと思っていたが、大体返ってきて、最初は一時期在籍していたテニスサークルの先輩で、和也はそのサークルを半年で辞めてしまったが、その先輩とだけはそれからも交流があって、家にお邪魔させてもらって、ゲームを一緒にしたりしていた。

会うのは五年ぶりだった。久しぶりに会って挨拶をすると、相手の見た目もあまり変わっていなかったし、元気そうに見えた。ただ居酒屋で酒を呑みながら話していると、彼が昔より愚痴っぽくなり、ため息交じりになっているのを感じた。公園のベンチに場所を変え、話を聞いていると、彼が大学卒業後、就職した会社はブラック企業で労働時間も過酷で、何よりお客様に嘘を言わなければならないのが本当に苦痛だったと彼は漏らしていた。また、今付き合っている彼女といずれ結婚すると思うという話をしている時も目は輝いていなかった。今はその会社を退職し、大学院で学び直しているらしい。それらの話をしている時に印象的だったのが、昔はタバコも吸わなかった彼が、その話の間中、タバコを地面でもみ消し、ポイ捨てし続けていたことだ。

その時に和也が思い出したのは、和也が二十歳《ハタチ》ぐらいの一番悩んでいる時に急に連絡があって、会ったサークルの同期の奴のことだ。そいつとは二年ぶりぐらいで駅で会って、いきなり「ナンパしよう！」と言い出して、和也も付き合った。ただコミュニケーションの下手な内向的な和也が声をかけても引っかかるはずもなく、その日はそいつも調子が悪かったみたいで、ナンパには成功していなかった。ただ驚いたのはそいつが見知らぬ女性に何のためらいも遠慮もなく、バンバン声をかけていたことだ。

それから居酒屋に行って話したが、住む世界が違って盛り上がらず、そいつが未成年と思われる若い女性店員に、偉そうにタバコの煙を吹きかけながら注文しているのを見て嫌な気持ちになったり、「昔はこんな奴じゃなかったんだけどな……」と思ったりした。

その二人に会った、それぞれの夜に電車に乗りながら和也が侘しく思っていたのは、「東京って街がそうさせるのかなぁ……」ということだ。

その次に本を渡そうと会ったのは、焼肉屋のアルバイトの時の先輩と同期の奴だ。その二人は今でも付き合いがあるらしく、渋谷で三人で会った。先に着いた同期とモヤイ像で会って、とっさに話すこともなかったので、「背伸びた？」と聞いた。「変わらんよ。存在が大きくなったから、そう思わせたんかな？」と冗談で返してくれたが、本当はそいつがローファーを履いている分だけ、背は高く見えたが、幾分老けたし、疲れて見えた。「佐々木はちょっと痩せたんじゃない？大丈夫？」と言われたが、あまり返さず、そのままそいつのリードでおしゃれな喫茶店に入った。

そいつと少し雑談しているうちに先輩もやってきて、三人で話した。二人とも大企業や、新進だが勢いのある企業で活躍していた。二人とも就職もしていない和也を心配してくれているようだったが、半分は馬鹿にされているような気もした。

若い頃にバンドをやっていた西岡先輩に「最近は音楽はやってないんですか?」と聞いたら、「やりたいとは思っているんだけど、忙しくて、なかなかね……」と言っていた。「Funeral for a Friend は最近聴いてますか?」と聞いたら、「最近新作出したよね。あの頃はよく聴いたなぁ……」という具合で、話題も最先端の音楽グループの話にすぐに移ってしまった。

和也以外の二人は仕事の愚痴や苦労話、流行の話などをしていた。先輩は「この前出張の時、ホテルに呼んだデリヘルの娘がかわいくてさあ……」とか言っていて、同期は同期で、「最近は付き合いで週末ゴルフしてる」と言っていたので、和也が「ゴルフって何が楽しいの?」と聞いたら、「何球かに一球、自分が思い描いた通りに球がスコーンと打てる時があって、その時は気持ち良い」と言っていて、その話を聞いて和也は「つまらなそうだな」と思っていた。

しばらく経って先輩が「これから俺たち他の友達と合流して呑むけど、佐々木も来る?」と言った。だけど和也は断って、本だけ渡して帰ってきた。

時間が随分経ったんだなと思った。和也は十八、九歳の時にライブハウスでアンプにつないだスピーカーに足をかけて、マイクコードを二重螺旋に捻って、集音部とは逆の先端を高く掲げて歌う西岡さんの姿が好きだった。ライトが彼に向かって対角線に向けられて、集まっていて、何かが始まるって気がしたし、和也はそこに未来の自分を投影していた。焼肉屋のアルバイトで出逢った西岡さんや歌手を目指していた松下さんがいなかったら、和也は今夢を追いかけていないかもしれない。和也は西岡さんや松下さんの好きなことに打ち込む姿や夢を追いかける姿が好きだったたからだ。

何年か後に和也が他の人たちにだいぶ遅れてスマホを持ち、最低限使いこなせるようになって、松下さんを検索したら、松下さんは大手の音楽事務所のボーカルグループのオーディションに受かり、メジャーデビューしていたらしい。ただ数年の活動の後《のち》、そのグループは解散してしまい、その後のことはわからなかった。和也はすぐに近くのショッピングモール内にあるＨＭＶでそのＣＤアルバムを注文しようとしたが、もう廃盤になっていて、入手できなかった。仕方ないので、そのグループのユーチューブを穴の空くぐらい繰り返し見た。それでわかったのは、「松下さんは本気でやったのだな」ということだった。

渋谷で三人で会った三日後ぐらいに同期からメールがあり、「本読んだよ。よかったよ！　佐々木の優しすぎるところとか真面目すぎるところとかが生きづらさなのかもしれないけれど、そこが佐々木のいいところだと思うから、大事にしていってね」というような内容だったと思う。そして、そいつが別れ際にくれた、そいつらしい合成皮革のブラウンのシンプルなブックカバーは長い間新約聖書を入れて、大事に使わせてもらっていた。

39

またこの頃あったことで覚えていることが二つあって、ある日デイケアの給食の時間に和也が食べていると、近くでものすごく大きな声で揉めていて、和也が「何だ?」と思い、振り返って見てみると、玉木さんという高齢の男性が女性スタッフにすごく怒っていて、話を聞いていると、給食の配膳中に玉木さんがしゃべりながら受け取っていて、そこに女性スタッフが「配膳中は唾入っちゃうから、おしゃべりはやめてください」と注意したらしい。それに玉木さんが激昂して、「気が長いってよく言われる僕がここまで怒るってよっぽどのことだよ!」と目を血走らせながら、女性スタッフに詰め寄っていた。和也はそれを見ながら、「長州かよ!（長州力には「キレてないですよ」「俺キレさせたら大したもんですよ」という名言があるが、本当のことは本人にしかわからないけれど、映像を見ている限りキレているように見える)」とか「どこがだよ!」「当たり前のこと率直に普通の口調で言われて、キレているような奴は気長いとは言わねぇよ」と心の中でツッコミを入れながら見ていたが、それからもまだまだ揉めていて、その間もずっと玉木さんの唾が、春雨が入っている酢の物とかに入り続けていた。その様子を見て和也は「今日はおかわりするつもりないから、関係ないから別にいいや。厄介なことに巻き込まれないうちに早く食べ終わって、散歩しよ」と思っていた。

玉木さんは個性的な人だった。音楽グループで雑談していて、玉木さんが「バスとかでいくつか席が空《あ》いていて、若い女性が自分の近くに座ってくれると嬉しいよなぁ!!」と若干興奮しながら、しゃべっていて、和也は「わかるけど!!」とか「それはそこがただ空《あ》いてただけだろ!」と思いながら聞いていた。また、病棟ですれ違う綺麗な女性をギョッとするような真剣な眼差しで凝視している玉木さんもよく見かけたので、和也は「その年（六十代後半）になってもまだそういう欲あるのかぁ」と思っていた。

和也は玉木さんに気に入られていた。卓球部だった玉木さんと卓球で真剣勝負もよくしたし、『優子』を渡して、「優子さんへの想いがすごいよー!!」と褒めてもらったりもした。

これも音楽グループで、玉木さんが戦意を昂揚させる軍歌と、玉木さんが微妙に信じている名前も知らない聞いたこともない仏教系の新興宗教の音楽を流そうとして、その時はスタッフが大柄の女性で、少し鈍感で鷹揚な人だったので、許可されて流されていた。仏教系の新興宗教の荘厳だが、やたら躁的な音楽が流れている時に、玉木さんが和也に「佐々木さん、俺の葬式来てくれるか!?」と急に言った。和也はビクッとして、何と答えていいか、わからず、「あ……はい」と曖昧に答えていた。そこにスタッフが「急にそんなこと言われても困っちゃうよね」と助け舟を出してくれて、その場は収まったが、玉木さんは少し寂しそうだった。今だったら新興宗教絡みだったら御免だけど、「時間が許せば行きます」とはっきりと言えると思う。

めちゃくちゃなところもあった人だけれど、玉木さんは大きい人だった。嘘がなかったし、言葉に力強さがあった。三十過ぎてわかってきたことは、人間、理屈じゃないということだ。そのことは玉木さんからも教えてもらった気がする。

もう一つは牧田さんのことだ。牧田さんは真面目で誠実で優しくて、誰からも尊敬されるような人だった。眼鏡をかけていて穏やかで、誰に対しても分け隔てなく接することのできる人格者だった。

そんな牧田さんにデイケア卒業の日がやってきた。デイケアスタッフの職員室みたいなところへ牧田さんが挨拶に行って、和也たちは集会室で雑談をしていた。そしたら向こう側から牧田さんのものすごい泣き声が聞こえてきて、和也と中島さんと加藤さんは「行かなきゃ‼」と思い、職員室に向かった。そしたら牧田さんが男泣きをしていて、普段冷静な牧田さんのそういう姿にスタッフも呆気にとられ、どう接していいか戸惑っているようだった。「ありがとうございました！」「ありがとうございました！」と泣きながら繰り返す牧田さんの姿にはものすごい清らかさとともに悲壮感があって、その涙は悔し涙でもあるのかなと思った。

そのことについては少ししか話していないけれど、学校卒業後、牧田さんは就職して働いていた。そこで何かがあったらしく、それからは療養やデイケアに通うぐらいの日々だったらしい。

牧田さんのその涙の意味は、それからは牧田さんにも会っていないし、そのことを聞いたわけでもないからわからない部分も多いけれど、悔し涙という意味合いも多かったと思う。牧田さんは和也から見ても立派で、人が嫌がるような不道徳なことは一度もしなかったけれど、自分のこころには嘘をついてきたのかもしれないなと和也は思った。

泣いている牧田さんを呆気にとられて見ていた和也に、牧田さんが「佐々木君。今、君みたいな子、いないよ。頑張ってね！」と涙で赤くなった目で和也を見つめながら、力を込めて言ってくれた。和也は気圧されながら、「あ……はい。頑張ります」と答えるのが精一杯だった。背が高くスマートで、頭も良く、優しくて気配りのできる牧田さんのその涙の意味をこれからも和也は考えていかなければならないと思っている。

40

こういうことがあったからといって、もちろん和也が聖人だったわけではない。この頃してしまったことで、今でもたまに思い出して、嫌な気持ちになることが一つある。

それは拒食症（摂食障害）の女性を邪険に扱ったことだ。和也が通っていた病院は国立で、精神科においては県内でも有数の実績があり、遠方から通ってくる人も多い。患者数も多く、患者は様々な症状を呈している。妄想・幻聴・攻撃性・多動など。ただそういう派手な症状以上に和也にとって、すれ違うたびにインパクトがあったのが拒食症（摂食障害）の人たちだ。こちらが心配になるぐらい異様に痩せ、皮膚からは水分が抜け落ち、骨と皮だけのように感じられた。よっぽど深い悩みがあるのだろうなということは、見た目からも察せられた。

ある日、デイケアに拒食症（摂食障害）の女性が見学に来た。そして、集会室の端にあるソファーで見学をしていた。その頃デイケアの中心だった和也は大きな声で雑談をしていて、ダイエット部のリーダーだったこともあり、人の体型のことをよく話題にしていた。和也はその同じ空間にその女性がいるのをわかっていて、「あの有名人は痩せすぎだ」「あの有名人は太りすぎだ」というようなことを話していた。次の日もその女性は見学に来たが、和也は同じような調子だった。その女性は、それからは来なくなった。それは和也のせいかもしれない。

和也には昔からそういう側面があって、小学校低学年の時、図工の時間に、太っていて鈍臭いいじめられっ子が、いつもみたいにいじめっ子数人に「デブ」とか「馬鹿」とか「のろま」と囃し立てられていた。その時、和也にも魔が差して、和也も小声で「デブ」とつぶやいたら、そのいじめられっ子が激昂して、和也をつかんで髪の毛を百本以上抜いた。和也は泣いて、その子も泣いていた。今思えばその子が和也につかみかかった理由は、その頃和也は小柄（前倣えで前から二番目だった）だったこともあるかもしれないし、和也が気が弱いからかもしれないし、和也のことは信じていて、それが裏切られたからかもしれない。先生が止めに入って、そのいじめられっ子を叱った。「髪の毛が一気に抜けて、失神することもあるんだよ」と先生は言い、そのいじめられっ子は泣きながら和也に謝った。でも、和也は知っていた。本当に謝らなければならないのは、自分の方だということを。

また、こういうこともあった。小学校高学年の時に仲の良かった友達がある子を嫌いだして、和也も友達の話をずっと聞いているうちに、その子が嫌いになっていって、それがだんだんみんなにも広がっていって、「○○君汚い」「○○菌」という風にいじめに発展していってしまった。和也は流されて、いつの間にかいじめに加担していた。その子は本当に傷ついていたと思う。今思えば和也がその子を嫌う理由は何もなかった。

担任の先生がそのことを問題視してくれて、学級会で取り上げてくれて、みんなが彼に謝って、問題は収まった。和也も本当に悪いと思って、泣きながら謝ったけれど、どこかで心からは半分も謝れていなかった。その時、和也はまだ自分のことばかり考えていて、素直になれていなかった。

とにかく和也にはそういうところがあって、和也は良い奴でも聖人でもない。結局いつも自分のことを考えていて、どうやったらいい人に見られるかということばかり気にしている気がする。

それらのことがなんで悪いかというと、そういうことで被った心の傷というのはそう簡単には癒やされないからだ。精神病院やデイケアで過去のいじめや虐待というものがどれだけ彼らを苛み、どれだけ持続的に広範囲に彼らの人生に暗い影を落とすのかということを目の当たりにして、和也は自分の罪が軽いものではなかったことを知った。

二十代前半に観た映画で、中学校のクラスでいじめが起こって、クラス全員が軽い気持ちで、面白半分に無自覚に一人の子をいじめ、追い詰められた生徒が飛び降りて、自殺未遂をして、引っ越していってしまうということがあって、新しく赴任してきた教師が加害者側の生徒を諭し、罪を自覚させていくというストーリーのものがあった。加害者側の生徒は自分の罪に気づき、傷つき、悩み、落ち込んでいく。そして、悩み抜いたあげく、他の仲間と夕日を見上げ、「きっとあいつも俺たちより百倍も一万倍も良い奴らに出逢って、どこかで元気にやっているよな」と言うところで終わる。

和也もその映画を観た時、感動して涙したりもした。ただいじめられっ子がそれを克服して、強くなるということもいくらでもあるかもしれないけれど、精神病院やデイケアに長く通った和也は、そうじゃないこともいくらでもあるということを今では知っている。

和也がやったことはやってはならないことだった。「俺はあと何度本気で謝れるだろうか？」なんてことを今になって思う。

41

加藤さんは『優子』という本をあまり「良い」とは言ってくれなかった。和也と仲の良かった加藤さんが優子に嫉妬して、『優子』という作品を良く思わないというだけでなく、率直に加藤さんは『優子』という作品を良いとは思わなかったらしい。

そんな時にデイケアに加藤さんと同い年ぐらいの男の子が入ってきた。速水君という子で、和也たちとはトリムバレー関係でもともと微妙に面識があった。速水君はルックスが良かった。背格好（身長と体重）は和也と同じぐらいだったが、上半身をバキバキに鍛えてきて、綺麗目なストリート系ファッションを着こなしていた。加藤さんは現金だったので、地味な和也を捨てて、すぐに速水君の方に行った。和也は嫉妬したと同時に少しホッとした。加藤さんの面倒を見るのにも疲れていたし、加藤さんは結構症状が重かったので、接し方に戸惑っていたからだ。それにどれだけ接しても加藤さんを良い方向には導けていないという感覚もあった。

加藤さんと速水君はその後急接近したが、すぐにうまくいかなくなって、途中から速水君は加藤さんを無視しているようだった。それからしばらくして、加藤さんが和也の元に戻ってきた時、和也はあまり取り合わなかった。無責任に関わることはこれ以上できないと思ったからだ。

速水君は何年か後に自殺してしまった。二十四歳だった。建造中の十一階建てマンションの屋上から飛び降りたのだ。屋上には靴が綺麗に並べて置かれていた。すべての自死がそうであるように、理由はよくわからなかった。直前にいざこざがあったと言う人もいたし、普段と変わったところはなかったと言う人もいた。和也にもわからない。

速水君はすごく頭の良い子だった。子供の頃の知能検査で、和也がこの前出した数値より高い知能指数を出した。スラム街の黒人のスラングの会話を暗誦していたり、一〇次元まであるという物理学の理論を教えてくれたりもした。しし座流星群やハレー彗星についても熱く語ってくれた。

速水君とは思い出のトリムバレー大会があって、和也たちが王者として防衛に挑んだ大会でもあった。その日、和也たちは調子が悪かった。慢心があったために練習量が少なく、チームワークが悪かったし、前回大会の主軸で、チームの精神的支柱だった松島さんと杉本さんが卒業していなくなったことも大きな要因だろう。それでも中島さんが奮闘したり、和也が声で盛り上げたりして準決勝には駒を進めた。

そこで速水君たちのチームと当たった。雌雄を決する一戦はシーソーゲームになり、速水君が要所要所で豪快なジャンピングアタックを決めた。レッドブル（エナジードリンク）を五本飲んで試合に臨んだ速水君はキレキレで、たまに吹かしたり、ネットにかけることもあったが、要所要所では全力のアタックがことごとく決まり、和也たちのチームは一三－一五で敗れた。

決勝でも速水君は絶好調で、どんどん得点を重ねていった。その試合を眺めながら、和也は冷静な顔をしつつも、「あの人があそこであんなミスをしなければ、結果は違ったよなぁ」とか、試合が終われば敵味方なく、ノーサイドで勝者を讃えましょうみたいなスタンスとは真逆の悔しさで脳が沸騰しそうな中で試合を見守っていた。ただ速水君のアタックで、速水君たちが一五－七で決勝を制した時には、自然と速水君に駆け寄って抱きしめ合った。その行為には、ここで抱きしめ合ったら良い人に思われて、自分の株も上がるかなという打算もあったかもしれないけれど、それだけじゃなくて、もっと動物的直感（第六感）みたいなもので、ここで抱きしめ合った方が良いと思ったからだ。実際そうしておいてよかった。その時が、和也が見ている限り、速水君が一番輝いた瞬間だったからだ。

速水君や速水君が好きだったバンド、リンキン・パークのボーカル、チェスター・ベニントンが自ら命を絶ってから、それなりの年月が経った。二人とも、「坊主、その勢いで燃えていたら、長続きせんぞ！」とか「度を越すと、自分を失うことになるぞ！」とか「スピードを落とせ！」といくら周りに言われても、「お前に何がわかる」と言って、笑って済ませるような豪胆な奴らだった。二人とも自死という結果で、周りの忠告通りになってしまったけれど、今和也が憶えているのは悲劇的な結末以上に、流れ星が大気圏を燃焼しながら燃え盛る時に見せる一瞬の煌めきのように、一瞬だったにせよ、彼らが見せてくれた人間業とは思えないほどのまばゆいばかりの圧倒的な輝きの方だ。

和也は用事があって、速水君の葬式に行けなかった。行った人の話によると、途中で叫び出して、泣き出しちゃう女の子もいたらしい。そして、納骨の時に見た頭蓋骨は綺麗に真っ二つに割れていたという。

和也は翌年、速水君が生きていたら二十五歳になるはずだった誕生日に、華麗だった速水君に似た二十五本の赤いバラを事故現場のマンションの前に置いた。ちょっと歩いてから、あんなところに二十五本のバラを置いたら、住民が不審がったり、迷惑かなと思い、振り返ったが、そこには高層マンションが撥ね付けるように屹立していたので、「構うもんか」と思い、そのままにしておいた。

速水君は自分でそのことを口にすることはほとんどなかったけれど、ADHD（注意欠陥多動性障害）だった。

速水君のことを書いたので、この人のことを書かないわけにはいかないだろう。

大下さんだ。大下さんは速水君が亡くなってから数年後に、学校の周りの高い木の剪定作業中に誤って落下してしまい、頭蓋骨を割って死んでしまった。猿も木から落ちるというやつだ。近くで作業していた人が衝撃音の後、大下さんを見てみると、あれほどの事故のはずなのに出血は少なかった。ただ耳から少量の血が流れていて、ピクリともしないのを見て、「こりゃダメだ」とすぐに思ったらしい。そして、救急搬送されても、結局助からなかった。

大下さんとの思い出はいろいろあって、酒癖が悪いのも一つの特徴だった。和也がデイケア卒業後たまに通っていた地活（地域活動支援センター）の飲み会で、大下さんが酔い、これから引っ越す気の弱いナヨナヨした男性にけしかけて、その男性が好きだった女性スタッフに半ば無理やり告白させて、女性スタッフが断ると、大下さんは鬼の首を取ったみたいに大喜びで、阿修羅のごとく高笑いをしていた。その時は、その告白した男性は確かにナヨナヨしていて、ハッキリしないところもあったけれど、女性スタッフへの想いは純粋だったので、自分の純粋さも踏みにじられた気がして、すごく嫌だった。なので、和也はタイミングを見て、すぐに帰った。

ただそういうところもあったけれど、ドストエフスキーが何かの小説で言っていた「悪人ほど純真で、ナイーブなものである」というのは本当で、大下さんは速水君の月命日には欠かさず速水君のご実家に線香をあげに行っていたみたいだし、別れた奥さんやお子さんにしてしまったことをいつも悔やんでいた。それにいつかのタイミングで、ソファーに座り、マグカップに入れたブレンドを飲みながら、「佐々木君は頭良いから、それ活かせよ！　ナカジ（中島さん）は絵頑張れると良いよな！」と言って、宇崎竜童みたいにリーゼントに口ひげを生やした顔に浮かべてくれた微笑みは、しっかり生きてきた人だけができる、父性愛に満ちた、柔和なものだった。

加藤さんとは、ほとんど関わらなくなってから、数年後に一度だけ顔を合わせた。八山病院内にあるカフェの近くのベンチに座っていた。加藤さんは相変わらずボサボサの頭で、目が虚ろだった。和也と少し目が合って、あっちも気づいていたかもしれないけれど、どちらも声をかけなかった。それからどうしているかはわからない。それが加藤さんとの最後の思い出だ。

42

最後に山口県の志保さんのところに行った。志保さんは和也が大学一年生の十二月にした運送業の倉庫でのバイトで知り合った女性だ。和也はその時焼肉屋のバイトをしていたが、タウンワークで見つけた、その倉庫の繁忙期の深夜帯の時給は千四百円だった。それはその時の焼肉屋の時給八百五十円の倍近くだったので、その時大学の時間割もぎゅうぎゅうではなかったこともあり、半ば思いつきで面接を受け、採用された。焼肉屋と掛け持ちで仕事をすることにした。

ただいざ働いてみると、午前二時〜六時という四時間にも関わらず、寒さと眠気で結構キツかった。眠気で半分舟を漕いでいるような時も多かったが、なぜか注意されたことは一度もなかった。その仕事は十二月だけの短期の契約で、志保さんが現れたのは十二月の末だったと思う。

和也はその日いつも通り、「ダルイなぁ」「早く家に帰って、寝てぇなぁ」と思いながらも、真面目にベルトコンベアで流れてくる荷物を収まりが良いように並べて、コンテナに入れていた。そしたら、この倉庫には似つかわしくない派手で綺麗な、ジーパン姿の女性が現れて、和也の組に配属された。そしたら和也は、和也だけかもしれないけれど、男ってダメな動物だから、急に眠気が覚め、真面目に仕事をしだし、アピールしだした。彼女も派手だけれど、真面目に熱心に仕事をしていた。それで、午前六時になって、仕事が終わった。和也はタイムカードを押したり、トイレに行ったりしてから、自転車に乗って家路に就いた。

十二月の朝日が東の空を橙色に染めていた。自転車をしばらく漕いでいたら、前方に見覚えのある女性がいて、すぐにさっき一緒に働いていた女《ひと》だとわかった。和也は少し迷ったけれど、声をかけようと思った。それで、「こんにちは！　さっき一緒に働いていましたよね⁉」と声をかけたら、嫌がる素振りもなく、最寄りの綱島駅まで歩いて一緒に帰った。志保さんはその頃、短大を卒業して、一年間バックパッカーみたいな形で日本を一周していた。神奈川には友達が住んでいて、一時的に居候させてもらっているようだった。

それで、後日食事をしたり、映画を観たりして、志保さんが山口県に戻ってからもたまにメールなどでやりとりをしていた。

志保さんと会うのは中島さんと旅をしていた去年以来だ。志保さんとはそれ以前にも一、二度だけ山口県の志保さんの地元で会ったことがあった。

その日、志保さんの地元の駅に着くと、和也は近くの和風の一泊三千三百円の安いビジネスホテルを取って、寛いでいた。そしたら、連絡していた志保さんが車で迎えに来てくれたが、軽ではない小型車のフロントが大きく凹んでいるのが気になった。焼肉屋に連れていってくれるというので、楽しみにしながら乗っていると、細い県道だというのに八〇キロ以上出していたので、シートベルトをした上でも、いつ何があってもいいように志保さんにバレないように気遣いながらも、身構えていた。その時車内では黒人の女性歌手のR&B系の甘い音楽が流れていた気がする。

お店に着き、少しホッとしながら車を降り、焼肉屋に入って、志保さんに注文を任せてオーダーが終わると、志保さんがものすごい勢いで男性店員を睨んでいて、ビクッとした。どうやら男性店員は志保さんをそういう目で見ていたらしく、和也は「美人も大変だな」とか「地方は都市部より輩《やから》が多いのかな」とか「ここ、バトルフィールドじゃねぇよ」とか「なぜか自分は信用されているのだな」とか思ったりしながら、焼肉を食べた。

志保さんは本当に綺麗な人だ。それは骨格などの身体的な造型美もさることながら、父親が地元では少し有名な建築家だというところに端を発する、視覚的なセンスや空間認識能力も関係があるのかもしれない。実際メイクやファッションはいつもキマっていたし、昔写メで送ってくれた部屋の内装やインテリアもモデルルームみたいだった。

志保さんがビジネスホテルの前まで車で送ってくれて、「焼肉美味しかったです」と和也は礼を言って、そして『優子』という本を渡した。志保さんは「読んどくよ!」と笑顔で言って、走り去った。

和也はそれからそこ、山口県の地方都市近辺を歩き続けた。和也は散歩と哲学と音楽を聴くことがとにかく好きだったので、音楽プレイヤーから流れる音楽をイヤホンで聴きながら、考えごとをしながら歩き続け、疲れたら喫茶店かカフェに入って、お腹が空いたらラーメン屋か牛丼屋かカレー屋かそば屋に入るというような日々だった。ビジネスホテルでは安部公房の『砂の女』と魯迅の『阿Q正伝』や『故郷』が入った短編集を読んでいた。

五日ぐらい経って、「そろそろ帰ろうかな」と思っていると、志保さんから連絡があって、「明日迎えに行くから、私が今勤めている所でエステしてあげるよ」と言われた。

次の日の夜、「エステって何だろう?」と思いながらも、楽しみに志保さんを待っていると、ビジネスホテルに車でやってきて、志保さんがエステティシャンとして働いている小高い丘の上にあるお店に連れていかれた。店はもう閉まっていて、オーナーから鍵を借りて、特別に開けてくれたらしい。

店に入ると、リクライニングチェアみたいなのに仰向けにさせられ、足とか顔をマッサージしてもらった。足をマッサージしてもらった時に、「結構筋肉あるんだね」と言われ、自分では何の邪《よこしま》な気持ちもないつもりで、「下半身は」と答えたら、志保さんが「えっ⁉」というような少しピリついた空気になってしまった。

和也と志保さんは年の近い異性だったが、そういうことには一度もならなかった。和也が絶望していた二十歳《ハタチ》ぐらいの時に山口県の志保さんを訪ね、その時志保さんも家族と揉めていて、志保さんの運転で徹夜でドライブしたことがあった。その時、車の中で手は繋いだが、それ以上はさせてくれなかった。その時の海沿いの朝日が綺麗だったのを今でも憶えている。

マッサージをされながら、和也は「本読みました?」と志保さんに聞いたら、「読んだよ」と言うだけだったので、「感想は言ってくれないんだな」と少しがっかりした。「明日、飛行機で帰ります」と和也は志保さんに伝えた。「明日、飛行機で帰る」と志保さんに言ったら、「時間教えて。送るから」と言われて、時間を教えた。

次の日、荷物をまとめて帰る準備を済ませると、志保さんが来て、車で近くの空港まで送ってくれた。隣で運転する志保さんはその日もキマっていて、少しいい匂いがした。

空港に着き、和也が荷物を持って車から出ようとすると、志保さんが「これ！　わざわざ来てくれたから」と言って、緑色の小さなブティックの手提げ袋をくれた。和也は礼を言って、深々とお辞儀をして別れた。

空港でチェックインを済ませ、飛行機に乗り、飛び立ってから、しばらくして和也がブティックの袋の中身を見ると、艶やかな赤いリンゴが二つ入っていて、その奥に手紙が添えられていた。読んでみると、「『優子』、良かったよ！　不躾だけれど、ここまで一人の女性への想いを表現できるって本当にすごいよ！」というような言葉が丁寧だけれど、熱い字で綴られていた。それを読んで、志保さんは複雑な家庭環境だけれど、周りの人にしっかりと愛されて、大切に育てられたのだなと思った。それから十年以上経って、志保さんが結婚した今でも、年賀状のやり取りなどで志保さんとの関係は続いている。

十一月末の志保さんに会いに行った山口県への旅行を経て、和也は、十二月に優子に会う準備が整った気がした。

43

十二月になって、優子にメールを送った。「本を出版した。優子にも渡したいから、優子の誕生日に会えないか?」と。その年の二月以来のメールだったが、しばらく返信はなかった。

和也はどうしようか、と思った。これ以上強引なことをしたら、マズイかなとか、ただ表紙にも「a happy birthday」ってあって、誕生日に渡すからこそ意味があるんだよな、と思って、ずっとそこらへんのことを考えていた。

月日が過ぎていって、優子の誕生日が近づいてきた。和也の心はだんだん渡す方に傾いていったし、会えなかったら、当日本をポストに入れておこうという方向に落ち着いていった。

優子の誕生日当日、その日(金曜日)の午前はカウンセリングだった。カウンセラーは今までの和也と優子の経過を聞いて知っていたので、「今日わざわざ会いにいく必要はないんじゃない?」「あなたが傷つくことになるよ」と言って引き止めたが、和也は「傷ついてもいいから、今日は行きます」と言った。尚もカウンセラーは和也を引き止めようとしたが、和也が頑なだったので、それ以上はしつこく言わなかった。

そして、カウンセリングが終わって電車に乗って、和也が一旦家に帰ろうとしていると、ジーパンのポケットの中で携帯が振動して、見てみると優子からのメールだった。BOXを開くと、

「久しぶり。返信遅くなってごめん。出版ってすごいね。おめでとう！　でも、近いうちはちょっと予定があって、会えないんだ」という内容だった。

和也はこれを読んで、どうしようかとまた悩んだ。もう脈はないというのも薄々気づいていた。ただもうはっきりとけじめをつけたかった。そして、和也は玉砕覚悟で、『優子』という本を持って、優子が住む街に向かった。


優子が住む街に行くのも何度目だろう。いろいろな意味で思い出の地だ。その日は確か寒くて、曇っていた。人を憂鬱にさせるような灰色の雲だった。いやもしかしたら曇ってなんかいなくて、和也の心情が曇っていたから、そう記憶しているだけかもしれない。

十六時頃に駅に着いて、管理人のこともあるし、さすがに優子が住んでいるマンションの前で待つのは危険だと思い、近くのハンバーガー屋でコーラを頼み、ちびちび飲みながら、新しく書き始めた小説を書いて、待っていた。優子には途中で、「誕生日プレゼントとして本を渡したいから、近くのハンバーガー屋で待ってるから、これから会えないか？」とメールで送った。

優子からメールが来たのは仕事が終わったと思われる十八時四十五分頃だった。「メール遅くなってごめん。今日はこれから友達と会う約束があって、会えないんだ。それにね、私がだらしないからそうなっちゃうのかもしれないけれど、いつも急に来られても困るんだよ。管理人さんの迷惑にもなっちゃうしさ。私たち、もう会わない方がいいと思うんだよね。私は佐々木君が思っているような人じゃないよ。ごめんね、わかって」という内容だった。和也は、終わった、と思った。見事に砕け散った。ただ本だけはポストに入れておこうと思った。本だけじゃ味気ないので、用意しておいたポストカードに「今まで本当にありがとうございました」という言葉と☆や○や△や□などの記号とhopeやdreamやchallengeやloveやpeaceなどの好きな英単語を散りばめた痛々しいぐらい幼稚なイラストを描いた。そして、袋に入れて、ポストに投函した。

優子がいなかったら、今の自分はいないだろう。優子がいたから、乗り越えられた夜も数え切れないぐらいある。和也が世の中や大人を敵意の眼差しでしか見られなくて、何言われても、「うるせえ！」「こいつシャラップだよ！」「それ、テメェが考えたことじゃなくて、誰かが言ってたことそのまま借用して、偉そうに言ってるだけだろ！」「権力の犬がよ！」という態度で、よく大人に「お前、そんな考え方じゃダメだ」と言われていた。和也はそれに対して、言い返しはしなかったけれど、「みんな偉そうにゴチャゴチャ言ってくるけど、俺が間違ってるって証明した奴、誰一人いねぇじゃねぇかよ」と思いながら、くすぶって、ふてくされていた。そんな時にいつも優子は何も言わず、寄り添っていてくれた気がする。優子は本当の人格者がよくそうであるように、困っている人（和也）が一番キツイ時だけ助けてくれて（面倒を見てくれて）、恩着せがましいところなんか一切なく、去っていった。優子は「私は佐々木君が思っているような人じゃないよ」と言ったけれど、和也が優子に見ていたものも錯覚でも妄想でもなく、まぎれもなく優子の一面だったのだと思う。

あの時もそうだったけれど、葛西臨海公園から羽田空港まで一日かけて、優子のiPhoneでのナビを頼りに歩き続けた日があった。優子の好きなお笑い芸人の話、家族の話、お互いの将来の夢の話、いろんな話をした。優子はいつも中立だった。和也に変に気を遣うでも、馬鹿にするわけでもなく、対等に付き合ってくれた。和也が再犯を繰り返している薬物中毒の有名人を嗤った時も注意してくれたし、レストランで片言の外国人店員を嗤った時も咎めてくれた。そういうことが一々有り難かったし、嬉しかった。

優子が和也の本を読んで、どう思ったかはわからない。困惑したかもしれないし、重いとか恐いと思わせてしまったかもしれない。ただ和也としてはああするより他になかった。優子にだけはいい加減なものは渡したくなかったし、この人に嘘をついたら、自分は終わりだということもわかっていた。だから、まっすぐにぶつけた。結果は関係ない。

和也はポストに本を投函してから、冷静に最寄りの駅に向かい、電車に乗った。ただ電車に乗った途端、寒いところから暖かいところに移って、緊張がほどけたこともあって、声を上げて泣いてしまった。人目もはばからず、大きな声で慟哭《どうこく》してしまった。車内の人たちは「何だ⁉」という様子で和也を見た。制服姿の学生たちは軽蔑するように嗤っていたし、「非常識な奴だ」というように白い目で見る大人も多かった。ただ和也はその時本気で生きていて、自分を演じている暇なんてなかったから、構わずに泣き続けた。それでも今思えば、半分ぐらいの大人は「人生には人目もはばからず泣かずにはいられない時がある」というように温かい目で見守っていてくれたような気もする。

和也はそれからも乗り換えの駅まで、声こそ出さなくなったが、三十分ぐらい泣き続けた。その時に、独りよがりで傲慢だったにせよ、自分は優子を愛していたのだと、熟《つくづく》思った。

神は時に人を突き放して、試すけれど、それは相手をいじめる為でも、貶める為でもなく、愛ゆえに鍛えておられるのだということが和也にわかったのは、ずっと後になってからだった。

それからしばらくして、和也は就職しようと思った。

44

年が明けた。和也は哲学が済んでからは行動が速い人間だったので、早速少し前に知り合いから教えてもらっていた、八山病院の近くにある、ＮＰＯ法人が運営する発達障害の若者の就労支援を行っている施設に見学に行き、登録し、通い始めた。

そこで、まず障害者雇用には障害を周囲に開示して、配慮を受けた上で働くオープン雇用と、障害を職場には告げずに働くクローズ雇用があるという話を聞いた。障害者であることで今まで嫌な想いや差別を受けてきた人は、無理してでもクローズ雇用にこだわる人も結構いたが、和也はあまりそういう想いはしたことがなかったので、「合理的配慮を受けられて、最低賃金をもらえて、楽ならそっちの方が全然いいじゃん」とやや甘な考えを抱きながらも、前向きにオープン雇用での採用を目指していた。また、今まで逃げてきて、ロクにやったこともなかったパソコンの操作の方法を学んだり、タイピングソフトで、タッチタイピングの練習をしたりしていた。

ところで、父はこの頃よく大幅に体調を崩し、自分たち家族が夜に呼び出しをもらい、駆けつけることも多かったが、そのたびに驚異的な生命力で息を吹き返した。「今夜が山だ」みたいなことも医師から再三告げられたが、そのたびに父は復活した。

和也もこの頃また父の元によく見舞いに行っていた。一緒に競馬やゴルフや相撲の中継を見たりした。父はよく咳き込んでいたが、柔和で、いつも機嫌が良いのは相変わらずだった。話すのも大変そうだったので、和也はただパイプ椅子に座って、スポーツ中継を一緒に見ていた。絡んでいる痰を時折看護師に取ってもらっている父の側で、暮れるのが早い夕日を見ながら、さすがにもうそろそろなんだな、と和也は思っていた。

中島さんはデイケアを卒業し、去年の末に就職していた。訪問介護の仕事だ。この頃中島さんに会うと、「最近、それしか言わねぇなぁ」というぐらい、会うたびに必ずため息をつきながら、「仕事がキツイ」と言っていた気がする。その言葉が嘘じゃないということは醸し出している雰囲気からも察せられた。本当にキツそうだったので心配になったのと、自分も頑張らねばとお尻に火がついた感じにもなった。

ただ和也の中には就労支援施設に通いながらも、葛藤もあった。今までの経験の中で努力しているにも関わらず、働くことに関しては認めてもらえることが少なく、理不尽に罵倒されることも多かった。また自分のせいで組織や周囲の人に迷惑をかけてしまっていた状況も多々あった。障害を開示して合理的配慮を受けたからと言って、果たして本当にそれは改善されるのだろうか、という不安もあった。
また、就職するというのはある意味で企業に自分の時間や権利を預ける（売り渡す）というようなことでもあるので、そこに恐さや葛藤もあった。
様々な葛藤を抱えながらも、週三日ぐらいはその施設に通い、就職するとはどういうことか、とか障害者雇用で気をつけるべきポイントなどを学んでいた。

年明け以降、就労支援施設に通うことが多かったので、デイケアには通って週一日だった。デイケアには社会復帰を促す意味で定められた二年という期限があったので、和也が入った頃のメンバーは中島さんをはじめあらかた卒業していた。少し前の、若いメンバーが多く活気に満ちた雰囲気は薄れ、高齢者が増え、平均年齢も随分上がった気がする。和也にとっては、がらんどうになってしまった今のデイケアは、そろそろ卒業すべき場所なのだなという印象を与えた。

ところで和也の父というのは変わった人で、つかみどころのない人だ。再三死の淵を彷徨ったにもかかわらず、バイタリティを失わなかった部分もある。不治の病であり、余命もわずかだったが、医師と協議の結果、退院し、帰宅した。帰宅した父は咳き込むことも多く、免疫が弱くなって荒れてしまった肌をかき、床に粉を吹いたりしていた。ただあまり暗くなることはなく、競馬やバラエティ番組を見たり、同窓会に出席したりしていた。身長一七五cmあった父だったが、死の直前は三〇kg台で、顔色も悪かったが、和也たちに不満をぶつけたり、当たり散らすようなことは一度もなかった。今思えばそれはすごいことだと思う。ところで、和也は生涯を通じて、父にあまり怒られたことはなかった。子供の頃から父に力でねじ伏せられたようなことは一度もなく、和也のペースで、和也がやりたいことを主体的に行えるように配慮し、促していてくれたような気がする。安易に答えを提示して導くようなことはせず、自分の頭で考えて、自分のやり方で生きさせてくれたような気がする。そして、それが今の和也には生きていると思う。

ただ父とは衝突もあった。父は他人《ひと》の感情を察するのがすごく下手な人だったのかもしれない。優しくて人気者でもあったが、自己中心的で他人の気持ちを察することが下手だったし、他人《ひと》の感情を軽んじていたところもあったかもしれない。

退院して家に帰ってきて、家族四人で同居して集団生活なのに、咳をすることや皮膚の粉を吹いてまき散らすことにみじんも申し訳なさを感じていないようだった。和也たち家族も病気で余命わずかな父なので、大目に見たり、気遣っていたが、目に余るような部分もあった。

それでいつか和也が爆発してしまった。朝に父がダイニングテーブルの上に置いてあった和也の原稿を触り、箸から醤油を垂らし汚してしまったのだ。これに普段から父に鬱憤が溜まっていた和也は激昂し、抑制を失った、怒りに燃えたキレた目で「お前のせいでこうなったんだ！」「出てけ！」と詰め寄った。それから少し暴れて、自分の部屋に戻って泣きながら布団にくるまった。

和也が父に対して、親に絶対にしちゃいけない目つきで詰め寄ったのはこれが初めてではなかった。この時から半年前ぐらいに似たようなことがあって、和也は父に詰め寄って暴言を浴びせた。それからしばらくして、父がまた入院になって、和也が見舞いに行った時に、父に頭を下げて、「あの時は悪かった。言い過ぎた」と詫びた。父は少し微笑んで、「いいんだよ」と言った。そこはそれで収まったが、父はあまり他人の感情を読めず、周りの人や身近な人を不快にさせたり、怒らせてしまうことも多い人だった。そこに過敏な和也は耐えられないことも多かった気がする。

二度目に和也がキレた時に、この事態を父と母は重く見て、父は少し離れたアパートでひとり暮らしを始めた。

三月になり、デイケアには週一回通って、スタッフに顔見せと近況報告をするぐらいだった。メンバーの顔ぶれもすっかり変わってしまい、和也も半分余所者になった気分だった。いろんな時を過ごした、だだっ広い集会室で、いろいろなことを思い出した。バーベキューをやったこと、花見に行ったこと、花火をみんなで観たこと、フットサルやバドミントンやトリムバレーや卓球をしたこと。また、メンバーからいろんな話も聞かせてもらった。会社やスポーツで活躍した話。世界に冒険に行った話。金持ちになった話。家族の話、など。ただ暗い話も多かった。親族が自殺した話。外国でほんの気の迷いから薬物をやってしまって、後遺症に悩まされている話。過酷な労働の話（飲食業界での二十四時間連続勤務とか二十日間連続出勤とかで、よく血尿が出ていた話。また、同じ現場で毎年数人死人が出るという港湾労働の話など）。借金取りから逃げて、ギリギリのところで根室のコンブ漁の船に乗せてもらって、逃げ切れた話など。

そういう話を聞かせてもらったことも今ではもう過去になりつつあった。桜の蕾が大きくなり始めた三月に侘しさを感じながら、和也は少しずつ過去ではなく、未来を向き始めた。

45

就労支援施設の和也より十歳ぐらい年上のシュッとした男性の施設長とは、和也は馬が合わなかった。その人は頭が切れる人で、少し上から目線な人だった。ある日、和也が渋って、なかなか就職に対して一歩踏み出せないで、グチグチ文句を言っていると、

「あのさぁ、俺たちも慈善でやっているわけじゃないから、やる気ないんだったら、来られても迷惑なんだよ」と言われ、和也はムッとした。

「俺も若い時メチャクチャ悩んだから、佐々木さんの気持ちもわかるけど、暇なわけじゃないんだよ」とか「佐々木さんはいろいろな経験で労働に対して、すごくネガティブなイメージを持っているかもしれないけれど、そうじゃない職場もあるから」そういう対話が一時間ぐらい続いた。

この施設長というのは、その後に「すべての福祉は偽善だ」とか、和也の作品に「アンデルセンみたいにはなれないかもしれないけれど、潔さは感じる」とか、和也にとってカチンと来る言葉を残したし、彼の講演に行った時も、冷静だけれど、ありきたりな印象しか残さない、あまり「メッセージ」を感じさせないもので、かよわい大人たちの代弁者でもあったのかもしれないけ

れど、和也が大人になる上で言われなきゃいけないことを言ってくれたことには感謝しているし、意外と優しいところや熱いところもあるという複雑な人だった。

その時、和也は言いたいことは山ほどあったけれど、ここで言い返してちゃぶ台を引っくり返したら、ただのダメ人間になってしまうので、歯を喰いしばって、グッと堪えて、「頑張ります」と施設長に告げた。

そしたら、彼が、「今度青山の会社に見学会があるんだけど、行ってみない?」と言った。和也は憮然とした表情をしながらも、「青山?」「青山ってあのオシャレでリッチでハイソなタウンで有名な、あの青山のことか?」と思い、和也は宗教的人間であると同時に俗な人間でもあるので、しばらく迷った振りをした後、二つ返事で「行きます」と言った。


青山の会社に見学に行く日に同行してくれたのは、和也より三、四歳年上の就労支援施設の大柄の女性職員・丸山さんだった。日高屋でサービス券を使って大盛りを頼む丸山さんは、体格が大柄なだけじゃなくて、目に見えぬ大きさも持った大らかな人で、和也とも相性が良かった。その後、丸山さんが和也に付いていてくれて、陰に陽にサポートし続けてくれたことは、それから就職するその会社で、ある程度の期間働き続けられた大きな要因だったと思う。

それで、青山の一等地に立つオシャレで大きな建物のオフィスに入ると、アパレルの会社だけあって、みんなオシャレでキラキラしていて、活気があるように感じられた。会議室みたいなところで、この会社の概要を聞いたり、依頼される業務の内容を教えてもらったりしながら、和也のやる気も高まり、最後に見学させてもらったカフェスペースが併設されたランチスペースがすごく洗練されていて、煌びやかだったので、見た目に惑わされやすい和也は鼻息荒く、すぐにでも働きたい気持ちになった。

それで会社の人と挨拶を済ませ、帰り道丸山さんに「あの会社で是非働きたい」というようなことを鼻息荒く言った。その時、和也の中には、丸山さんに「コイツ今まで『働く意味がわからない』とか『自分が大事にしているものは絶対に失くしたくない』とか散々高尚なことを言ってたわりに、結局働く場所に綺麗な女がいれば、それでいいのかよ」と思われているんじゃないかと思い、自身を咎めたし、一瞬自分を恥じたけれど、和也は自分に正直な人間だったので、そのまま走り、スタッフに手伝ってもらいながら、エントリーシートを用意したり、履歴書を作成したりしていた。

それからすぐに、和也が働くことになったら配属されるという埼玉のショッピングモール内にある、そのアパレル会社のブランドが複数出品している女性服の大型店に見学に行った。それで店頭で働いている女性店員さんや裏方（バックヤード）で商品管理をしている男性従業員の様子を見ても、働きたい決意は変わらなかったので、後日、履歴書を持参して、簡単な面接を受けた。施設長からは「謙虚に礼儀正しくってことだけ気をつければ、きっと大丈夫だから」と言われていたので、そこだけ気をつけて、相手の質問に真っすぐ丁寧に答えた。「志望動機は？」と聞かれて、さすがに「綺麗な女と同じ空間で働きたいから」とは言えないので、嘘にならない範囲で、

「華やかな業界を裏で支えたいから」というようなことを話した気がする。それで統括部長が「来月一週間実習してもらって、それから決めようよ」ということになり、和也は実習に進むことになった。

実習までの日々は期待と不安が交錯する日々だった。一般的な社会からは随分遠ざかっていた和也にとって、華やかなアパレル業界というのは想像もつかないところだったし、相当なチャレンジだった。

そんな時に最寄りの駅前を歩いていると、聴き覚えのある曲が聴こえてきた。

『人にやさしくされた時　自分の小ささを知りました　あなた疑う心恥じて　信じましょう心から』

それは今はもう流されなくなった噴水の前の路上で、中学生ぐらいの男子二人組が演奏して歌うモンゴル８００の『あなたに』だった。和也が中学三年生ぐらいの時に話題になり、爆発的に売れた、インディーズの『ＭＥＳＳＡＧＥ』というアルバムの中の代表曲だった。久しぶりに聴く、その十年以上前の曲は懐メロ（昔こんな曲流行ったなぁ、この曲が流行っていた時、私こんなことしてたなぁ）として、感動するわけではなく、今でも色褪せない新鮮な感動を伴って和也の耳に響いた。

それから和也は彼らの前に立って、本当は音楽のことなんかろくにわからないのに、訳知り顔で意味ありげに佇んで、しばらく聴いてから、開いたギターケースの中に五百円玉を入れて立ち去った。和也が歩きながら、後ろでは「すげぇよ!!」とか言いながら盛り上がっていた。和也も微妙にニヤリとしながら、その『MESSAGE』というアルバムの持つメッセージや、お世辞にも上手いとは言えない中学生の歌唱と演奏に背中を押してもらった気がした。

五月の初めの方の週で行われた実習には、初日には丸山さんだけでなく、そのアパレル会社の中の特例小会社（障害者のサポートや教育に特化した会社）の精神保健福祉士・伊藤さんも来てくれた。伊藤さんは和也より二、三歳年上の女性で、小柄で少し気が強くて、融通が利かないところもあるけれど、優しくて、誠実で、熱心な人だった。彼女ともそれからもそれなりに長い付き合いになった。

和也はそれからその会社で様々な想いもするし、様々な人（優秀な人・着飾っていて綺麗な人・中枢で働いていて偉い人）に逢って、いろんな体験をするが、力（能力・権力・見た目）を誇って生きていた人が案外自分の中であっさりと消えていってしまうのに対して、愛や優しさを元にして生きていた丸山さんや伊藤さんは会わなくなってからも、なぜか自分の中で存在が全然なくなっていない。そして、いつかどこかで書くことになるだろうけれど、彼女たちが自分にしてくれたことは偽善ではなかった。

和也はこうして、丸山さんと伊藤さんに見守られながら、指導員の再任用の男性・土井さんに女性服の畳み方や品番の見方、入荷したダンボールの開け方や片付け方、店舗の仕組みや掃除、ゴミ出しの仕方などを学んでいた。ところで、和也がトイレに行った時にショッピングモールの従業員専用の喫煙所で、店頭では笑顔を絶やさず、キラキラしていてテキパキと仕事をしていた女性店員さんたちが虚ろな目で、疲れた悪い顔をして煙を吐いていたのを見た時にはギョッとしたが、あまり気にせず、仕事を続けた。

二日目からは丸山さんと伊藤さんが来なくても、土井さんは優しい人だったし、和也のペースに比較的合わせてくれる人だったので、何とか頑張って、実習の五日間を終えた。最後の日に丸山さんと伊藤さんも同席して、統括部長と振り返りの面談があって、そこで統括部長から、「じゃあ、来月から来てもらうから」ということになった。

和也は実習の最後の日、数日前に九十一歳で亡くなった父方の祖父の葬式に行った。そして、手を合わせて、お焼香を済ませてから、ロビーで父に会った。父は自分たち家族に「来てくれて、ありがとな」とだけ言って、また咳き込んだ。自分がその時、父をどんな目で見ていたかわからないけれど、責めるようなキツイ目で見てしまっていたかもしれない。それが生きている父と会った最後の瞬間だった。

46

本当は二月で終わるはずだったけれど、就職が決まるまでは、と五月まで延長させてくれていたデイケアもその日をもって去る日がきた。

微妙に神妙な気持ちで、その日のプログラムを終え、一日が終わった。そこでみんなが帰る前に、仲の良いスタッフが、「今日で和也さん、最後だから、お別れのトリムバレー放課後やりましょう!!」と声をかけてくれた。それでも、荷物をまとめて帰ってしまう人もいたが、スタッフも含めて、十人ぐらいは残ってくれた。

それで、一時間ぐらい白球を追って、みんなで汗を流した。

和也はこの二年ここで過ごして経験した様々なことを思い出していた。信じられないようなことや想像を遥かに超えたこと、とても素晴らしいものや醜いもの、目を覆いたくなるもの、様々なものに出逢った。

和也なりに悲惨なことも多かったその状況に対して、その後もしばらく続くダイエット部や傾聴活動を通してアプローチし、手を尽くしたけれど、現実に対しては手も足も出ず、惨敗だったような気がする。それにデイケアでも声もかけられなかった人の方が多い。薬の副作用で首が曲がってしまった人、集会室の隅っこでいつも震えながら、うなされている中年女性、見た目は格好良いのにどうしても輪に入れず、巨人の野球帽を目深に被って、いつも壁とキャッチボールしている青年、片時もじっとしていられない少年。いろんな人がいたし、何もできなかった。

トリムバレーが終わって、着替えを済ませ、スタッフそれぞれに感謝のメッセージカードを渡して、お礼を言って、和也は階段を下り、下駄箱で靴を履き替えて去ろうとしたら、さっきまで一緒にトリムバレーをしていた五十五歳ぐらいの仲本さんという人が、タオルで汗を拭きながらソファーで涼んでいて、和也に「本良かったよ！　頑張ってね！」と優しく声をかけてくれた。

正直和也は仲本さんに『優子』を渡したことも忘れていたし、昔は競輪選手だったというが、今は腹もでっぷり出て、タバコの吸いすぎからか肝臓が悪いからかはわからないけれど、肌も不健康に黒ずんでいる仲本さんという男性を軽く見ていたので、虚をつかれる想いだった。けれど、その言葉は温かくて（熱くて）、今でも和也を温めてくれている。

和也は仲本さんに「ありがとうございます。頑張ります！」と言って建物を出て、しばらくしてから振り返った。

ドクダミが巻きついている、黒ずんだ古いデイケア棟はいつも通りそこに立っていて、人間というものを見守っている気がした。血・涙・汗・吐瀉物・いろいろなものを吸い込んだデイケア棟は人間を責めもせず、肯定もせず、ただそこに在り続けているような気がした。

和也はそこにいながら、人通りがあったので実際にそうしたわけではないが、脱帽して敬礼したくなるような衝動に駆られた。

ここでは本当にいろんなことを教えてもらった。人間の愚かさ・醜さ・強さ・優しさ・不可解さ。一万通りの人生の負け方も教えてもらったけれど、間違っているということは半分は正しいということを教えてもらったのも、ここだ。そして、他人《ひと》の歴史は自分の歴史でもある（Your history is mine.）ということも学ばせてもらった。

和也たちは死の影が支配する病院で大人になった。そこで過ごした日々はこころに直接焼きごてを当てられるような強烈なインパクトを伴うものだったが、大人になった和也たちにとって、そこで与えられた傷跡が今では誇り《プライド》になっている。そして、いつからか和也はそこで目にしたみんなの心の傷や声にならない声を聞いてきたことに対して、自分には責任があると感じるようになった。

世界には様々なものが蔓延していて、ウィルスだけじゃなく、暴力、嘘、猜疑心、虚栄心、無関心、復讐の連鎖、傲慢・強欲・利己主義・排他主義。そういったものが世界にはびこっていて、そしてそれは、もちろん自分自身の中にもある。ただデイケアの人たちはそういった人間の矛盾を黙って、受け入れ、責め苦を負い、自らを磔にしたような人たちでもあるように感じる。ちょうどキリストのように。そういった決意に対して、人は軽はずみに何かを言うべきではないのかもしれない。

47

六月になって仕事が始まって、和也は土井さんに優しく厳しく指導してもらいながら少しずつ仕事を覚えていった。ビニールテープを使って、上だけ口が開いた状態のダンボールに、ビニールに入った女性服を品番順に入れて、見ている人から棚に並べられたそのダンボールにどの品番の洋服が入っているかをわかるように、厚紙で作った短冊を貼って示すというような仕事をずっとやっていた。

和也は同じことをずっとやっていても飽きないというのと、数学は苦手だったけれど、数字には強かったので、どんどん仕事を覚えていった。また、西村京太郎を愛読していて、顔も西村京太郎に似ている、指導員の土井さんともいい関係を築けていた。

そんな時に事件が起こった。それは仕事を始めて三週目の火曜日だった。和也は仕事を終えて、夜八時ぐらいに家に着いて夕飯を食べた。そして母から「伯父さんから、『和雄と連絡が取れないんだけれど、アパートに行ってみてくれないか?』というメールが来たんだけど、和也もついてきてくれない?」と言われ、ついていった。

それからすぐに車で出発した。母は父のアパートの住所は知っていたけれど、行き方は知らなかったので、そのアパートに一度だけ行ったことのある和也がナビをして、そこに着いて、車を置いて部屋に向かった。正直その時点では和也はあまり嫌な予感はしていなかった。ただ調子が悪くて、メールを返すのも億劫なのかな、それぐらいに考えていた。

ただ母が持っていた住所のメモに沿って歩くうちに、生ゴミが入ったゴミ袋が少しだけ開いたドアの前に置きっぱなしになっている部屋があって、「何だろ、これ⁉」とかと言って母と話していると、その部屋の表札に細い字で、「佐々木和雄」と書かれてあったので、一気に嫌な予感がした。ドアを開け、和也と母が部屋に入ると、リビングで父が血を吐いて横たわっていて、ピクリともしていなかった。そんな父が吐いた血の周りや頭部を蠅が二、三匹旋回していた。そんな様子に和也と母は動揺して、母は「どうしよう、どうしよう」と言っていた気がする。それでもう一度母が父の状態を確認して、「もうこりゃダメだ」と言い、和也が「救急車呼ぼう」と言うと、母が１１９番をかけた。

救急車が駆けつけるまでの間、母は漏れ出るような声で、しきりに「ごめんねぇ、ごめんねぇ」と繰り返していた。

救急車がサイレンを鳴らしながら来て、慌ただしく父を見たり、死亡確認をしている間も和也は妙に冷静で、起こってしまったことを捉え、飲み込もうとしていた。

母が救急隊員に「夫は悪性リンパ腫だった」と言ったら、救急隊員が目の色を変えて、「それは伝染《うつ》る病気なんですか？　そうなったら話は違いますよ！」と詰め寄った。ただ母は仕事でも活躍した仕切れる人だったので、そこはきっぱりと「伝染《うつ》る病気ではないです」と言うと、救急隊員も少し気圧されていた。

それからもいろいろ聞き取りがあったが、数時間後に和也たちは帰された。帰りの車内は無言だった。その日和也はあまり眠れなかった。


和也は次の日から忌引で休んで、母が葬儀社に行くのに付き添ったり、一人でボーッとしたり、散歩したりして、気持ちを落ち着かせていた。

父が亡くなる数日前に父は母に金を借りに来て、母は数万円渡したらしい。父の人生後半は半ばギャンブル依存症で、自分でも悩んでいたらしい。母と姉は、父が多額の借金を残していたらどうしようとか、本当に多額だったら相続放棄しようなどと言っていたが、父がしていた借金は僅かで、あとは小さな交通事故を二件残しただけだった。

父の遺体はその時葬儀社の霊安室がいっぱいだったので、しばらく和也たちの家の隣に住んでいる母方の祖母の家の仏壇がある部屋に安置された。

父が死んでから何日か後に伯父さんが来てくれて、仏さまに手を合わせてから、和也たちに頭を下げて、「弟が今まで迷惑をかけて済まなかった」と言ってくれた。それで封筒に入った厚みのあるものを渡してくれた。お金だった。母と姉は「こんなの受け取れないですよ」と言って断ったが、伯父さんは「気持ちだから」と食い下がって、話が進んでいなかったので、和也は母に「受け取ったら」と言って、母も受け取り、話が済んだ。伯父さんはもう一度だけ仏さまの顔を見て、去っていった。

父が亡くなってから、お葬式までは一週間ぐらい時間があったので、祖母の家で安置されている遺体からは、梅雨時だったこともあり、饐《す》えたような匂いがした。また、母が葬儀社の人から言われて、少しでも腐敗を遅らせるためにしていた、遺体に濡らした刷毛で水分を含ませている時に、仏さまの歯を触わり、歯が抜け落ちたこととかは和也の気持ちに追い討ちをかけ、益々和也のこころを不安定にさせた。和也はその一週間で何度か暴れたし、数え切れないぐらい泣いた。そして、お通夜の日になった。

お通夜には他の人に知らせていなかったこともあり、和也の知り合いでは、西山さんだけが参列してくれた。みんなちゃんとした喪服を着て、ピシッとしている中で、猫背で独特のオーラを放った男がヒョコヒョコと近づいてくるなと思ったら西山さんで、会うなり、「佐々木さん、ネクタイ締めてもらっていいですか？　僕じゃできなくて」と言うので、和也も自分一人ではネクタイを締められなかったので、近くにいた、ちゃんとした企業に勤めている年下の従兄弟に締めてもらった。西山さんは神妙な面持ちで、「このたびはご愁傷様でした」と言って、祈って帰っていった。

父の通夜には学校関係者や父の実家の近所の人たちなど随分多くの人が参列してくれ、葬列はなかなか途切れなかった。そろそろ終わるかな、と思ってもまだまだ続いていた印象がある。その中には泣いている人も随分いた。和也は慰められるような想いでその様子を見ていた。

通夜が終わり、和也たちは家に帰った。和也は父との出来事を思い返していた。

和也がトイレに籠もった時に、父に「戦争なんてなくなればいい。核兵器なんて持たなければいい」と言ったら、父が「そんな簡単な問題じゃないんだよ。和也は勉強が足りないよ」と言われ、直感的に父が言っていることが正しいとわかり、「悔しかったら勉強しろ!」と言われているような想いがしたことや、二十代前半に父と散歩をしていて、父がある意味では、社会的に成功した伯父や叔父より子供の頃の学業成績や地頭みたいなものはずっとよくて(祖母から聞いた)、優秀な高校に通っていたが、受験勉強には身が入らず、ギターを弾いたり、ビートルズとかサイモン&ガーファンクル、エルヴィス・プレスリーばかり聴いていたこと、新卒で受けた県庁の筆記試験は受かったが、面接で反抗的ではなかったけれど、ナチュラルにズレていて、ここぞとばかりに独創的な持論を展開して、不採用になった話などを思い返していた。

あと、もう一つ覚えているのは、父と散歩しながら言い合いになったことだ。父が教頭をしていて、問題行動があった児童を指導していると、その子が父を撥ね付けて、その拍子に父の眼鏡が飛んだという。父は極度の近視なので、とっさにその子がどこかに行かないようにつかまえたという。ただその後、その児童がそのことで父を「体罰」だと訴えたらしい。結局は父は無罪になったらしいが、そのことに関して、父が「あいつはもうダメだろうな」と言ったので、和也は「そんなのわかんねぇじゃねぇかよ、見捨てんのかよ！」と言ったら、父は「和也も大人になればわかるよ」と言った。和也も何か言い返そうとしたら、父は「わりぃ、我慢できないから」と言って、川沿いの草むらに行ってしまった。「大人になって、立ちションするのかよ！」と思ったが、戻ってきた時には別の話題になっていたということがあった。ただ父は教師という仕事にこんなことも言っていた。「若い奴は、なんていうんだろうな、なんかな、そうだな、『夢』があるんだよな。だから、俺はこの仕事が好きだし、若い奴が好きなんだよなぁ」と。

48

次の日は雨だったが、告別式にも相変わらず、多くの人が駆けつけてくれた。お坊さんがお経を読んでくれた後に、母が喪主として挨拶した。母は仕事と家事はできる人だが、話は面白くなかったり、言葉のセンスはない人だった。ただその日、母が「夫はいつも明るく、ギャグでよくみんなを笑わせてくれました」と言った時に、〝ギャグ〟という単語が不協和音みたいに周囲の言葉と調和していなくて、妙な響き方をしていたことと母が声を詰まらせていたことが効果となって、参列している多くの人の涙を誘っていた。

母と姉は式の間中しきりに泣いていた。ある意味では、父の晩年は和也以上に父を毛嫌いしていた母と姉が告別式で泣いていたのは意外だったし、その出来事を通して、和也は人間というものがわからなくなったような気もするし、少しわかるようになった気もした。

その後、霊柩車に父の遺体が乗せられ、クラクションが大きく鳴らされ、敷地を一周して、茶毘《だび》に付された。

火葬の間、参列者は畳の大きな部屋で食事をした。和也は黙って、黙々と食べていたが、周囲のみんなが話す言葉は否が応でも自然と耳に入ってきた。

「和雄は、仕事は頑張ってたみたいだけど、いい加減なところがあったよな」とか「無責任だったよな」とか「非常識だった」とか「チャカチャカしてたわよねぇ」とか。

和也はそういう言葉を小耳にはさみながら、すごく嫌な想いがした。「葬式の時ぐらい、そういうこと言うの、やめろよ」とか「何も知らねぇくせに」と思っていた。また、「父には人が年を重ねるにつれて、人生の途上で少しずつ失くしていってしまうはずの生き生きとした『何か』が失われずにそのままあったのに、肝心なそういうところにはみんな気づいてないんだからなぁ。大人ってやつはいつもそうだよな」とも思った。

大人たちが延々とくだらない話をしていた。彼らの話を聞いていると、大人がよくそうであるように、物事の上っ面しか見えてなくて、盛んに何かしゃべっているけれど、何も話していないことがわかってきて、無性に腹が立った。

遠くで田舎から出てきた親戚が下品な冗談を言っていたことが呼び水になって、寿司桶とかが載っている机を引っくり返してやろうかなとも一瞬思ったが、さすがにそれはまずいと思って、頭を冷やすために席を立って、トイレに向かった。便座に座りながら、深呼吸をして、気持ちを落ち着かせていた。参列している人でこころから父をリスペクトしている人は誰もいないような気がして、寂しかった。迷惑をかけちゃ悪いから、ここで電車に乗って、一人で帰ろうかな（早退しようかな）、とも思った。

それから、用を済ませて、トイレから出て、ハンカチで手を拭いていると、遠くから六十歳ぐらいの灰色の髪の紳士的な男性が現れて、近づいてきた。

「佐々木先生の息子さんだよね？」

と聞いてきたので、和也は「はい」と答えた。男性は続けて、和也の気持ちに寄り添った、優しく重みのある声で、

「佐々木先生はすごくエネルギーのある人でね、私もいつも助けてもらっていたよ」

と言い、そこで一度区切ってから、少し間を置いて、和也の眼をじっと見て、

「佐々木先生、いつも君のこと、『アイツはすごい』って褒めてたよ」

と言って微笑んだ。その人はそれだけ言い残すと、いつの間にかいなくなっていた。

和也は呆気にとられながら、しばし呆然としていた。それから少しして、自分は父のことを何もわかっていなかったのかもしれないと思った。父を疑って、責めてばかりいた自分が小さく感じられた。そして、いつかに父に言われた、「俺を超えろ！」という言葉を思い出した。その時は、「ギャンブルばかりやってる教頭止まりの奴が何言ってるんだよ！」と思ったが、今では言われたその時より、その言葉の意味や重みが、少しわかるようになった気がした。

席に戻り、時間をやり過ごし、火葬が終わり、納骨の時間になった。葬儀社の人が「しっかりとした骨です」と言って、参列している人が大きい骨からお箸でつかんで、骨壺に納めていって、最後に葬儀社の人が刷毛を器用に使って、骨粉もすべて骨壺に綺麗に納めて、納骨が完了した。和也が骨壺を持って、姉が遺影を持って、母が位牌を持って、家族で、参列している人に頭を下げて、車に乗り込んだ。

車内では誰もあまりしゃべらなかったが、母が運転する車が葬儀場を出て、しばらく走っていると、緊張感が少しほどけた。運転する母、助手席に座る、今は亡くなってしまった祖母、左側に座る姉がいる車内で、和也は窓から外を眺めていた。朝に降っていた雨はいつの間にか止み、青空が広がっていた。窓から見える景色や街並みは見慣れた、いつも通りのものだったはずなのに、どこか違って見えた。木々が風に僅かに揺れていた。父は亡くなったのだなと思った。そんな時に、若い燕が囀《さえず》りをあげながら、気持ち良さそうに羽《はね》を広げ、空を斜めに横切り、輪を一周描いて、高く飛翔していった。その先の空はどこまでも高く青く広がっていた。

そんな空を眺めながら、「今度は俺の番だ！」と静かに誓いを立てる、二十六歳の和也だった。

完

著者プロフィール

田中 寛之（たなか ひろゆき）

1987年千葉県生まれ、千葉県在住。

慶應義塾大学商学部中退。

放送大学教養学部卒業。

アパレル店舗のバックヤード業務、監査法人の事務、雑貨販売店のバックヤード業務、地元の市役所の事務を経て、現在近隣のA型作業所に勤務。

著書に『明日香』（文芸社、2012年）、『はじまりの詩』（文芸社、2015年）、『まだ夢の途中』（文芸社、2020年）がある。


作中の西山尚志の詩はすべて小澤学氏の作です。

あの頃

2023年6月18日　初版第1刷発行

著　者　田中 寛之
発行者　瓜谷 綱延
発行所　株式会社文芸社
〒160-0022 東京都新宿区新宿1－10－1
電話 03-5369-3060（代表）
03-5369-2299（販売）

印刷所　神谷印刷株式会社

Ⓒ TANAKA Hiroyuki 2023 Printed in Japan
乱丁本・落丁本はお手数ですが小社販売部宛にお送りください。
送料小社負担にてお取り替えいたします。
本書の一部、あるいは全部を無断で複写・複製・転載・放映、データ配信することは、法律で認められた場合を除き、著作権の侵害となります。

ISBN978-4-286-24294-1　JASRAC 出 2301933－301

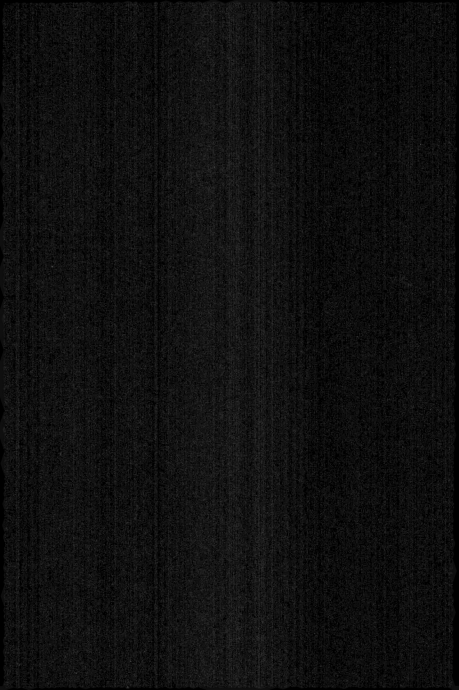

JN060217

夢のパラダイス3

おわん太郎
OWAN Taro

文芸社

夢ほど、奇想天外なものはない！
毎日の生活に関するもの、そして、その延長……。
毎日の生活における不平不満、そして、そのストレス……。
現実の世界での心の欲求……。

自分の過去の再現……。
自分の欲望の仮想現実……。

どんな夢を見るのか？
夢の中で何が起こるのか、どのように展開するのか、誰にも解からない。

いい夢を見たなぁ……。
怖い夢を見た！

訳の分からない夢だった。

とんでもない夢だった！

夢は人間の意識に操られず、勝手に、気ままに、やって来る。
まさに、奇想天外である。

私達は、その夢のありがたさに感謝してよいのか、それとも、混乱してしまうのか？
私達は、何も知らないし、何も解からない。

楽しい夢なら、良かった！
苦しい夢、悲しい夢なら、困った！
また、現実とも、欲求欲望とも関係しない夢を見た時、あなたは、どうしますか？

夢には、いっぱい、顔がある。
正夢、逆夢、昏夢、怪夢、幻夢、空夢、瑞夢、初夢、残夢、霊夢、悪夢、徒夢、快夢……。

さて、

今宵、あなた様に訪れる夢は？
なにはともあれ、皆様にとって、
楽しく、そして活力と勇気を与え、
幸せに満ち溢れた夢でありますように！

夢のパラダイス　3　目次

第一話　緊急事態発生！　7月19日

僕は折りたたみ傘を、たたんでいた……。

しかし、いくらやっても、できない！

「あ〜、なんで、できないんだ？」

僕はため息をついた。

次の瞬間、僕はお昼のランチバイキングを食べようとしていた。
しかし、食べることができない……。
お箸《はし》をもつが、どうやっても、つかめない、食べられない！
今度はスプーンを手にするが、
どうやっても、食べることができなかった。

次の瞬間、僕は歩いていた……。

町の中を、ひたすら、歩いていた。

自転車に乗った人がやって来た。

僕は尋ねた。

「ここはどこですか？」と。

すると、自転車の人は、「わかりません」と言い、行ってしまった。

歩いていると、おじいちゃんとおばあちゃんがやって来た。

僕が尋ねようとしたら、おじいちゃんが先に尋ねた。

「すまんが……。ここはどこじゃ？　私はだあれ？」と。

「え〜〜！　僕もわからないんです」

通行人がやって来た。

「どうしたんですか？」と、心配顔で。

「あのぉ、僕もおじいちゃんも、ここがどこで、自分がだれか、わからないんです。もし良かったら、教えてください」

通行人が言った。

「実は、私も、ここがどこで、自分がだれか、わからないんです」

「えーーーっ、なんということだ！」僕は頭の中が真っ白になった。

そこへ、警察官が走って来た。

「みなさん、どうされたんですか？」と、笑顔で尋ねた。

「お巡《まわ》りさん、聞いてください。みんな、ここがどこで、自分がだれか、わからないんです」

警察官はこまった顔をした。そして、警察無線を取り出した。

「警視庁、応答せよ！　応答せよ！」

「どうした？」

「緊急事態発生！」

「殺人か？　テロか？」

「署長、ここは、どこですか？　僕は誰ですか？」

「バカヤロー！　お前はクビだ！」

第二話　人生は楽し！　7月20日

僕はテレビ局の料理番組で、ナスみそ、を作っていた。
ナスを切って、油でいため、調味料を少々……。
ツヤがあり、いい色に仕上がった。
そして味噌を入れて……。
この時、フライパンから大きな火が上がった。
あたり一面、あっという間に燃えてしまった。
テレビ局の人が消火器を噴射し、消し止めた。
僕は真っ白になった。
すぐに顔を洗い、再び、料理の番組に……。
今度は、ウィーン風カツレツを作る。
フライパンに油を入れ、熱していると……。
突然、火が上がり、火事になった！
僕の髪が焼け、チリチリになった。

洋服を着替え、ネクタイを締め直し、今度はラタトゥーユを作る。

ナス・トマト・パプリカ・ズッキーニをオリーブオイルでいためため、
さらにトマトを加え、煮込んでいると、
急に爆発した！

あたり一面、具材が飛びちり、とんでもないことになった。

この時、ディレクターが、

「先生、料理はもう、やめましょう！」と、笑った。

「待ってください！　今度はピザを作ります！」とお願いすると、

「先生、もう、これ以上、放送局をメチャクチャにしないでください！」

「そんなこと言わないで、助けてちょんまげ！」

「はい、カット！　すばらしい番組ができた！　タイトルは『帰ってきた喜劇王！』今夜、
特別番組として、すぐに放送だ！」

「え〜〜〜っ！」

僕はビックリ、目がさめた。

「喜劇王か……。いいね！」

「失敗、失敗、また失敗……」

「そして、失敗の先に、大成功！」

「こういう人生も、いいね！」

第三話　いっぱい食べた！　7月25日

僕は実家のスーパーマーケットで働いていた。

働くことも、お客さんとの語らいも、楽しかった。

また、大きな倉庫にネコとイヌが、番犬として生活していた。

倉庫内の小麦粉、パン粉、砂糖、ソーセージなど、ネズミに食べられたり、袋をかじられたり……。毎日が、ネズミとの戦いだった。

ネコは商品の上で、いつも寝ていた。

そして物音がすると、すぐに逃げていた。

犬は、僕がつくった犬小屋に毛布を敷き、うれしそうな顔をして寝ていた。

そして、夜、お店が閉まってから、鼻でドアを開け、店内に侵入……。

チョコレートやアンパンを犬小屋に持ってきては、食べていた。

毎夜、甘いものを食べ、糖尿病になっていた。

父はいつも、

「このバカ犬！」

「役立たずのネコ！」と、怒鳴っていた。


ある日、僕が犬を散歩させようと、リードをもって外に出ると、急に雨が降ってきた。

僕は傘をさし、リードを引っ張るが、犬は座って、動こうとしない。

いくら引っ張っても、動かなかった。

その内に、雨はどしゃ降りになった。

この時、小さな何かが、ものすごい速さでビューッとお店から出てきて、遠くへと消えた。

犬は、猛スピードで後を追った……。

少しすると、犬がネズミをくわえ、もどってきた。

「よくやった！」と、僕は犬の頭を何回もなでた。

犬はうれしそうに、目を輝かせ、にっこり、笑顔だった。

父が走ってきた。

「よくやった！　今日からチョコレートと、アンパン、好きなだけ食べていいぞ！」と父も笑顔だった。


朝になって倉庫へ行くと、犬がぐったりしていた。

第三話　いっぱい食べた！

そばには、チョコレートの空箱と、アンパンの袋が、山のように散らかっていた。
すぐに、お弔《とむら》いをし、
父、母、僕……と、順番に手を合わせ、犬の冥福《めいふく》を祈った。
そして、僕の後ろには、
なんと！
ネズミの子供達が、ずらーーーっと、列を作って並んでいた。

第四話　出会い　7月26日

「ここの温泉は最高だなぁ～」

「山もきれい……」

「空気もきれい……」

僕は大自然に囲まれた、温泉露天風呂に入っていた……。

「あ～、気持ちよかった！」と出てくると、
みんな、飲んだり、食べたり、楽しくやっていた。
また、子供達はおもちゃを手に、走り回っていた。
僕はビールを飲みながら、
この人間味あふれる温かい雰囲気にひたっていた。

「さあ、行くか！」僕は席を立ち、帰ろうとした。

この時、アナウンスがあった。

「これから、抽選会をします。レシートをもって、くじを引いてください。一等は無料宿泊券、二等は商品券……」

僕はさっそく、くじを引いた。

三等だった。

係の女性が、「三等はソーメンです。あちらからソーメンを一つ、取ってください」と言った。

見ると、

抹茶ソーメン、梅ソーメン、白ソーメンが、山積みになっていた。

僕は「3つ、いいですか？」と尋ねた。

すると、「なぜですか？」と、係の女性は僕を見た。

「父と母にも食べてもらいたいんです……」

と答えると、その女性は「いいですよ！」と、にっこり微笑んだ。

しかし、横の、上司らしい男の人が、こわい顔をして、首を左右に振った。

僕はガッカリ……、温泉施設を出て、駐車場を歩いていた。

その時、

「待ってくださ〜い！」と声がした。

ふり向くと、抽選会場の女性が笑顔と共にやって来た。

「これを、お父さんとお母さんに……」と、袋いっぱい、ソーメンをくれた。

「あっ、どうもありがとう！」僕はうれしくなった。

彼女もにっこり……、そして僕を見つめた。

「あの……、帰るんですか？」と、はにかんでうつむいた。

僕は「はい」と答えた。

「あの……、どちらへ帰るんですか？」

「東京です」

「遠い……ですね」

彼女は心さびしい顔をした。


大きな駐車場を歩いていると、彼女、僕の横で、なんとなく、うれしそうな、恥ずかしそうな顔をした。

「あれ？　僕の車はどこだっけ？」と、キョロキョロしていると、
彼女は僕を見て、ほほえんだ。

「あった、あそこだ！　これで、帰れる！」と、僕はホッとした……。

彼女も、にっこり……。

「ところで僕の顔、赤いですか？」と尋ねると、

「ええ、少し……」と、彼女は笑みを浮かべた。

「困ったなぁ～。でも、僕、帰らないと」

「飲酒運転はダメですよ！」

「でも僕、これで帰ります。それじゃ……」と言い、車のドアに手をかけた。

「待って！　もし事故になったら、私……」と悲しい顔をした。

「えっ？」僕は心の中に何かを感じた。

「私も両親と一緒に暮らしています。もし良かったら、私の家に来てくれませんか？」

「……」僕は何と答えてよいのか分からなかった。

「一緒に、私の家に行きましょう？」彼女は少しだけ笑みを輝かせた。

僕はにっこり、うなずいた……。

「よかった！」と言い、彼女はうれしそうに、僕のほっぺにキスした。

そして手と手をつなぎ、未知なる空間へと歩いていった……。


この時、目がさめた。

「えっ、今のは夢？」

「あの女の人……、ひょっとして、ミーちゃん（僕の奥さん）？」

「うん、間違いなくミーちゃんだ！」

ミーちゃんは、いつも言っていた、

「ケンちゃん、飲酒運転は絶対にダメよ！」と。

「いい夢を見たなぁ〜！」

第五話　僕の愛する奥さん　7月28日

僕の愛する奥さんミーちゃんは、認知症と歩行困難で、介護老人福祉施設に入所している。

毎日、歩く練習と、リハビリの生活……。

当の本人は、「毎日、楽しい！」と、にっこり！

そんなある日、夢を見た……。

夕食後、テレビを見ていると、

ミーちゃんがドアを開け、「こんばんは！」と微笑んだ。

「あっ、ミーちゃんだ！」僕もにっこり、うれしかった。

「ケンちゃん、何をしているの？」

「テレビを見ているよ……」

「私はどうすれば良いの？」

「ミーちゃんは、夕食後、眠いと言って、寝ていたよ」

「あら、そうなの?」

「うん……」

「私、これから、どうすれば良い?」

「一緒にテレビを見る? それとも、音楽を聴く?」

「私、眠いわ……」

「ミーちゃん、ゆっくり寝てね」

「ありがとう……」と言い、キッチンへ……。

「ケンちゃん、ここトイレ?」

「ちがうよ。そこはキッチン。トイレは、こっち!」

「ありがとう……」


その後、朝までトイレに行ったり来たり、家の中を歩きまわったり……を繰り返した。

「ミーちゃん、もう、朝だよ……」

「あら、そう?」

「お日様が輝いているよ」

「それで?」

「ミーちゃん、いっぱい歩いて疲れた?」

「私、トイレに行きたいわ」

「うん……、気をつけてね」

「ありがとう……」

ミーちゃんは、トイレに行き、もどってきた。

「ミーちゃん、ちゃんとできた？」

「ええ」

「よかった！」僕はホッとした。

「私、眠たいわ」と言い、ミーちゃんは、トイレに入った。

「ミーちゃん、ここはトイレで、寝るところじゃないよ」

「私、どこでもいいの。早く寝たいの」

僕は、愛する奥さんを、寝室、ベッドへと連れて行った。


お昼ごろ……？

目がさめると、家内は、ニコニコ上機嫌だった。

「ケンちゃん、いつまで寝ているの？」

「ミーちゃん、もう少し、寝かせて！」

「だめよ！　健康のために、きちんとした生活をしないと！　今日、これからご飯を食べて、そして、いっぱい歩くわよ！」

「ミーちゃん、勘弁《かんべん》して！　もう少しだけ寝かせて！」

「だめよ！　ケンちゃんの意気地《いくじ》なし！」

「僕、ほとんど寝ていないんだ。だから寝かせて……」

「ダメよ！」と言い、ミーちゃんは僕の手を、思いっきり引っ張った。

「待って、もう少しだけ寝かせて～～！」

そして、目がさめた。

家内が6月7日に施設に入所してから、
最近、このような夢を、よく見ている。

第六話　ムッシュ・パピヨン　7月29日

ムッシュ・パピヨンと、電車に乗って景色を楽しんでいた。

海も山も、みんな、ピカピカに輝いていた。

「いいねぇ……」

「きれいだねぇ……」と話していると、
急に場面が変わり、僕はレストランで食事をしていた……。

食べ終え、お店を出ると、ムッシュ・パピヨンが立っていた。

「よう！」と話しかけると、
ムッシュ・パピヨンは、「僕、結婚したんだ！」と、うれしそうな顔をした。

「それは良かった！　おめでとう！」と、何回も握手した。

「ありがとう……」

「どうしたんだ、ムッシュ・パピヨン？」

「僕、子供がいるんだ」

「えっ？　もう？」

「不思議なんだ……。いつの間にか彼女ができ、いつの間にか結婚して、いつの間にか、子供まで……」

「とにかく、おめでとう！　よかった、よかった！」

「僕、どうしたらいいんだ？」

「何が？」

「何もかも、わからないんだ……」

「ムッシュ・パピヨン、今どこに住んでいるんだ？」

「彼女の実家、大きな家に住んでいる……」

「それで、毎日、何をしているんだ？」

「仕事は辞めた。毎日、何もしていない……」

「なんだ、それじゃ、居候《いそうろう》か……？」

「わからない……」

「奥さんは、何をしているんだ？」

「家内は子育てを一生懸命にやっている……」

「お金は？」

「家内の両親はお金持ちで……」

「ムッシュ・パピヨン、なんか、心配そうな……、憂鬱《ゆううつ》そうな顔をしているぞ」

「うん……」

「奥さんを愛しているのか？」

「わからない……」

「幸せなのか？」

「それも、わからない」

「これから、どうするんだ？」

「わからない、とにかく、苦しい……」

「ムッシュ・パピヨン、はっきりしろよ！」

「うん……、離婚して新たな人生を歩んだほうが良いのか……、またはこのまま我慢して、自分を殺して生きていくか……」

「人生はむずかしいなぁ……」

「でも僕、子供は好きなんだ……」

「それじゃ、子供のために頑張れよ！　子供の成長と共に、愛情も深まり、家族が幸せに……。同時に、ムッシュ・パピヨンの人生も、充実していく。花のつぼみが、少しずつ開花し、美しい花を咲かせる！　奥さんとも、美しい愛の花を咲かせる……」

「ありがとう！　僕、がんばるよ！」

ムッシュ・パピヨンは、心の底から笑みを浮かべた。

次の瞬間、パッと目がさめた。
ムッシュ・パピヨン……、
今はどうしているのかなぁ……？
元気かなぁ？
もう、あれから42年……。
また夢の中で、会おう！

第七話　本当に夢？　7月30日

妻の入所している介護施設に、クマのプーさんの『ぬいぐるみ』、可愛いネコちゃんの写真を貼り付けた『特製カレンダー』を、持っていった。

コロナのデルタ、オミクロン等が蔓延《まんえん》し、面会に行っても、妻に会うことはできない。

しかしながら、愛する妻の今を知りたくて、施設を訪れた。

すぐに受付で、手指の消毒をし、そして尋ねた（施設内ではない。中へ入るには、さらに大きな扉と、消毒、検温、問診表の記入が必要）。

「家内は、元気ですか？　教えてください」と。

すると施設長の女性が、すぐに看護師さんと介護スタッフさんに連絡……。

そして、明るい声で
「奥様は、入所当時より、元気です！　それに、食事も、以前より食べるようになりました……」と。

僕は、思わず、「よかった！」と声が出、涙があふれた……。

家内が施設に入所する以前……。

家内は毎日、

「まだかしら……」

「明日？」

「もう～い～くつ寝ると……」と、その日を心待ちにしていた。

「ミーちゃん、３ヶ月しか入れないんだ。だから、歩く練習と、リハビリ、がんばって！」

「ええ、わかったわ！　私、一生懸命に頑張るわ！」

「それに３ヶ月が過ぎて家に帰ってきたら、すぐに、旅行に行くよ！」

「私、うれしい！」

そして、
家内が施設に入所した、笑顔とともに……。
その翌日、僕は結婚式の写真、旅行の写真をもって、施設を訪れた。
家内は元気で、歩く練習をしている……、とのこと。
よかった！　本当に良かった！

その後も、家内の様子を確認するために、ちょくちょく施設を訪れた。

家内は、いつも、元気だった！

良かった！

本当に良かった！


そして、今日……。

家内のパジャマ、セーター、ズボン、肌着、靴、靴下をもって施設を訪れた。

「奥様は、入所当時よりも、元気です！　それに、食事も、以前より食べるようになりました。それに、毎日、スタッフと一緒に、施設の周辺を歩いています」とのこと。

僕は、「よかった！」と、涙があふれた……。

その時、介護スタッフさんに体を支えられながら、家内が歩いてきた。

「あっ、ミーちゃんだ！」

「今日は車いすにのっていない、自分で歩いている……」

「本当に元気だ！　顔色もいい！　笑顔もすてきだ！　本当によかった！」

僕はうれしかった……。

家内は僕に気づくと、

「あらケンちゃん、ここで、何をしているの？」と、微笑んだ。

「ミーちゃんが、元気で良かった！」

「フフッ……。私はいつも元気よ！」と、にっこり！

家内の表情は、明るく、輝いていた……。

「ミーちゃん、これから、散歩？」

「ええ、そうよ。最近、歩けるようになって、散歩が楽しいの！」

「それは良かった……」僕の目に、涙がこみ上げた。

「ケンちゃん、いっぱい旅行して、おいしいものを、いっぱい食べましょう？」

と、笑みを輝かせたミーちゃん。


この時、目がさめた……。

「えっ！　今のは夢？　本当に夢？」

僕はキラキラ輝く夜空の星に、祈りをささげた……。

すると、
ミーちゃんの、ピカピカ輝くような笑顔が、大空に浮かんだ……。

「ミーちゃん、愛しているよ！」

「いっぱい、旅行しようね！」

「それに、おいしいものを、いっぱい食べようね！」

第八話　こんなこともあるの？　7月31日

僕は車を運転していた。
オシッコがしたくなったが、車が多く、なかなか駐車できなかった。
横の道に曲がると、立派な邸宅が見えた。
すぐに車を止め、ブザーを押した。
「すみませんが、トイレを貸していただけませんか……？」
すると、美しい女性が現れた。
そして、「どうぞ、お入りください！」と。

中に入ると、部屋がいくつもあり、その豪華さに、ドキドキした。
僕は用をすませ、居間のテーブルで、お絵描きをしていた……。
「何か、お飲み物でもいかがですか？」と、やさしく、愛らしい声がした。
色鉛筆を置き、顔をあげると、清らかな微笑みが輝いていた。
僕はすぐに、うつむいた。

しかし、胸がドキドキと、大きく波打った。

少しすると、銀のトレーに、香り高いジャスミンのお茶が運ばれた。

「どうぞ、お召し上がりください」と、可愛らしい声が……。

僕は「どうもありがとう」と答えるが、
顔をあげることができず、ひたすら、色鉛筆でお絵描きをしていた。

「お仕事は何をされているのですか？　私は大学で美術を教えています」

「僕は無職で、お金はありません……」と、うつむいたまま答えた。

「そのようには見えませんよ。上品で、心の清らかな方だと……」

「どうもありがとう……」

「私はこの家に、ひとりで住んでいます。毎日の生活は楽しく、充実しています。でも……」

「でも？」

「もしよろしかったら、ここで、私と一緒に暮らしてくれませんか？」

「えっ？」

僕は思わず顔をあげた。

そして目がさめた。

その女性は、僕の奥さん、ミーちゃんにそっくりだった。

第九話　夢はすごい！①　8月5日

僕は愛する妻と、ヨーロッパを旅行していた……。

フランス、スイス、オーストリアを、心ゆくまで楽しんでいた。

そして、パリにもどってきた。

「ミーちゃん、これから、パリで美術館めぐりをするよ。いい？」

「私うれしいわ！」

昼食をレストランで済ませ、セーヌ川に沿って、歩いていた。

「ミーちゃん、あの大きな美術館に行くよ」

「ええ……」


夕方になるまで、芸術作品を、堪能した。

「私、疲れたわ……」

「わかった。ホテルに帰ろう」

ホテルに着くと、ロビーで、展覧会が……。

「うわーっ、すごい！」

美術館に負けないくらい、素晴らしい作品が、あちこちに、いっぱい……。

「ミーちゃん、見ていく？」

「いいえ、私、つかれたの……」と言い、部屋へ上がった。

僕はその場で作品を見ていた……。

見終わり、円形階段を上がり、次の会場へ……。

そして、さらに上へ上へとあがり……、最後の会場で絵画を見ていた。

すると若者が、

「これ、僕が描いたんです。よかったら、あなたに差し上げます」と、フランス語で言った。

「えっ？」僕がびっくりしていると、
その若者は横のエレベーターに乗った。

そして僕を見て、「一緒に来てください、お願いします！」と、不安な顔をした。

僕は仕方なくエレベーターに乗った。

若者は「メルスィー（ありがとう）！」と言い、ボタンを押した。

すると、エレベーターが、一気に急降下した……。

「あ～～、落ちる！　すごい速さだ！　あ～～～！」

そして、ドッスン！　と、一番下に落ちた。

エレベーターのドアが開くと、土ぼこりで、何も見えなかった。

すぐに、「おい、大丈夫か？」と、フランス語で話しかけた。

しかし、返事はなく、若者はいなくなっていた……。


ホテルを出て、下町の石畳を歩いていると、いろいろな人がいっぱい、絵画、美術工芸品、アクセサリーなどを、路上に並べていた……。

その横を通ると、
あちこちやぶれたボロボロの服を着た男の人が「これを買ってください……これを買ってください！」と、しつこく、しぶとく、言い寄ってきた。

僕はなんとか逃げて、建物の中に入った。

が、そこは中世のバザール会場のように、多くの人でごった返していた。

「うわ〜、また、とんでもない所に来ちゃった……」

「どうしよう……？」

この時、先程の男が「これを買ってください……これを買ってください！」と、後を追ってきた。

僕は会場を逃げ回った……。

そして、ヘトヘトになって会場を出ると、
フレンチ・マフィアが、ピストルをもって「金を出せ！」と迫ってきた。
僕はあわてて逃げ、セーヌ川に飛び込んだ。
飛び込んだはいいが、濁流にのまれ、足をとられ、沈みそうになった。
「あああああ、もうダメかも……」と、何回も思った。
そして、
フラフラになって、川岸に、たどり着いた。
「あーっ、助かった！」とホッとひと息、顔をあげると、
そこはライオンの檻の中だった。
「なんということだ！」
僕は無我夢中でオリをかけのぼり、外へ飛び降りた。
「あーーっ、やっと、助かった！」と自分を見ると、
僕はニューヨークの摩天楼のような超高層ビルの屋上にいた。
腰が砕け、目が回るほどの高さだった。
「いったい、どうなっているんだ？」
「僕は高所恐怖症なんだ……」
もう一歩も、動くことができなかった。

このとき、フレンチ・マフィアが、ピストルをかまえて、迫ってきた。

「お前はもう逃げられない！　これで終わりだ！」と言い、ピストルを撃った。

バン！　バン！　バン！

僕は大空にジャンプし、超高層ビルから急降下した。

「あ〜〜〜、これで、もう、終わり……」

「人生は短かった……。でも、楽しかった！」

「神様、本当にありがとうございました！」と、目を閉じた。

すると、

「最後に、ひとつだけ、望みをかなえてやる……」と神様の声がした。

僕は迷わず、すぐにお願いした。

「愛する奥さんを、つよく、つよく、抱き締めたい！」

「そして、熱く、熱く、キスしたい！」と。


次の瞬間、僕の目の前が、パッと明るくなった。

目を開けると、太陽が、つよく、つよく、輝いていた。

それに、砂が、熱く、熱く、もえていた。

「あ〜、強烈に、熱い！」

「ここは、燃えさかる、砂漠？」

「なんということだ！」

「あ〜〜〜〜〜」

「もう、だめだ〜〜〜〜」

「さようなら〜〜〜〜〜」

「神様、もう一度、助けてくださ〜い、お願いしま〜〜〜す！」


そして、目がさめた……。

人生とは、まさに、森羅万象《しんらばんしょう》、すべてを網羅《もうら》する、と思った。

第十話　エブリンヌ　8月6日

フランスの大学生だったころの夢を見た。

僕は大学のキャンパスを、見知らぬ男の人と歩いていた。

これから昼食を食べに、学生レストランへ行く。

でも、どのレストランにするのか、決めていなかった。

時間も早いので、文学部の校舎に入った。

いつものように、町の本屋さんがエントランスに文学書、今話題の本などを、並べていた。

このとき、クラスメートが、「ボンジュール！」と、話しかけてきた。

少しの間、お天気や講義について話していた。

「それじゃ、私行くわね。また明日！」

「うん、また明日！」

「そうそう、明日、文体論と論文研究の試験があるわよ。知っているでしょ？」

「えっ、本当？」

「私、文体論は何も問題ないけど、論文研究が……。帰ったら、勉強しなくちゃ！」

「幸運を！　僕も帰ったら、勉強しなくちゃ！」


文学部横の学生レストランへ行くと、多くの学生が列を作っていた……。

「ああ、こんなにいっぱいじゃ、ダメだ……」と思い、理学部横の学生レストランへと20分歩いた。

この時、ちょうどお昼！

学生レストランは、あふれんばかりの学生で、いっぱいだった。

仕方ないので、バスに乗って、町の中心地にある大きな学生レストランへ行った。

町のレストランは、医学部の横にあり、
この時、医学部の学生、薬学部の学生、町に住む学生で、ごった返していた。

「これじゃ、とてもムリだ！」

「あーあ、仕方ない……。パンを買って、部屋で食べるか……」

そして見知らぬ男の人に、「また明日！」と言い、
僕は大学の寮に帰ってきた。

「パンを食べたら、明日の試験準備をしなくちゃ……」と廊下を歩いていると、
経済学部のエブリンヌに会った。

「ビリヤードをしましょう？」と、彼女はにっこり微笑んだ。

「エブリンヌ、昼食は？」

「学生レストランで食べたわよ」

「おいしかった？」

「ええ。それより、早くビリヤードをしましょう？」

と言い、彼女は僕の手をひいて、一階の娯楽室へ……。

その後、彼女の部屋へ……。

コーヒーとお菓子をつまみながら、話していた。

「今夜、町の映画館でいい映画があるの。一緒に見に行かない？」

「えっ？　僕、ダメなんだ……」

「私の車で行くの」

「ううん……」

「映画も、映画後のコーヒーも、おごるわ！」

そして、その夜、映画を見て、近くのキャフェでビールとワインをおごってもらった。

彼女は車を運転するので、ハッカ炭酸水を飲んでいた。

話に花が咲き、大学寮に帰ってきたのは深夜0時を過ぎていた。

その後、彼女の部屋で乾杯した。

朝、気がつくと、僕は自分の部屋で寝ていた。

「えーっ、なんということだ！　今日、試験があるんだ！」

僕はあわてて、時計を見た。

「ああ、もう、間に合わない！」

「どうしよう？」

僕は着替えながら、パンを口にいれ、ズボンをはきながら、部屋を出た。

そして階段から、ころげ落ちた。

コロコロコロ……ドスン！

「あ〜〜〜、痛い！」

このとき、目がさめた。

なんとも、なつかしいエブリンヌ！

第十一話　なんで？　8月7日

僕は、会計事務所で社長と話していた……。

「今日はこれから、海を見に行く。みんなに、そう、伝えてくれ！」

「はい、わかりました」

「それに、この書類を、神社に届けてくれ！」

「はい」


僕は社員に、海を見に行くことを伝え、書類を神社に届け、事務所に帰ってきた。

社長は会社の車を掃除していた……。

「社長、神社で、お守りと破魔矢《はまや》をもらいました」

「でかした！　よくやった！」と社長は笑った。

「社長、僕もお手伝いします」と言い、車の中を片付け始めた。

「ああ、たのむ！」

「ところで社長、海へ行くなら、バーベキューがいいと思います」

「よく気がついた、えらい！」

「ありがとうございます」

「そうだ。バーベキューセットを、買ってきてくれ！」

「はい」

僕は近くのホームセンターで、バーベキューセットを買い、もどってきた。

「社長、買ってきました！」

「ご苦労さん！　それじゃ今度は、肉とソーセージ、サザエにホタテ、それに、野菜と飲み物を買ってきてくれ！」

「はい」

僕は両手いっぱいに食材を買ってきた。

社長は、自慢のスポーツカーを、きれいに拭いていた。

「社長、買ってきました！」

「ご苦労さん！　今度は私の車に、ワックスをかけてくれ！」と言い、社長は事務所に入っていった。

僕は社長の車を、ピカピカに、磨き上げた。

そして、胸を張った。

「社長、車を、ピカピカに、磨き上げました！」

すると社長はにっこり、「ご苦労さん！」と言い、席を立った。

「みんな、海へ行って、バーベキュー大会をするぞ！　早く車に乗ってくれ！」

「はい！」

「はい！」

「はい！」と、みんないっせいに、車に乗り込んだ。

僕は車の横で、立っていた……。

「どうしたんだ？　君も早く乗ってくれ！」と、社長が僕を見た。

「あ〜う〜」僕はこれしか返答できなかった。

「どうしたんだ？　早く乗ってくれ！」と、社長が再び僕を見た。

「車は満席、もう、席がないんです……」

「それじゃ、あのトラックに乗ってくれ！」

「僕、運転免許、持っていないんです」

「そうかぁ……」

「僕、車のトランクに」

「それはダメだ！　トランクには、バーベキューセットと食べ物がいっぱい入っている」

「それなら僕、車の屋根に、しがみつきます」

「ダメだ！」

「社長、僕はどうすれば？」

「留守番だ！」

「え〜〜」

「そんなに、しょげるな！　おみやげを買ってくるから！」

「はい！　僕、がんばって留守番します!!」

「たのむよ！　来週、帰ってくるから」

「来週……？」

「バーベキュー大会のあと、１週間の社員旅行だ。温泉ホテルで、ゆっくり楽しく、のんびりと……、それに夜はパーティーだ！　お酒も飲み放題だ！」

「社長、僕は？」

「君は留守番だ！」

「やだーーーっ！　僕、この三輪車で後を追います！」

「ダメだ！　これは、２歳の息子の大切な愛車！　絶対に乗ってはいけない。もし乗ったら、君はクビだ！」

「社長、これに乗ってもいいですか？」

「バカヤローー！　これは乳母車だぞ！　おまえが乳母車にのったら、誰が押すんだ？　赤ちゃんか？　バカなこと、言うな！」

僕の頭は、真っ白になった！

「社長、待ってください！　僕、走ります！　走って、後を追います！」

「ふざけるな！」

「それなら僕、新幹線に乗っていきます。だから住所を教えてください」

「ダメだ！」

「それなら僕、飛行機に乗って行きます。住所を教えてください」

「いや、教えない！」

「わかりました！　それなら僕、会社を辞めます」

「なんだと？」社長は一瞬ビックリした。

「僕が辞めたら、困るだろう……。さあ、どうする？　どうする？」

「いや、困らない！」

「えっ、なんで？」

「君は、会社にとって、必要のない、いらない人間なんだ！　私はずっと、その言葉を待っていた！」と、社長は大きく笑った。

「社長、僕は……？」

「おめでとう、そして、さようなら！　君はクビだ！」

僕の頭は、もう、何が何だか、まったくわからなかった！

第十二話　もし本当に　8月9日

エルフィーの夢を見た。

フランス留学当初……、彼女と知り合い、楽しい日々だった。

その後、むずかしい局面を迎え、
長い年月が光陰矢のごとく、過ぎ去っていった……。

(ここから夢です)

僕もエルフィーも、リビングルームで話していた。

「エルフィー、久しぶりの再会だね！」

「ええ」

「最近は元気？」

「ええ……」

「お父さんとお母さんは？」

「元気よ……」

しかし、

なにか、静まりかえった空間だった……。

「エルフィー、知り合った当時は楽しかったね」

「ええ」少し笑みを取り戻したエルフィー。

「毎日が生き生き、光り輝いていた」

「ええ」

「エルフィー、今は幸せ？」

「ええ」

「僕も、幸せ！　お互いに幸せでよかった！」

「ええ」

「エルフィー、結婚しているの？」

「ええ、あなたは？」

「僕も結婚している、美人の奥さんと」

「ねえ、今度、家族同士で、会わない？」

「うん、いいよ。美人の奥さんには君のことを話してあるから、何の問題もないよ」

「よかった！　私も夫に、あなたのことを話してあるから……」

「いつ、どこで会う？」

「そうね……。明日、ここで！」

「よし、決まった！」と言い、僕はうれしかった。

エルフィーも笑みを輝かせた。

次の日、家内がご馳走を作って、待っていた。

「エルフィーと言えば……、写真を撮らないあなたが、30枚も写真を撮った女の子でしょ？」

「そう、よく覚えているね……」

「フフフッ……」

「でもミーちゃん、僕、ミーちゃんの写真、いっぱい撮ったよ！」

「本当？」

「うん、3万枚以上、撮ったよ！」

「よかった！」

「でもミーちゃんは、写真が多すぎて、いつも、見ないんだ！」

「今度から見るようにするわ」

「よかった！」

「ところで、エルフィーは、遅いわね……」

「うん、どうしたのかな？　昨日はあんなに喜んでいたのに……」

「あなた、エルフィーに電話すれば？」

「僕、彼女の電話番号、知らないんだ」

「彼女、どこに住んでいるの？」

「それも、知らないんだ」

「えっ？」

この時、目がさめた。

よくわからない夢だった。

でも、家族同士で付き合えたら、楽しかったのかも……。

第十三話　ごめんなさい！　8月10日

僕は同僚の男と駅前広場を掃除していた……。

「おい、あれを見ろよ！」と、同僚の男が通行人を指さした。

「あの人がどうした？」

「あいつは先週、宝石店で、宝石ドロボーしたやつだ」

「ええ？」僕はビックリした！

「ほら、あの女、大きな袋をもって……。あの女は、スーパーマーケットで、万引きをしたんだ」

「えーーーっ、本当？」

「ああ、本当だ。あの女はいつもスーパーで万引きしている」

「えっ、いつも？」

「あの自転車を見ろよ！」

「えっ、どこ？」

「前と後ろにカゴがついた買い物自転車」

「うん……」

「あの男、買い物に来た女の自転車を、盗んだんだ」

「えーーーっ、本当？」

「ああ……」

「だけど、あんた、よく知っているねぇ……」

ハハハ……と、同僚の男は得意げに笑った！

「おい、あの若者を見ろよ！」

「あっ、こっちに向かって歩いてくる……」

「あいつは今、パチンコ店で、客の財布をとったんだ」

「えっ、スリ？」

「その通り！」

この時、スリの若者と自転車ドロボーとスーパーの万引き女と宝石ドロボーが、そろってやって来た。

そして「ボス、おはようございます！」と、深々と礼をした。

僕はビックリ、横の同僚の男を見た。

「あんたが、ボス？」

「ああそうだ！」と言い、大きく笑った！

第十三話　ごめんなさい！

この時、モヤモヤとした気持ちで、目がさめた……。

登場人物の皆さん、ドロボーにしたり、万引き犯にしたり、スリにしたり……、本当にごめんなさい！　許してくださいね。

第十四話　どうして、こうなるの？　8月12日

僕はパリのホテルで、寝ていた……。

時計を見ると、14時10分だった。

「あっ、そうだ。お昼を食べに行かなくちゃ……」

僕はすぐに着替えてホテルを出た。

「あーっ、お腹ペコペコ！　早く食べたい……」

歩いていると、石畳に、中世のどっしりとした街並み……。

右を見ても、左を見ても……歴史の重みと心ひかれる温かさを感じていた。

とても楽しい散歩だった。


食事場所は、パリ下町の、集会場！

中へ入ると、いくつもの料理が並べられていた。

僕はどの料理を食べてよいのか分からず、テーブルのまわりを、ぐるぐると回っていた。

この時、旅行の添乗員さんと現地スタッフの男の人がやって来た。

僕はすぐに尋ねた。

「どの料理を食べていいんですか？」と。

すると添乗員さんが、「好きなのを食べてください！」と、早口に答えた。

僕は「はいはい！」と言い、エビとイカのスパゲティーを食べ始めた。

「あ～おいしい、すごくおいしい！」

「お口に合って、よかったです」

「ところで添乗員さん、みんなは？」

「ほかの皆さんは、すでに、空港です！」

「えっ！」僕はびっくり、冷や汗が出た！

「あと1時間で、飛行機が出発です。早く食べてください！」

「はい！」と答え、僕は急いで食べた。

あ～、危なかった！

あのままホテルで寝ていたら……と思うと、僕はぞっとした！

添乗員さんが時計を見て、

「もう、間に合いません！」と言った。

「ええーーーっ、なんで？」僕は背筋が凍り付いた。

「お客さんが、パパッと食べ、タクシーに乗って空港へ行けば、間に合った。でもお客さんは、スパゲティーを食べ、大きなサンドイッチを食べ、さらにデザートもチーズも食べた。もう、飛行機は空港を離陸しましたよ」

「ええーーーっ、なんということだ！」

僕は頭が真っ白になり、そのまま、ぼう〜っとしていた。

しばらくして、目がさめた。

「あ〜〜〜、夢で良かった！」

第十五話　神様への直訴《じきそ》！　8月13日

僕は星の輝く、大きな夜空を、ながめていた……。

するとチャーミングな女性の顔が、パッと、すべてを、おおった。

「あっ、ミーちゃんだ！」

「なんで僕の愛する奥さんが、こんなに大きく夜空に？」

「でも、間違いなく、ミーちゃんだ！」

夜空をおおっていた微笑みが、
この時、さらに輝いた。

「ケンちゃん、こんにちは！　私よ！」と。

「やっぱり、ミーちゃんだ！」

「ケンちゃん、私は神様の言いつけで、地上に降りて来たの。そして、ケンちゃんと知り合い、結婚し、幸せな日々を送っていたの。でも、神様が与えてくださった時間は過ぎてしまったの。だから私は、これから帰るの」

「何のこと？　僕、わからない……」

「神様が言っていた。ケンちゃんは真面目に毎日を一生懸命に頑張って生きているけど、奥さんがいない……と。それで、神様が、私とケンちゃんを、結び付けたの。でも本当は、私の一目惚れなの。ケンちゃんを見た瞬間、心がときめいたの」

「僕も同じ……。ミーちゃんを見た瞬間、好きになった」

「よかった！」

「それに僕、ミーちゃんと結婚して、毎日、幸せ！」

「でも、神様が与えてくださった時間は過ぎてしまったの。だから私は、帰らなければならないの」

「僕はどうすればいい？」

「わからないわ。神様に聞いて！」

「うん……」

「ケンちゃん、私、これから、神の国に、帰るわね。今まで本当にありがとう！　私、幸せだった……」

「ミーちゃん、また、会える？」

「いいえ、もう、決して……」

この時、僕の目から止めどなく涙があふれた。

「ミーちゃん、お願い、待って！」

「私は、何もできないの。すべては神様の、おぼし召《め》し……」

夜空をおおっていた美しい微笑みは、消えてしまった。


僕は、神様に、直訴した。

「神様、お願いします！」

「なんじゃ？」

「僕、ミーちゃんと、ずっと、一緒にいたいんです！」

「それはダメじゃ！　ミーちゃんは、ワシの奥さんになるのじゃ」

「待った！　待ってください！　ミーちゃんは神様の奥さんになると言っているのですか？　ミーちゃんの心は？」

「おまえは、神様の言うことに、反対するのか？」

「はい、反対します！　いくら神様でも、僕の愛するミーちゃんを取るなら、絶対に、反対します！」

「そんなにも、ミーちゃんのことを愛しているのか？」

「はい」

「それなら、神様と、張り合うか？」

「はい！」

「わかった。それなら尋ねる。ミーちゃんの得意料理はなんじゃ？」

「そんなの簡単！　ミーちゃんは、なんでも、上手でおいしい！」

「それなら、ミー」

「神様、待ってください！」

「なんじゃ？」

「それなら、ぷいぷいぷいって、神様、わかりますか？」

「当り前じゃ、バカタレ！」

「それなら、ポンポコリンは？」

「ポンポコリン……？　それは……わから、ない」

「神様って、なんでも知っていて、なんでもできる……と思っていた。でも、神様もわからないことがあるんだ……」

「ううん～」

「そうだ！　神様は、やさしい心の持ち主さ！」

「なんじゃと？」

「神様、お願いします！」

「あらたまって、なんじゃ？」

「僕、ミーちゃんと一緒にいたいんです、お願いします！」

「わかった！」

「僕、ミーちゃんを一生、大切にします！」

「わかった、わかった……。もう、言うな！　ミーちゃんを、お前に……」

「神様、ありがとうございます！」

僕は大喜びした！

この時、「ケンちゃん、ありがとう！　またあなたと一緒！　私、本当にうれしいわ！」と、ミーちゃんの声が聞こえた。

第十六話　決めました！　8月15日

僕と妻は、小さなアパートから会社所有の社宅に引っ越してきた。

毎月の家賃は無料、電気・ガス・水道の光熱費も無料だった。

社宅は101号から、ずら～っと、一直線に並んでいた。


「ねえ、あなた……」

「なあに？」

「お隣さんに、ご挨拶は？」

「うん、さっそく、行ってくる」と言い、僕は部屋を出た。


「いま、帰ってきたよ」

「お隣さんは、どのような方なの？」

「僕の上司だった」

「右の家？　それとも左の家？」

「右も左も、前も、みんな、会社の上司だった」

「よかったわね！　なにかあったら、すぐに相談できるし……」

「そんなことないよ……」

「なぜ？」

「会社で仕事を終え、やっと家に帰って来て、のんびりしようとしたら、まわりは、みんな、会社の上司！　これじゃ、ゆっくりできないよ！」

「あら、どうしましょう？」

「そうだな……。引っ越すか、会社をやめるかの、どっちかだ！」

「あなたは、どっち？」

「会社をやめる！」


この時、目がさめた。

しがらみのない所が、良いのか？

しがらみがあったほうが良いのか？

それが問題だ！

第十七話　夢はすごい！②　8月18日

僕は車の中で、妻と娘2人と話していた……。

「でも、本当によかった！　お父さん、これで安心したよ」と、僕は娘を見た。

「ええ、私も妹も、２人とも同じ会社に就職が決まったの……」

「私も、まさか……と思ったわ。お姉ちゃんと一緒で、よかった！」

「会社は、どこだっけ？」

「近くの、真里《まさと》という町よ」

「隣町だ！　すぐに着くぞ！」

「お父さん、すぐに着いたら困るわ。もう少し、ドライブがしたいわ」

「わかった。遠回りをしよう」

娘２人は大喜びだった。

娘は学校を出てから仕事を探していたが、この時まで、良い知らせをもらえなかった。

それが急に、２人とも就職先が見つかり、親として、心の底からホッとした。

「この先が、真里の町だ」

「お父さん、町に入る前に、何か食べたいわ」

「私もお姉ちゃんと同じ……」

「みんな、何が食べたいんだ？　ねえ、あなた！」

「私はスパゲティーサラダ！」

「私はサンドイッチ！」

「私はお刺身が食べたいわ！」

「和食に、洋食に、サンドイッチ、こまったなぁ〜」

「あなた、ファミリーレストランへ行きましょう？」と、妻はにっこりした。

「よし、決まった！　僕は良い奥さんをもらったなぁ〜」

「フフフッ……」と、妻は微笑んだ。

　駅の横で車を止め、人に尋ねるが、ファミリーレストランは、知らないと言う……。

　近くに宅急便の倉庫があり、みな、明るく、てきぱきと、働いていた。

　そこへ行き、

「ファミリーレストランは、どこですか？」と尋ねると、所長さんが出てきて、親切丁寧に教えてくれた。

さらに、

「ここで待っていてください！」と言い、横の市場へ行き、食べ物と飲み物を、袋いっぱい買ってきてくれた。

「これを、みなさんで食べてください！」と言い、所長さんはにっこりした。

僕も妻もビックリ！

「本当にありがとうございます！　遠慮なく、いただきます！」と言い、深々と頭を下げ、お礼を言った。


この時、トイレに行きたくなり……、目がさめた。

私は結婚して妻がいる、しかし子供はいない。

でも、夢の中では、娘と話していた……。

夢はすごい！

本当に、偉大だ！

第十八話　おいしいレストラン　8月19日

「さあ、今日も食べるぞー！」

僕はお腹、ペコペコだった。

家の近くには、ラーメン屋さん、牛丼屋さん、個人経営のおいしいレストランが、いっぱいあった。

しかし、僕は少し離れたワンコイン５００円の、ランチメニューのあるレストランで食べるのが好きだった。

「よ～し、今日も行くぞー！　いっぱい食べるぞー！」

そのお店はごはんの大盛りも、お代わりも、無料だった。

この日、とても暑かった。

僕は冷たいお茶をもって、家を出た。

しかし、あまりに暑いので、持ってきたお茶は、全部飲んだ。

歩いていると、汗が吹き出し、フラフラになった。

近くに自動販売機があった。
僕はすぐに、ミネラルウォーターを買って、飲んだ。
「あ〜〜、おいしい！　これで体が、よみがえった！」
僕はにっこり、汗を拭きながら、お店に向かって歩いた。
そして、フラフラになってお店に入った。
すぐに冷たいお水をもらい、ホッとひと息ついた。
この日のランチは、マーボー豆腐だった。
それが、とてつもなく、辛《から》かった！
水を、2杯、3杯と、お代わりした。
ごはんは大盛りを、お代わりした。
なんとか根性で、みんな、食べた！
この時、
僕の口は、火事のように熱かった！
それに、のども、胃袋も、燃えるように熱かった。
それゆえ、水を、さらに2杯3杯と飲んだ。

お腹がいっぱいになり、500円を払い、お店を出た。

歩いていると、急にお腹が痛くなり、商店街のトイレにかけ込んだ。

結果は、ピーピーだった……。

お尻に、激痛がはしり、ヒリヒリ、燃えるようだった！

僕は、しびれるようなお尻に手を当て、フラフラになって家に帰ってきた。


そして、すぐにトイレに走った！

「あーーーっ、イタイ、イタイ、イタイ！」

「最悪だ～！」

「家で食べればよかった！」と、つくづく思った。


この時、目がさめた。

家のそばに、ワンコイン５００円のお店があれば、いいのになぁ～、と思った。

是非、食べてみたい！

食べたら、イタイ？

それとも、しびれる？

第十九話　ビックリした！　８月20日

僕は実家のスーパーマーケットで働いていた。

この日は年末、最後の注文と配達の日だった。

僕はお客さんの会社を訪れた。

すると、こっちの会社とあっちの会社が野球大会をする……ということで、社内は大きく盛り上がっていた。


「さあ、これで最終回。大男の大《だい》ちゃんが、バッターボックスに入りました。対するあっちの会社は……。なんと、ここで、ピッチャー交代！　一体どうしたことでしょうか？　あっ、美しい女性がマウンドに現れました。なんということでしょう！　そして、ボールを受け取りました」

「あっ、投げた！」

「大ちゃんは、思いっきりバットを振った！　９回逆転満塁さよならホームランなるか？」

第十九話　ビックリした！

「あっ、空振りの三振！」

「すごい！　笑顔の素敵な女性が、笑顔で締めくくりました！」

「みんなから、いっせいに、はち切れんばかりの拍手が……」


僕は注文の、ビールとお酒を会社に配達した。

大ホールに入ると、そこは結婚式場になっていた。

このとき、笑顔の素敵な女性がウエディングドレス姿で、現れた。

僕はドキドキ……した。

「あのぅ、結婚するんですか？」

「はい……」と、はずかしそうに顔を伏せた。

僕は勇気をふりしぼって尋ねた。

「だれと結婚するんですか？」と。

すると可愛い声で、

「あなたと……」

「えーーーっ、僕と？」

ウエディングドレスの女性は、はにかんで、うつむいた。

僕は思わず、その人の顔を、のぞき込んだ。

「あっ！　この人は、いつも家で、おいしい料理を作ってくれる、僕の奥さんだ！」

僕はビックリ、

そして目がさめた……。

第二十話　えっ、また？　8月17日

僕は大きな会社で働いていた。

この日のお昼、会社の副社長が、僕の料理を食べたい！　と言うので、会社直営の洞窟《どうくつ》レストランへ行った。

レストランに入ると、副社長と総料理長が、僕のことを待っていた。

「君、たのむよ！」と副社長はカウンター席で、ニコニコしていた。

僕は「はい！」と返事し、
総料理長とすぐに、厨房に入った。

「君がフランス帰り……ということで、副社長はフランス料理が食べたいそうだ」

「はい、わかりました！」

僕は頭の中で、必死にメニューを考えた。

「そうそう、副社長は、海鮮五目炒めが好きなんだ。私はここまで作っておいた。あとは君に任せる！」

「総料理長、ありがとうございます！」

僕はさっそく、うずらの卵と肉、イカとエビを入れ、オリーブ油で炒めた。

「いい匂いがする！　早く食べたい！」と副社長の声が届いた！

「カマンベールチーズを入れて、出来上がりです！」と、大きな声で返答した。

ところが、どこを探してもカマンベールチーズが、なかった！

「すみません……。いま、カマンベールチーズを買ってきますので、少し待ってください」と言い、僕は近くのスーパーマーケットへ急いだ。

しかし、気に入るチーズがなかったので、百貨店へ急いだ。

百貨店でも、気に入るチーズが、なかった。

仕方ないので、家に帰って、冷蔵庫の中から、お気に入りのチーズを持ってきた。


レストランにもどると、副社長がいなかった。

「あれ？　副社長は？」

「いま、何時だと思っているんだ！」と、総料理長が言った。

「ええ……と、いま、4時半です」

「副社長は、カンカンになって帰った」

「ああ、そうですか……」

「君は、もう、明日から会社に来なくていい、と言っていた」

「どういうことですか？」

「クビ！　だと言っていた」

第二十一話　私、しあわせ！　8月22日

僕は家内と話していた……。

「今日は、外で食べようか？」

「よかった！　私、うれしい！」家内は両手をふり、満面に笑みを輝かせた。

「何を食べる？」

「なんでもいいわ。あなたに、おまかせ……」

「天ぷら、すし、うなぎ、和食の会席料理、中国料理、エスニック料理、フランス料理、スペイン料理、イタリア料理……」

「私、フランス料理！」

「よし、決まった！」

「まだ時間が早いね」

「ええ……」

リビングルームで、話していた。

「となりに塀ができたんだってね？」と言うと、

「へェ～！」と微笑んだ家内。

「泥棒の家に、ドロボーが入ったとさ……」

「何をとられたの？」

「相棒《あいぼー》！」

「おもしろいのね」

「相棒の家に、ドロボーが入ったとさ……」

「何をとられたの？」

「女房《にょうぼー》！」

「あなたって、最高！」

「まだ、あるよ」

「早く！」

「長靴をはいたネコが、すべって、ころんだとさ。そんな、バナナ～」

「フフフッ……」

家内は明るく、大きく笑みを輝かせた。

「私、あなたと結婚してよかった！」

「僕も！」

腕を組んで、寄り添って、レストランへ……。

「あなた、料理が運ばれてきたわよ」

「ボンナペティ（いっぱい召し上がれ）！」

「ありがとう、あなたもね！」

第二十二話　さようなら！　8月23日

僕は写真の男のあとを、気づかれないように、尾行《びこう》していた。

「いったい、どこへ行くんだ……？」

「あっ、ドアベルを押した……」

「ドアが開き、あっ、女が……」

「顔は、はっきり見えないが、かなりの美人だ……」

「あっ、男が家に入った！」

「すぐに知らせなければ……」


僕は急いで相談者の女性に電話した……。

「奥さんの言った通り、旦那さんは、浮気をしています」

「やっぱり……」

「相手の女は、すごい美人です。奥さん、どうしますか？」

「浮気の決定的瞬間を、お願いします」

「はい、了解しました！」


翌日、僕はカメラを買い、旦那さんのあとを、尾行した。

「あっ、レストランに入った！」

「昨日の女と仲良く楽しく話している……」

「いい雰囲気だ……。うらやましい……」

「あっ、ワインで、乾杯した！」

僕は急いでカメラを取り出した。

パチ！　パチ！　パチ！

「よし、写真を撮ったぞ！」

僕は相談者の女性に電話した。

「いま、決定的瞬間を撮りました！　どうしますか？」

「いま、お昼で、食事中なの……。夕方、写真を見せてください」

「はい、夕方、写真をもって行きます」

僕は大きな仕事を終え、ホッとした。


夕方、写真をもって、相談者の家へ……。

「奥さん、これが決定的瞬間です！」と言い、写真を見せた。

すると相談者の女性が、

「あなた、バカね！」と、笑った。

「奥さん、なぜですか？」

僕は何も分からなかった……。

「写真の女の顔を見なさいよ！」

「はい！」

「この女は、だあれ？」

「はい、奥さんです！」

「ば〜か！」

第二十三話　永久《とわ》に幸せあれ！　８月28日

「ケンちゃん、こんにちは！」

「あっ、ミーちゃん（僕の奥さん）！」

「私、ケンちゃんに、言い忘れていたことがあるの……」

「えっ、何なの？」

「私は今、天の国にいるわ」

「うん……」

「それで、ケンちゃんに言わなければならないの」

「何を？」

「ケンちゃん、もし、素敵な女性ができたら、いいわよ……」

「何のこと？」

「彼女と、いい仲になっても、いいわよ」

「えっ？」

「私は今、天の国にいる。だから、ケンちゃんを、喜ばせてあげることができないの……。

もしケンちゃんに、新しい恋人、新しい彼女ができたら、その人と幸せになってね！」

「ミーちゃん……」

「私、ケンちゃんの、うれしい顔が見たいの！　ケンちゃんの、幸せだけを願っているの！」

「ミーちゃん、もどってきてくれる？」

「それはできないの……」

「僕は毎日、ミーちゃんの写真を見ているよ」

「ケンちゃん、ありがとう。でも、もう、見なくていいわ……」

「えっ、なぜ？」

「私はもう、ケンちゃんの横にいられないの。遠い遠い、天の国にいるの。だから……」

「ミーちゃん、お願い！　帰って来て！」

「ケンちゃん、素敵な人と、お幸せに……。私、いつも、そして、いつまでも、ケンちゃんの幸せを、祈っているわ！」

「ミーちゃん！」

「ケンちゃん、愛しているわ！」

そしてミーちゃんは消えていった……。

目がさめると、枕は、涙で濡れていた……。

第二十四話　いったい、何が起きたんだ？　8月29日

僕は、山深いスイス・アルプスの小さな駅にいた。

ホームからの景色は、町も山も、すべてが真っ白だった。

「こんなすごい雪じゃ、ユングフラウにも、マッターホルンにも、行かれない。こまったな……」

このとき、ホームには、電車が2本入っていたが、大雪のため出発できず、電車のドアは開いたままになっていた。

しばらくの間、ホームで出発アナウンスを待っていたが、風が冷たく、もう立っていられなかった。

「あ～、寒い！」

と言い、電車に乗り込むと、厚手のスポーツウエアを着た若者のグループがすわっていた。

「ここ、あいていますよ！」と、若者が英語で話しかけた。

「どうもありがとう！」と言い、すわった。

「どこへ行くんですか？」と、若者がさわやかな笑顔で尋ねた。

「オーストリアのザルツブルクへ……。家内が待っているんです。そして一緒に日本に帰ります」

「僕たちはアイスホッケーの試合が終わり、これからキルギスに帰ります。もし良かったら、僕たちと一緒にキルギスへ行きませんか？」

「えっ、この電車、キルギスに行くんですか？」

「はい」

「キルギスは、ずっと向こうの、ここからすごく遠い国ですよ」

「はい、でも、この電車、キルギス行きなんです」

「え〜、びっくりしたな……」

次の瞬間、僕の横に、家内がすわっていた。

「え〜、なんでここにいるの？」

「私はずっとあなたと一緒、いつも横にいるわよ」

「なんだか、よくわからない……。僕、夢を見ていたのかな？」

フフフッ……と、家内が微笑んだ。

「ねえ、あなた、キルギスへ行ってみましょうよ！」

「僕、どんな国だか、知らないんだ。それに、行ったこともないし」

第二十四話　いったい、何が起きたんだ？

「それなら、行きましょう？　町を散策したり、おいしいものを食べたり……。私、なんだかワクワクしているの」

「よし、行こう！」

僕はニコニコして、若者に話しかけようとした。

ところが、僕に話しかけた若者も、アイスホッケーグループの若者も、みな、いなくなっていた。

「えっ、なんで？」

僕はビックリ！

そして横にすわっている家内を見た。

すると、家内も、いなくなっていた……。

「なんということだ！」

僕は電車の中を、家内を求め、必死にさがしまわった。

しかし、電車には、だれも、乗っていなかった。

そのうちに、電車も消えてしまった。

「えーーーっ、いったい、何が起きたんだ？」

次の瞬間、

僕の身体はぐるぐると回転し、
巨大なブラックホールに吸い込まれていった……。
「助けてくれ〜〜〜！」
僕は何もない暗黒の世界を、さ迷い、
そして、たたきつけられた。
目がさめると、僕はフトンの中で、もがいていた……。

第二十五話　ひぇーっ、助けてくれ！　8月30日

僕は空飛ぶ車に乗って、フランスの古風な港町に、やって来た。

そこで、なつかしい友だちに会い、昔のことや今のことを話していた。

「この石畳、中世を感じさせる家々、そして町並み、実に素晴らしい！」

「ああ、オレもそう思う！　この大きな噴水《ふんすい》は、町の偉大なシンボルだ！」

「うん……。この町はやっぱり、最高だ！」

次の瞬間、僕は叫んだ！

「あぶなーーい！！」

馬が、狂ったかのように、激しく突進してきた。

そして、友だちが馬と共に、吹っ飛んだ。

「おい、大丈夫か？」

「ああ、オレは大丈夫……。馬は？」

僕は馬に尋ねた。

「お馬さん、大丈夫ですか？」と。

すると、お馬さんは、

「痛いよ～、痛いよ～。僕、立ち上がれないよぉ……」と涙を流した。

「お馬さんの名前は？」

「僕は、ペガサス！」

「えっ、ペガサスといえば、空を飛ぶことができる伝説の馬だ……」

「そうでした！　僕は空を飛べる伝説の馬でした！　忘れていました……」

友だちがにっこりした。

「お馬さん、オレを背中にのせて、空を飛んでくれないか？」

すると、ペガサスもにっこりした。

「おやすい御用だ！」

と言い、友だちを背中にのせ、空へ飛び立った。

しかし、
いくら待っても、馬も友だちも、帰ってこなかった。


日が暮れ、星が輝き、美しい夜空になった……。

この時、「ヒヒーン！」という鳴き声がした。

そして、ペガサスが、空から降りてきた。

第二十五話　ひぇーっ、助けてくれ！

「いま、帰ってきた！」

「僕の友だちは？」

「あいつは、無銭飲食で、逃げ回っている……」

「えっ？　どういうこと？　分かるように説明して」

「ああ、飛び立ってから地球を一周した。地球はとてもきれいだった。そして月のまわりも一周した。次に、火星へと向かった。すると、あいつが腹へった、腹へった……と言いだした。火星に降りて、すぐに、レストランに入った。あいつは、かつ丼を食べ、さらに、牛丼も食べた。ところがあいつは、お金をもっていなかった。それで今、あいつは逃げているんだ。お店のオーナーの、タコ星人が、あいつを、追いかけているよ」

「え〜〜〜！　なんということだ！」

僕は、急いで空飛ぶ車に乗り、火星へ向かった。

「お願いだ、生きていてくれ！」

「お願いだ、生きていてくれ！」と、僕は神様にお祈りした。

「あっ、火星だ！」

「よし、着陸するぞ……」

僕は、そのレストランの前に、降りた。

そして、レストランのドアを開けた。

「僕の友だちは、どこですか？　お金なら、僕が払います！」

すると、タコ星人が、

「遅かったねぇ……」と、笑った！

「どういうことですか？」と、僕は尋ねた。

「あいつを捕《つか》まえて、食べちゃったよ！」と、大きく笑った。

「え～～～！」

僕はビックリ！　これしか言葉が出てこなかった。

タコ星人は、「おまえも、おいしそうだな……」と、
僕のことを、じっくりと見た。

「僕なんか食べてもおいしくないですよ！　絶対に、まずいです！　だから、さようなら！」と言い、帰ろうとした。

タコ星人は、「食べちゃうぞー！」と言いながら、追いかけてきた。

僕はあわてて車にもどった。

そして、地球へとフルスピードで向かった。

「早く家に帰って、カギをかけなくちゃ！」

第二十六話　僕の愛する奥さんは、　9月3日

僕は家の中を歩いていた……。

「この黒いの、なんだ？」

「えっ、ゴキブリ？」

「おかしいなぁ……。ぜんぜん、動かない……」

よく見ると、パソコンの、黒いマウスだった。

「なんだ、おどかすなよー！」僕はホッとした。

僕は部屋を出て、ローカを歩いていた。

「あれ？　ここにも、黒いのが……」

よく見ると、本当の、ゴキブリだった！

「うわ～、助けてくれ！」

僕は横の部屋に逃げた。

すると、家内が何かをしていた。

「ミーちゃん、何をしているの？」

「私、カブトムシと遊んでいるの……」と、微笑んだ。

「僕は虫とか昆虫とか……ダメ、こわいんだ！」

「フフフッ……。あなた、弱虫なのね」

「ミーちゃん、いま、何をつかんだの？」

「これはセミよ、可愛いでしょ？」と笑った。

「僕はセミも、こわいんだ……」

「フフフッ……」

「ミーちゃん、いま、何をつかんだの？」

「これはチョウチョよ。きれいでしょ？」

「僕、チョウチョも、ダメなんだ……」

「それなら、私は？」と、にっこり微笑んだ。

「ミーちゃんなら大丈夫！　僕の愛する奥さんだからね。ぎゅっと抱き締めて、キスするよ！」

「よかった！」と、ミーちゃんの笑みは輝いた。

そして僕は愛する奥さんを抱きしめた。

するとと、

「ガオー、ガオー！」と、すごい声がした！

第二十六話　僕の愛する奥さんは、

「えっ？」とっさに顔を見ると、
僕の愛する奥さんは、ライオンになっていた！

「ひぇ～～～っ！」

「助けてくれ～！」

僕は一目散に逃げた！

第二十七話　いつまでも、いつまでも……　9月5日

「すごく良かったね～」僕は満足顔で言った。

「ええ、本当！　素敵だったわ！」と、家内はにっこりした。

この日、僕と家内は、日本舞踊を見たけど、日本舞踊の発表会を見に行った。

「僕、初めて日本舞踊を見たけど、あんなに素晴らしいとは……、びっくりした！」

「フフフッ……」家内は再び笑みを浮かべた。

「踊り方も、体の動かし方も美しい……。それに、表情も生き生き、温かく、つやがあって、妖艶《ようえん》だ！」

「フフフッ……」

「日本舞踊は、日本が世界に誇る芸術だ！」

「あなたは、何を見ていたの？　日本舞踊？　それとも妖艶な女の人？」

「えっ？」

「フフッ……」家内は僕をチラッと見た。

僕は、少々、こまった……。

「みんな、きれいで、素敵だった……。日本舞踊は、日本の宝だ！」

「あなたは、どの人が良かったの？」

「えっ？」

「自分の心にうそをつかず、本当のことを言ってね」

「みんな素晴らしかった……。特に、黒田節を演じた、あの女の人は、すごく良かった。それに、すごい美人！」

「彼女と話したい？」

「えっ？」僕は額の汗を拭いた。

「彼女とデートしたい？」

「いや……」

「本当かしら？」

「うん！」

「私の旦那さま、本当のお心は？」

「あの女の人はすごい美人。でも、僕の奥さんのほうが、もっと美人！　それに魅力的！」

「まあ、ゴマすりすりが、じょうずね」

「本当だよ！」

「フフフッ……」

「僕は最愛の奥さんと出会い、結婚した。そして毎日が幸せ……。この幸せが、長く長く続いて欲しい。僕の愛する奥さん、これからも、ずっと僕と一緒にいてください！」

「はい……」

家内の目から、幸せ色の涙が、あふれた。

第二十八話　がんばって生きるぞ！　９月６日

山がきれいに見える大草原、空も青く、空気もさわやか……。

木でできたテーブルには、ご馳走がいっぱい！

長椅子にすわって、みんなと楽しく食べていた。

「おいしいね！」

「おいしいね！」

と、笑顔が輝いていた……。

このとき、急に雨が降ってきた。
そして、バケツをひっくり返したかのような、どしゃ降りになった。
みんないっせいに逃げ回り、大きな木の下に、雨宿りした。
ホッとひと息ついた、
その瞬間、
今度は大きな地震が、まるで天変地異《てんぺんちい》のように、襲った。

「うわーっ、なんだこれ！」

「地面が割れる！」

「キャー！」

「助けて～！」

人々は逃げまどい、みな、どこかへ消えていった。

僕はひとり、大草原に立っていた。

この時、男の人が走ってきた。

「この宿題をやってください」と、プリントとノートをくれた。

「えっ、何のこと？」

「明日までに、お願いします」

「えーーーっ、なんで？」

その男の人はいなくなっていた。

プリントを見ると、

『見えざる手、とは、どんな手なのか？　説明しなさい！』

と書いてあった。

僕はにっこりした。

「こんなの、かんたん、かんたん！　僕はアダム・スミスと友だちなんだ……」

真剣になって書いていると、とつぜん、大きな牛が、

「この野郎！　ふざけやがって！　おまえなんか、ぶっ飛ばしてやる！」と、鼻から火を噴きながら、突進してきた。

「うわ～、なんだ？」

「アメリカン・バッファロー？」

「そんなことは、どっちでもいい！」

「とにかく、逃げなくちゃ！」

「助けてくれ～～～！」


僕は大草原を、あっちこっちと、逃げ回った。

やっとのことで、木に登り、太い枝にこしかけた。

よく見ると、牛は、いなくなっていた……。

「ああ～、ひとも動物も、みんな、いなくなった」

「僕はこれから、どうしよう？」

「ひとりでは生きていけない……」

「この大きな世界で、何をすればいいんだ？」

悩んでいると、
どこからともなく、アナウンスが聞こえた。

そして、
いなくなった人が、集まってきた……。

「えっ、一体どういうこと？」

「参加者の皆様、本日は本当にどうもありがとうございました。これにて、避難訓練を終了します。お気をつけてお帰りください！」

「えっ、食事も天変地異も、牛の襲来も、みんな、避難訓練？」

「なんということだ！」

僕は木の枝から飛び降りた、
が、下にあるはずの地面がなくなっていた。

そして、そのまま、不思議の国へと落ちていった。

「ああ〜〜〜〜」

「助けてくれ〜〜〜〜〜！」

目がさめると、
僕は両手をあげ、万歳をしていた……。

「これから、がんばって生きるぞ！」

と思った。

第二十九話　人生は楽しい！　9月10日

僕はワイン講習会で、明るく元気よく、そして、楽しく講義をしていた。

むずかしい話を終え、ワインのテイスティングを始めた。

「先生、このワイン、おいしいです！」

「先生、このワイン、香りが素晴らしいの！」

生徒さんの会話もはずみ、教室内は、とてもいい雰囲気だった。


「もうそろそろ時間なので、これで、講習会を終わりにします……」

「先生、このワイン、何でしたっけ？」

「赤いワインは、ボルドーのサンテミリオン。白いワインは、ソーテルヌのグランクリュ・クラッセです」

この時、楽しかった雰囲気が、とつぜん、ざわめきだした。

「先生は、ワインもフランス語も知っているけど、ここにいるみんなは、何も知らないんだ！」

第二十九話　人生は楽しい！

「そうだ、そうだ！」

「先生は生意気だ！」

「そうだ、そうだ！」

「ボコボコにしちゃえ！」と言い、みんなが襲いかかってきた。

僕は結局、ボコボコにされ、起き上がれなかった……。

「あ〜、もうイヤだ。フランスに、帰りたい……」

「神様、お願いします！」

僕は目を閉じ、祈るように、お願いした。

なにか、すごく、ムシムシ暑い……。
ふと、目を開けると、僕はジャングルにいた。
そして、仮面をかぶった原住民に、取り囲まれていた。
原住民は笛を吹いたり、踊ったりしていたが、
その内に、木の枝で、僕のことをつつき始めた。
「痛い！　やめてくれ！」

数年後？

僕は現地でブドウの栽培をして、ワインを造っていた。
原住民とは、まるで家族のように親しく、仲良くなっていた。
毎日、みんなと和気あいあい、
すべてが順調で、楽しく、充実した日々をおくっていた……。

目がさめると、僕はうれしかった！
人生はいつも、ハラハラドキドキ……、
苦しいことも楽しいこともいっぱい！
そして好奇心に満ちあふれ、
すばらしい！
と感じた。

第三十話　よし、がんばった！　9月12日

「先生、お願いします！」

「どうされたんですか？」

「耳が聞こえないんです！　なんとかしてください！」

「どれどれ……？」僕は耳を見た。

うわーっ、耳垢《あか》（耳くそ）がいっぱい！　これじゃ、聞こえないわけだ……。

「先生、私の耳は聞こえるようになりますか？」

「何の心配もありませんよ」

「あ〜〜、よかった！」

「家に帰ったら、歯医者さんに行ってください」

「はい、わかりました。先生、どうもありがとうございます」

次の日、

「先生、私、目が見えないんです。助けてください！」

「どれどれ……？」僕は目を見た。

うわーっ、目やに（目くそ）がいっぱい！　これじゃ、見えないわけだ……。

「先生、私の目は、見えるようになりますか？」

「何の心配もありませんよ」

「よかった！」

「帰ったら、産婦人科に行きなさい！」

「はい、産婦人科ですね。先生、どうもありがとうございます！」

その翌日、

「先生、私、息ができないんです！　助けてください！」

「どれどれ……」僕は鼻と、喉を見た。

うわーっ、鼻くそがいっぱい！　これじゃ、息ができないわけだ……。

それに、喉には魚の骨が、いっぱい刺さっている……。

「先生、私、生きていけますか？」

「だいじょうぶ！　何の心配もありませんよ」

「あ～～、よかった！」

「家に帰ったら、パチンコ店に行きなさい！」

「はい、先生、パチンコ店ですね」

「そう、その通り！」


その次の日、男の人が、血相《けっそう》を変えてやって来た。

「先生、おれ、歯がいたいんです。何とかしてください、お願いします！」

「どれどれ……なんということだ！」

口の中は血だらけだった……。

「これはひどい……」

「先生、おれの歯、良くなりますか？」

「手の施《ほどこ》しようがない……」

「先生、そんなこと言わないで、なんとか、お願いします！」

「そうだ、あそこなら、間違いなく、治してくれる！」

「先生、どこですか？」

「消防署だ！　早く行きなさい！」

「はい、今すぐ行きます！　先生、どうもありがとうございました」

第三十話　よし、がんばった！

その次の日、

「先生、助けてください！」

「どうしましたか？」

「私、失恋したんです……」

「それは、難儀《なんぎ》ですね……」

「先生、私、これから先、どうすれば良いですか？」

「それは、なんぎですね……」

「先生、私、幸せになれますか？」

「それは、なんぎですね……」

「このアホ野郎！　お前はさっきから、『なんぎ』ばかり言っている。なんぎが、何なんだ！」

「それは、なんぎですね……」

「バカヤロー！　ふざけるな！」

「えっ？」

「私はこれから、自分自身を信じ、新たなる一歩をふみだす！　毎日、一生懸命、前を向いて、胸を張って、生きていく……。先生、これでいいですか？」

「それは、なんぎですね……」

「バカヤロー！　何が『なんぎ』なんだ？　お前なんか、こうしてやる！」と言い、

第三十話　よし、がんばった！

僕は、ボコボコにされた。

「おい、この野郎！　何か言いたいことはあるか？」

「はい、あります」

「よし、言ってみろ！」

「それは、なんぎですね……」

「バカヤロー！　お前なんか、ボコボコにしてやる！」


目がさめると、身体のあちこちが、痛かった。

自分で、自分の身体を、叩《たた》いたようだった。

神様、ごめんなさい！
とんでもない夢を見てしまいました。
許してください！
これからは、一日一善、
清らかな心で、がんばります！

第三十一話　犬にかまれた？　９月13日

道を歩いていると、突然、
「ワンワンワンワンワン……！」と、犬が狂ったかのように吠えた。
ふり向くと、大きな番犬が、牙《きば》をむきだし、襲いかかってきた。
しかし、鉄のフェンスがあり、なんとか助かった。
「あ〜〜、こわかった！　もう、あの道を通るのは、やめよう……」
買い物を終え、歩いていると、またも、
「ワンワンワンワンワン……！」と、あの犬が猛烈に吠えた。
僕はビックリ、買い物袋を、落としてしまった。
「あっ、タマゴが……」
僕は泣きながら家に帰った。
その夜は、にんにくラーメンを食べた。

翌朝、

第三十一話　犬にかまれた？

起きると、口がすごく臭かった。

「うわーっ、なんだ？　あまりの臭さで、頭がフラフラする……」

「それに、胸がチリチリ痛い……」

「生ニンニクを食べ過ぎた！」

「とにかく、すごい臭いだ！」

「よし、あの犬を、驚かしてやろう……」

僕は生ニンニクを口にいれ、しゃぶりながら、あの家へと向かった。

僕の足音で、突然、

「ワンワンワンワンワン……！」と、犬が激しく吠えた。

犬は鉄のフェンスに鼻を押し付け、すごい形相で、吠え続けた。

「よしよし、いい子だね……」

「これから、いい匂いの、プレゼントをあげるよ！」

僕は犬の鼻に、息を吹きかけた……。

その瞬間、吠えていた犬が無表情になり、固まってしまった。

そして僕のことを、ぼう然と、見ていた。

少しして、
犬は、我に返ったかのように、お座りをし、うれしそうにシッポを振った。

「どうした？　もう、吠えないのか？」

僕は再び、犬の鼻に息を吹きかけた。

すると犬は、キャン、キャンと、子犬のようになき、笑みを浮かべた。

「ごめんなさい！　もう、吠えません。許してくださいワン！」

「本当か？」

「本当です。これからお友達になってくださいワン！」

このとき、横の玄関ドアが開き、女将さんが出てきた。

「いつもワンちゃんと遊んでくれて、ありがとう！　もし良かったら、ワンちゃんと散歩に行ってくれませんか？」

「はい、喜んで！」

僕はリードをひき、ワンちゃんとかけていった……。

第三十二話　突然のプレゼント　９月15日

僕は実家のスーパーマーケットで元気よく働いていた……。

そのとき、

「私、来たわよ！」

と可愛い声がした。

ふり向くと、カナダのアンがピカピカの笑顔を輝かせていた。

「あっ、アン！」

僕は思わず彼女の名前を……、そして微笑んだ。

「アン、どうしてここに？」

「あなたに会いたくて……」

話していると、母が来て、

「夕ご飯の時間よ！」と、にっこりした。

僕もアンも食堂へあがり、母の料理を待っていた。

しかし、いくら待っても、料理は出て来ないし、母の姿もなかった。

お店に行くと、お客さんがいっぱい！　母は忙しそうに働いていた。

僕はアンに言った。

「母は働いているから、近くのウナギ・天ぷらのお店で食べよう？」と。


ウナギ・天ぷらのお店に行くと、満員の看板がドアにかかっていた。

「ねえ。入らないの？」と、アンは楽しそうに僕を見た。

「ここに日本語で、満員、と書いてある」

「残念ね……」

「うん……。アン、お腹、すいた？」

「ええ、少し……」

「何か食べたいものは？」

「私、ピザが食べたいわ」

「そういえば、アンはピザが好きで、前も、ピザ食べたね」

「フフッ……」

アンはニコニコうれしそう……。

第三十二話　突然のプレゼント

イタリアンレストランへ行くと、満員。順番待ちをしていた……。

「あーっ、これじゃだめだ……」

「また満員ね」

「うん……」

「ねえ、どうする？」と、アンはこの時もニコニコうれしそうに僕を見た。

「そうだ、東京タワー近くのレストランへ行こう！」

さっそく車に乗り、僕の運転で出発した。

「あそこに見えるのが東京タワー！」

「すてきね！」

「うん、ロマンチック……」

走っていると、まわりの景色が、なんか変？

車を止め、外に出ると、
そこは、カナダのバンクーバーだった！

アンはにっこり微笑んだ。

「私の家に行きましょう？」

「うん」

バンクーバーの町を通り、バンクーバー島へ、車は空を飛んだ。

「ここが私の家よ！」

「うわーっ、まるでお城だ……」

「中へ入って！」

「うん、ありがとう」

「私、あなたのために美味しい料理をつくるわ。何が食べたい？」

「なんでもいいよ」

「だめよ！　ちゃんと、食べたいものを言いなさい！」

「アンは、何も変わっていないなぁ……」

「フフフッ……」アンは少しおかしそうに僕を見た。

「そうだなぁ……、何がいいかなぁ……？」

「フフッ……」アンは笑みを輝かせた。

「決まりました！　僕は、ヤーガーシュニッツェルが食べたいで〜す！」

「私、思い出したわ。ウィーン大学の夏期講習で、昼食に何回か出たわよね」

「そう、ヴィエナーシュニッツェル（ウィーン風カツレツ）も、ヤーガーシュニッツェルも、それにグレービーソースがおいしいステーキも……。君はいつも『私、こんなに食べられないわ』と言い、僕に半分くれるんだ……」

「フフッ……」と、アンは笑みを輝かせ、僕を見つめ直した。

「私、あなたの、あの言葉が忘れられないの！　もう一度、言ってくれない？」

「あの言葉？　……？　何のこと？」

「君は、美しい……」

「ああ〜、わかった！」僕の脳裏に、すべてが一瞬にして、よみがえった。

「早く、お願い！」

「僕はあの英語、生まれて初めて、口にした……。今でもはっきり、あの時のことが目に焼き付いている……」

「私もよ！」

「あの時、アンを見ていると、自然とあの言葉が口をついた……」

「ねえ、早く言って！」

「アン、君はあるがまま、ありのままで、美しい！」

アンは、涙ぐんだ……。

「ありがとう。私うれしいわ……」

アンは、ハンカチを目に、キッチンへ……。

僕はイスに座って、アンの料理を待っていた。

しかし、いくら待っても、料理もアンも出てこない……。

「おかしいなぁ～。どうしたんだ？」

僕は心配になった。

このとき、

「料理ができたわよ！」と、明るく温かい声がした。

ふり向くと、母が、自慢のトンカツと野菜サラダを持ってきた。

「ええええっ、なんで？」


僕は目がさめた……。

でも、何がおこったのか、わからなかった。

今のは夢？

本当に？

久しぶりにアンの夢を見た。

うれしかった！

ひょっとすると、アンも僕の夢を見ているかも？

さあ、どうかな？

第三十三話　おかえり、待っていたよ！　9月20日

道を歩いていると、正面からオートバイがエンジン音をとどろかせ、猛スピードで走ってきた。

そして僕目がけて、突っ込んできた。

「あーーっ、ぶつかる！」

その直前、オートバイはスリップし、右に左に転倒した。

ドライバーは投げ出され、横たわっていた。

僕は急いでかけより、

「大丈夫ですか？」と、声をかけた。

すると、ドライバーはヘルメットをとり、

「ワハハハ……」と、笑った。

顔を見ると、人間ではなく、ワニだった！

「えーーーっ！」僕は一目散に逃げた。

走っていると、いつの間にか、僕は飛行機に乗っていた。

「えっ？」

横を見ると、家内がニコニコしていた。

「ねえ、あなた、スプーン・ナイフ・フォーク、忘れずに持ってきた？」

僕はショルダーバッグを開けた。

「あっ、入っている」

「私、シャモニ・モンブランのハイキング、楽しみにしているの」

「僕も！」

「ねえ、泊まるホテルは、山がきれいに見える、あのホテルにしましょう？」

「うん、いいよ！」


次の瞬間、ホテルのフロントで、手続きをしていた。

そして、なつかしいシャモニの町を散策した。

夕方になり、夕焼け空が、とても美しかった。

「私、お腹がすいたわ……」

「よし！　チーズ屋さんのレストランで、チーズフォンデュを食べよう！」

「うれしいわ！」

家内と腕を組んで歩いていると、家内の温かさが伝わってきた。

レストランの前で、立ち止まった。

「よーし、食べるぞー！」

「私も、お腹いっぱい食べるから！」家内は笑みを輝かせた。


レストランに入ると、家内が、いなくなっていた。

「えっ？　どこ行った？」

僕は顔面蒼白《がんめんそうはく》、家内を探し回った。

このとき、

「おかえり、待っていたよ！」と声がした。

ふり向くと、ワニが笑っていた。

「うわーっ、助けてくれ～！」

僕は、全力で、走った。

そして、目がさめた。

「あーっ、疲れた～！」

布団も敷布も、ぐちゃぐちゃになっていた。

第三十四話　本当に、ありがとう！　9月22日

僕はキッチンの流しの下を、開けた。

すると、黒い何かが、ゴソゴソ……と、動いた。

「えっ、まさか！」

僕はこわかった……。

すぐに扉を閉めた。

「こまった……。どうしよう？」

僕は扉を、そっと開けた。

何も変わったことはなかった。

「あ～、よかった！」と思った瞬間、
黒いゴキブリが、あちこち、動き回った。

僕はとっさに、扉を閉めた！

「あーーっ、もうダメだ！　心臓が止まりそうだ……」

「どうしよう？」

第三十四話　本当に、ありがとう！

「警察に電話するか……？」

「それとも、アメリカの大統領に電話するか？」

「いや、そんなことをしたら、逮捕される！」

「こまった！　どうしよう？」

「そうだ、スーパーマンに助けてもらおう！」

僕はすぐに、電話した。

「もしもし、スーパーマンですか？」

「そうだ、スーパーマンだ！　どうした？」

「家の中にゴキブリがいて……」

「私は急いでいるんだ！　さようなら！」

「スーパーマン、そんなこと言わないで、助けてください！」

「今、それどころじゃない！」

「スーパーマン、どうしたんですか？」

「お腹がいたくて、トイレをさがしているんだ……」

「うちのトイレを使ってください！　大歓迎です」

「もう、間に合わないんだ！　あ～～出ちゃう……」

電話は切れた。

「それなら、どうする……？」

「そうだ！　犬と猫に、ゴキブリを退治してもらおう……」

僕は犬と猫を、流しの下に、入れた。

すると、ドタンバタン……と、激しい音がした。

「よし、犬ガンバレ！　猫もガンバレ！」

少しして、扉を開けた。

なんと、犬と猫が必死に、逃げ回っていた。

「ダメだこりゃ！」


その日から、僕は眠れない毎日を過ごした。

それに日中も、ゴキブリが、わがもの顔して、家じゅうを駆けずり回っていた。

僕は困り果て、食事ものどを通らなかった。

そんな時、テーブルに小さなクモが、じっとして、僕のことを見ていた。

僕は思わずクモに、お願いした。

「クモさん、たすけて、お願い！」

「このままじゃ、僕、死んじゃうよ！」

「ゴキブリが、こわくて、こわくて……」

するとと、
じっとして僕のことを見ていた小さなクモが、話しかけた。

「心配しなくていいよ、ご主人様！」と。

「えっ！」僕はビックリ……。

「ご主人様、知っていますか？　クモは、動くもの、すべてを食べちゃうんだ。昆虫や虫、小動物、バイ菌やウイルスも、みんな、僕らのご飯なんだ！」

「えっ、本当？」

「ご主人様、任せてください！」と言い、
クモは両腕のハサミを、大きく左右に、ふり上げた。

すると、あちこちから、大小さまざまなクモが、集まってきた。

「ご主人様、これはみんな、僕の家族です。おじいちゃん、おばあちゃん、両親、妻、それに僕の子供と孫です。親戚もいますよ、おじさん、おばさん……。一番大きいのは僕の父で、あの美人さんは僕の妻です。一番小さいのは僕の孫娘です」

「うん、うん……」僕の心はあたたかくなった。

「それではゴキブリ退治に出発します。みんな、がんばるぞー！」

「エイエイオー！」と、一番大きいお父さんグモが、両腕のハサミをふり上げた。

「みんな、いい顔しているね！」僕はホッと胸をなで下ろした。

クモは家じゅうに、散っていった。

うとうとしていると、

「ご主人様！」と、声がした。

テーブルの上を見ると、クモの若大将がニコニコして、僕を見ていた。

「家族全員で、ゴキブリを退治《たいじ》しました！　クモの糸で、ぐるぐる巻きにし、あとはゆっくり、食べるだけです……」

僕は思わず、

「よくやった！　ありがとう！」と、言葉が飛び出した。

クモの若大将は、

「ご主人様、これからも家族全員で、あなた様を、お守りいたします！」と、にっこり微笑んだ。

僕はあまりのうれしさに、涙がこみ上げた。

するとクモの若大将は、自慢げに、
両腕のハサミを、
大きく左右に、ふり上げた。

みんな、本当に、ありがとう！

第三十五話　可憐で清らかな旋律！　9月25日

僕は家で、料理を作っていた。

「あっ、鍋が……！」

「あっ、フライパンが……！」

僕は、てんてこ舞いだった。


次の瞬間、僕はコンサート会場の受付に並んでいた……。

「今日はどうもありがとうございます。ゆっくり、ご覧ください」

「はい！」

パンフレットをもらい、コンサート会場に入った。

しかし、観客は、とても少なかった。

僕は内心、ドキドキした。

「ひょっとしたら、あたるかも……？」

第三十五話　可憐で清らかな旋律！

開演5分前、ブザーが、なった。
僕は心配になり、あちこち、見まわした。
「えっ、うそでしょう！」
とても少ない観客は、このとき、誰もいなかった。
この大きな会場に、僕だけ？
僕の心臓は大きく、ドキドキした……。

ブザーがなり、コンサートが始まった。
この日は、ベートーヴェン、モーツァルトなど、有名な作曲家の音楽を奏でていた。
とても素晴らしい演奏だった！
しかし、会場には僕しかいなかった。
首を回したり、キョロキョロしたり……、
僕は気が気でならなかった。

すべての曲が終わり、指揮者は、僕のことを見た！
「えーーーっ、見ないで！」と、心の底から思った。
指揮者は、大きく礼をした。

「さて、みなさま、本日は遠路はるばる、御来場くださり、誠に、ありがとうございます！　ベートーヴェン、ハイドン、モーツァルトの曲はいかがでしたか？　……」

僕はホッとしていると……。

「そこの、お客様！」と、指揮者は僕のことを指さした。

「えーーーっ、なんで？」僕はかたまってしまった。

「大勢のお客様を代表して、何か、演奏してほしい曲はありますか？」と尋ねた。

「こまったな～。急にそんなこと言われても……」

「お客様、遠慮なさらず、どうぞ！」

「うぅん……それなら、アルハンブラの想い出を、ギターで、お願いします」

「どうもありがとうございます。それでは早速……」と言い、
ギターの名手が登場し、曲を奏でた。

「うわ～、なんてきれいな旋律なんだ！」

僕はうっとり、聞き惚れていた。


演奏が終わり、僕は惜しみない拍手をした。

「素晴らしかった！　本当に素晴らしかった！」と。

次の瞬間、われんばかりの拍手が会場いっぱいに、響きわたった。

第三十五話　可憐で清らかな旋律！

「えっ？」僕は自分のまわりを見回した。

右を見ても左を見ても、会場は、満員だった！

「いったい、どうなっているの？」


「アルハンブラの曲は、すばらしい！」

「あのギターの音色が、なんとも、可憐で清らか……」

ニコニコしていると、目がさめた。

また、スペインのグラナダ、アルハンブラ宮殿に行きたい……と強く思った。

第三十六話　夢は僕の宝物！①　9月26日

僕は家内と、ランチを食べに、お店に入った。

「お腹すいたね！」と家内を見ると、

「ええ！」と、にっこり……。

「何にする？」

「私、天ぷらそばが食べたいわ」

「よし！　僕はお刺身定食だ」

すぐに注文した！


家族連れが、お店に入ってきた。

「お願いします……。オレはラーメンセット！」

「私はチャーハンよ！」

「僕はお子様ランチ！」

「僕も！」

みんなが注文し、何やら楽しそうに話していた。

少しして、店員さんが、「はい、お待ち！」と言い、鶏のから揚げ定食を僕に……。そして、家内にも……。

「えっ、なんで？」

僕も家内もビックリ！

「あなた、鶏から定食を注文したの？」

「いや、僕はお刺身定食を、注文した……」

「私は天ぷらそばよ……。なんで鶏から定食が出てくるの？」

「わからない……」

次の瞬間「はい、お待ち!!」と大きく明るい声がひびいた……。

横を見ると、家族連れのテーブルに、店員さんが、鶏のから揚げ定食を、次から次へと運んだ。

すぐに子供が、

「ちがうよ！」

「ちがうよ！」と声をあげた。

両親も声をあげた。

「店員さん、これちがうよ！」と。

店員さんは、笑った。

「お客さん、うちの店は、から揚げ専門店なんだ。メニューは、鶏のから揚げ定食しかないんだ！」

「えーーーっ！」

家族連れが顔を見合った。

その時、手品師（マジシャン）が、現れた！

子供達が、「あれ？　どこから来たの？」と、ビックリ顔をした。

僕もまったくわからなかった……。

マジシャンは、かぶっている帽子を手に取り、

「みなさんは、この帽子から、白いハトが出てくると思っていますが、今日は、出てきません」

「えーっ、なんで出てこないの？」と子供が声をあげた。

マジシャンは笑った。

「ハトさんは糖尿病と高血圧で具合いが悪く、昨日から入院しています」

すると子供が、

「それなら、ほかの何か、出してよ！」と。

マジシャンは、帽子を手に、「ウーヤーター！」と、不思議な呪文を唱えた。
すると、帽子の中からアヒルとカメが手をつないで、出てきた……。
「わ〜い、わ〜い！」
子供たちは大喜びだった。
帽子の中から、さらに、
サル、タコ、マグロ、おかめ、バッタ、キリンが出てきた。
子供たちは、もう、無我夢中だった。
その後も小さな帽子から、次々と動物が飛び出した。
お店の中は、もう、動物園のようだった……。
マジシャンは、大きく手を広げた。
「みなさま、これから、時間と宇宙を超越します！」と言い、深々と頭を下げた。
そして、「ウーヤーター！」と、不思議な呪文を唱えた。
次の瞬間、帽子から、僕のおじいちゃんとおばあちゃんが、出てきた。
「えーーーっ！　うそだ！　ありえない！」と僕は叫んだ。
マジシャンは、「本当ですよ。あなたの、おじいちゃんおばあちゃんです！」
その言葉を聞いて、僕の目から、涙があふれた。
僕はおじいちゃんおばあちゃんが、大好きだった。

いつも、「おじいちゃん！」「おばあちゃん！」と言って、甘えていた。

「本当に、僕のおじいちゃん？」

おじいちゃんは、やさしく、うなずいた。

「ああ、おまえの、本当のおじいちゃんだよ！」と言い、僕の頭をなでてくれた。

「本当に、僕のおばあちゃん？」

「ああ、そうだよ！」と言い、僕の頭をなでてくれた。

「やっぱり、僕のおじいちゃんおばあちゃんだ！」

僕はうれしくて、胸がはりさけんばかりだった。

「おじいちゃんおばあちゃん、会いたかった！　会いたかったよ！」

夢から覚めた時、僕は、泣いていた……。
僕が赤ちゃんのころ（写真で）、
それに僕が小さい時、
おじいちゃんおばあちゃんは、
いつも、
「よしよし、いい子だ、いい子だ！」と言い、僕の頭を、なでてくれた……。

第三十七話　夢は僕の宝物！②　10月3日

町を歩いていると、多くの人でにぎわっていた。

「ミーちゃん、迷子になるといけないから、僕から離れないでね！」

「ミーちゃんって、だあれ？　それに、迷子って、なあに？」

「僕の奥さんは、何もわからないんだ。それに歩けないし……。困ったなぁ……」

この時、「大変だ、大変だ！」と大きな声が飛びかった。

僕は横にいる、杖《つえ》を持ったお年寄りに尋ねた。

「何が大変なんですか？」と。

すると、おばあちゃんが教えてくれた。

「いま、神社でお願いすると、神様が、その願いをかなえてくれるの」

「本当？」

「私、さっきまで、腰が曲がって、杖をついていたの。それが、神様にお願いしたら、この通り！　娘にもどったよう」

「それなら、すぐ、神社に行かなくちゃ！　女将さん、どうもありがとう！」

次の瞬間、僕と妻は、山に囲まれた小さな駅で、電車を降りた。

「真っ白で、何もみえないね……」

「ええ……」

駅を出ると、足場は悪く、デコボコしていた。

「ミーちゃん、歩ける？」

「足が痛いの……」

「困ったなぁ……」

この時、駅前の椅子に座っていた若者３人が、

「たばこ、ください！」と、こちらを見た。

「たばこ、持っていません」と答え、
ミーちゃんの手をとり、歩き始めた。

少しして振り向くと、若者はいなくなっていた……。

「ミーちゃん、なんか怖いね。早く安全なとこへ行こう」

「ええ！」

僕はトランクを開け、バッグと紙袋を中に入れようとした。

すると、缶ビールがゴロゴロと、ころげ落ちた。

この時、若者が現れ、

「おい、いいものを持っているじゃねーか！　俺たちにくれよ！」と、近づいてきた。

「ミーちゃん、逃げるよ！」と言い、手をとり無我夢中に走った。

その内に、白い靄《もや》に包まれ、何も見えなくなった。

「ミーちゃん、大丈夫？」

「ええ！」と声がした。

何も見えない靄の中を、さらに、逃げた。


「はあー、はあー、はあー……」

僕はへとへとになって足を止めた。

「ミーちゃん、少し、休もう……。僕、疲れた……」

このとき、誰かと、ぶつかった。

「えっ？」

目を大きく開けると、バレエの衣装を着たグループが、目の前に見えた。

僕はすぐに尋ねた。

「家に帰りたいんですが、道を教えてくれませんか？」と。

すると、

「この道を、まっすぐに行きなさい！」と、手で示してくれた。

僕はミーちゃんの手をとり、山道を、さらに進んだ。


その内に、だんだんと明るくなってきた。

僕とミーちゃんは、山を越え、草原の駅に、なんとか、辿り着いた。

「ミーちゃん、これで家に帰れるね！」

「ええ、よかったわ！」

「ミーちゃん、何かうれしそうだね。それに、顔が、生き生きしている……」

「フフッ」と、すてきな笑顔が輝いた。

「ミーちゃん、足は痛くない？」

「いいえ、あと10キロでも20キロでも、走れるわよ」

「まさか……。ミーちゃん、僕はだあれ？」

「ケンちゃんは私の大切な大切な旦那様！」

「信じられない！　ミーちゃんの足も、認知症も治った！」

僕はうれしくて、涙が止まらなかった……。

この時、目がさめた。

私の妻は、現在、介護施設に入所し、歩く練習とリハビリの生活を送っている。

今日、この夢を見て、勇気と元気をもらった！

神様、本当にありがとうございます。感謝しています。

「ミーちゃん、愛しているよ！」

「早く良くなって、おいしいものを食べに行こう！」

「それに、いっぱい、旅行するよ！」

最後まで、ご愛読くださり、本当にありがとうございました！

おわん太郎

あとがき

私は今まで、いろいろ、いっぱい、夢を見てきた。
楽しい夢、つらい夢、
うれしい夢、悲しい夢、
そして、
理解不能な夢も……。

最近は、「夢は偉大だなぁ～」と、つくづく思うようになった。
私個人の、人生経験、思考、感覚、すべてを超えるような夢を見るようになった。
すなわち、事実にも、欲求欲望にも、もとづかない夢である。
何が起きるかわからない、とんでもない夢を見るようになった。
嘆《なげ》くべきか？
それとも、
これが夢の醍醐味なのか？
そう、

あとがき

これこそが、夢の本当の楽しさなのかもしれない……。
私はたびたび思うことがある……。
現実の世界で生きるより、夢の世界で生きるほうが、楽しいのかも……、と。
人間の行動、人間の可能性には、限りがある。
しかし、
夢の世界には、そのような限界は、ない！

このまま夢を追い求め
夢の中で、
夢の世界で、
生きたいと！
でも、その夢の先に、何が待っているのであろうか？
本当の幸せ？
人間は、やはり、現実の世界で、生きてゆかなくては、ならないのか？
それが問題だ！
しかしながら、夢を見るには、毎日、頑張って生きていかなくてはならない。

そして、それが答えだと、わかった。

どんなにつらいことがあっても、夢を見て、将来・未来に向かって、前進するのだ！

そう、すべては、それなのである……。

私の見た夢が、皆様にとって、心の平和と幸福、そして心のやりがいを、もたらしますよう、お祈りしております。

本当に、どうも、ありがとうございました。

敬具

著者プロフィール

おわん 太郎（おわん たろう）

東京都出身
ブルゴーニュ・ワイン知識向上実習 合格証書及び名誉証書取得
サン・テチエンヌ大学　フランス語フランス文明修了証書取得
ル・メーヌ大学　経済学修士号取得

著書
『カナダからやって来たお姫さま（上下巻）』（2019年　文芸社）
『愛のパラダイス（上下巻）』（2020年　文芸社）
『シャモニ、モンブラン、そして愛（上下巻）』（2020年　文芸社）
『神様からのプレゼントとぷいぷいぷい！（上下巻）』（2021年　文芸社）
『ある日、突然、認知症!?』（2021年　文芸社）
『母への手紙（上下巻）』（2021年　文芸社）
『夢のパラダイス』（2022年　文芸社）
『愛と情熱のファンタジア』（2023年　文芸社）
『夢のパラダイス　2』（2023年　文芸社）

夢のパラダイス　3

2023年5月15日　初版第1刷発行

著　者　おわん 太郎
発行者　瓜谷 綱延
発行所　株式会社文芸社
〒160-0022　東京都新宿区新宿1－10－1
電話　03-5369-3060（代表）
03-5369-2299（販売）

印刷所　株式会社エーヴィスシステムズ

©OWAN Taro 2023 Printed in Japan
乱丁本・落丁本はお手数ですが小社販売部宛にお送りください。

送料小社負担にてお取り替えいたします。

本書の一部、あるいは全部を無断で複写・複製・転載・放映、データ配信することは、法律で認められた場合を除き、著作権の侵害となります。

ISBN978-4-286-24127-2